ZIMTSTERNE IM SCHNEE

Birgit Gruber

Verlag:
Zeilenfluss
Implerstraße 24
81371 München
Deutschland

Text: Birgit Gruber
Cover: 100coversforyou
Korrektorat: TE Language Services – Tanja Eggerth
Satz: Zeilenfluss

ISBN: 978-3-96714-367-6

Zimtsterne im Schnee

PROLOG

Hochkonzentriert starrte Paulina auf die Prinzregententorte, die in einem Mantel aus edler Schokolade erstrahlte. Die Spritztüte, mit Haselnusssahne gefüllt, zitterte in ihren Händen. Sie musste die geübte Ruhe finden, um den Schriftzug auf der Torte platzieren zu können. Wenn es perfekt aussehen sollte, durfte sie zwischendrin nicht absetzen.

Leider juckte es sie am rechten Ober- und linken Unterarm. Es war kaum auszuhalten. In ihrer Nase kribbelte es. Sie kräuselte die Oberlippe.

Linus, der Azubi, kicherte.

»Ist das dein profimäßiges Konditorinnengesicht? Du siehst aus wie ein Hamster.«

Das war zu viel für Paulina. Sie prustete los und damit nahm die Kettenreaktion ihren Lauf.

Einmal Luft geschnappt und begonnen zu lachen, konnte sie sich nicht mehr halten. Auf die ersten Gluckser folgte ein heftiges Niesen in dreifacher Ausführung. Immerhin war sie so geistesgegenwärtig, sich umzudrehen, sodass sie, statt zu ihrem Arbeitstisch, nun zu der großräumigen Backstube gewandt dastand.

Während ihre Nase Erlösung fand, drückten ihre Hände leider unkontrolliert auf die Spritztüte. Linus sprang augenblicklich zur Seite, was Utz in Bedrängnis brachte. Der Bäckergeselle schob gerade einen Regalwagen mit den üblichen fünfzehn Blechen, gefüllt mit Kaisersemmeln, an ihnen vorbei. Unsanft wurde er von Linus angerempelt. Der Wagen kam ins Schwanken und Utz traf ein Schwall Haselnusssahne mitten ins Gesicht. Statt das Rollregal in den Griff zu bekommen, kippte er es erschrocken weiter in Schräglage.

Ein ohrenbetäubender Lärm entstand, als Metall auf Metall traf. Wie Dominosteine rutschte ein Blech klappernd auf das nächste nach unten. Die Brötchen hüpften dabei aufgeregt auf und ab, manche schnellten wie Wurfgeschosse in alle Richtungen.

»Aua!« Einige bekam Linus zu spüren.

Auch Paulina traf eine der frischen warmen Semmeln am Arm. Doch sie merkte es kaum, hatte sie inzwischen doch nun endlich dem Drang, sich zu kratzen, nachgegeben. Weshalb das Brötchen zwar angeflogen kam, sie es aber ungewollt mit dem Ellenbogen weiterschleuderte. Es änderte die Richtung und flitzte linkerseits durch die Backstube, bis es Gusti geradewegs in den Nacken traf. Ein Meisterschütze hätte nicht besser zielen können.

Die langjährige Bäckereiverkäuferin war dabei, die ersten Plätzchen des Jahres in Tütchen zu verpacken. Jetzt schrie sie auf und riss die Arme nach oben. Das hatte zur Folge, dass nun unzählige kleine Gebäckstückchen in die Luft wirbelten. Aus der Zellophantüte, die sie noch mit der Hand umklammert hielt, jagten Zimtsterne in Paulinas Richtung und damit zur Unglücksquelle. Fast sah es so aus, als würde sie damit zurückschießen.

Prompt prasselten die leckeren Teilchen, die Paulina gestern erst gebacken hatte, auf Linus, Utz und sie nieder.

Utz, der sich gerade wieder gefangen hatte und damit beschäftigt war, sich die Sahne aus den Augen zu wischen, zuckte zusammen.

Paulina ließ es, erneut von Niesreiz geschüttelt, über sich ergehen.

Linus hingegen hielt sich schützend die Hände an den Kopf und brachte seinen Oberkörper aus der Wurfbahn, indem er sich über ihren Tisch beugte. Die Prinzregententorte blieb unberührt, dafür verfehlte er die Spritztüte nicht. Ein großer Klecks Sahne pfiff heraus, hinab zu Boden.

Als wäre der Misere nicht genug, trat Paulina hinein, kam ins Rutschen, verlor das Gleichgewicht und krachte ungebremst in den Regalwagen, den Utz in diesem Augenblick außer Reichweite bringen wollte.

Stöhnend sank sie über dem Metallgestänge zusammen, während sich die Ecken der Backbleche in ihre Rippen gruben.

Nachdem endlich Ruhe eingekehrt und die erste Schrecksekunde vergangen war, brachen nacheinander alle in Gelächter aus. Nur Paulina, die immer noch nach Atem rang, hatte Mühe, diese Verkettung unglücklicher Umstände so lustig zu finden wie ihre Kollegen. Obwohl sie das zweifelsohne war.

»Also liebe Frau Handschuh, eine Umschulung genehmigt zu bekommen, ist wie gesagt nicht das Problem. Aber Sie müssen schon wissen, welchen Job Sie für Ihr künftiges Berufsleben anstreben«, erklärte die Mitarbeiterin des Jobcenters. Hatte ihre Stimme vorhin noch freundlich geklungen, schwang nun doch eine gewisse Nachdrücklichkeit mit. Mit festem Blick sah sie Paulina an.

Reglos, fast wie paralysiert, saß diese da. Ihr war klar, dass eine Antwort von ihr erwartet wurde, doch in ihrem Kopf herrschte gähnende Leere. Sie hatte absolut keine Ahnung, was sie künftig werden wollte.

Also nickte sie mechanisch und umklammerte ihre Handtasche auf dem Schoß.

»Ich denke darüber nach«, versprach sie und erhob sich.

Die Berufsberaterin seufzte leise und hämmerte auf ihre Tastatur ein.

»Tun Sie das. Ich schlage vor, wir sehen uns in vierzehn Tagen wieder. Bis dahin haben Sie hoffentlich …«

Paulina hörte nicht mehr zu. Wie in Trance nahm sie

den kleinen Zettel mit neuem Termin entgegen, murmelte ein »Auf Wiedersehen« und eilte durch das Gebäude nach draußen.

Endlich an der frischen Luft, atmete sie erst mal tief durch. Ihre angeknackste Rippe meckerte. Klirrend kalte Luft schlug ihr ins Gesicht und schnitt ihr in die Lungen. Eine eisige Windböe fuhr ihr ins lockige Haar und zerfledderte ihre Frisur. Doch das störte sie nicht. Es zeigte ihr, dass sie lebendig war. Die große Frage war nur, was sie mit ihrem Leben anstellen sollte.

Ein fülliger Mann um die fünfzig schlurfte in Steppjacke und Jogginghose auf sie zu. Er ging an ihr vorbei und die Eingangstür hinter ihr öffnete sich. Ein Wärmestoß traf sie im Rücken. Es fühlte sich wie ein Schubser an, als würde sie aufgefordert, von hier zu verschwinden.

Paulina straffte die Schultern und setzte sich in Bewegung. Ihr Weg führte sie quer durch Hamburg. Eine halbe Stunde später schloss sie die Tür zu ihrer Altbauwohnung in Winterhude auf. Musik dröhnte ihr ins Ohr und Kaffeeduft waberte ihr verführerisch in die Nase.

»Hey, na wie war´s?«, begrüßte sie da auch schon Mia gutgelaunt. Ihre beste Freundin und Mitbewohnerin fegte energiegeladen an ihr vorbei.

Wenn sie selbst nur halb so viel Elan verspüren könnte, dachte sie bei sich und zog Jacke und Schuhe aus.

»Ach, na ja.« Strümpfig tappte sie in die großräumige Wohnküche, wo ihre Freundin mit dem Milchschäumer hantierte.

Die weißen Einbauschränke wurden durch das Fenster von der winterlichen Spätnachmittagssonne angestrahlt, sodass Mias glattes rotbraunes Haar regelrecht leuchtete. Ebenso wie ihre Mitbewohnerin selbst.

»Hast du im Lotto gewonnen? Oder warum bist du so happy?« Paulina lehnte sich gegen die ausladende Kochzeile, die sich zwischen ihr und ihrer Mitbewohnerin befand.

Mia goss weißen Schaum in zwei Tassen und streute noch einen Hauch Kakaopulver darüber. Dann reichte sie ihr einen der Pötte.

»Hier. Ich hab Cappuccino gemacht«, meinte sie, trat aus dem Küchengang und steuerte die Couchgarnitur auf der anderen Seite des Raumes an.

»Jetzt erzählst erst mal du. Wie lief es im Jobcenter?« Auffordernd klopfte sie auf das Polster neben sich.

Paulina setzte sich seufzend.

»Na ja. Im Grunde gut. Aber das kommt wohl auf die Betrachtungsweise an. Mir stehen eigentlich alle Türen offen. Das Problem ist nur …« Nachdenklich nippte sie an ihrer Kaffeekreation.

»… dass du Konditorin bleiben willst«, beendete deshalb Mia für sie den Satz.

Paulina hob schuldbewusst die Schultern. »Ja«, gab sie zu. »Konditorin zu sein, war das, was ich seit Kindheit an hatte machen wollen. Das Backen und Verzieren liegen mir im Blut.«

»Und du bist spitze darin! Du bist sogar ausgezeichnet worden und hast dir bereits in deiner jungen Berufslaufbahn einen Namen gemacht«, bestätigte ihre Freundin.

Paulina nickte versonnen. »Ich habe auch einige Angebote erhalten. Aber was nützt mir das?« Ihr Gesicht verdüsterte sich. »Damit brauche ich mich jetzt nicht mehr auseinandersetzen. Diese ›Entscheidung‹ ist mir von höherer Seite abgenommen worden, wie du weißt. Spätestens seit dem Eklat neulich in der Backstube ist diesbezüglich das Urteil gefallen. Jetzt hab ich obendrein noch eine angeknackste Rippe! Diese blöden Backbleche! Ich musste ja unbedingt in den Regalwagen plumpsen!« Ungläubig schüttelte sie den Kopf.

Prompt gluckste Mia. »Ich weiß, das ist nicht lustig. Und trotzdem ist es das doch. Ich wäre zu gern dabei gewesen! Zuzusehen, wie die Brötchen ein Eigenleben entwickelt haben und euch wie Gewehrsalven getroffen haben, und dann noch der Zimtsternregen … Das war garantiert zum Brüllen komisch.« Lachend hielt sie sich die Hände vor den Mund. »Stell dir vor, das hätte jemand gefilmt und du würdest die Szene bei Tiktok, Instagram oder auf YouTube sehen.«

Paulinas verdrossene Mundwinkel zuckten. Schließlich musste sie mitlachen. Im Nachhinein betrachtet, war es wohl wirklich ziemlich witzig gewesen. Jedenfalls für Außenstehende.

»Du hättest Utz sehen sollen! Er trug Sahnewölkchen auf den Augenbrauen. Sehr dekorativ!«, erklärte Paulina kichernd.

Mia kringelte sich bei der Vorstellung. Dann japste Paulina laut auf. Das Lachen tat ihrer Seele zwar unheimlich gut, doch ihre beschädigte Rippe fand das weniger lustig. Sie griff sich an die Brust und versuchte, sich zu beruhigen.

»Immerhin war es ein gelungener Abgang«, meinte sie schließlich grinsend.

»Garantiert unvergesslich!«

»Tja, das war's dann wohl. Verdammtes Bäckerasthma! Warum muss ausgerechnet ich auf Mehlstaub allergisch reagieren?« Unvermittelt wurde Paulina wieder ernst.

Als sie die Diagnose erhalten hatte, fand sie den Umstand halb so schlimm. Damals war ihre Allergie aber auch noch nicht derart ausgeprägt gewesen. Sie hatte nur hin und wieder mal niesen müssen. Der Juckreiz und die Pusteln, die auf ihr Kratzen folgten, waren aufgetaucht und verschwunden. Die Bindehautentzündung hatte sie noch vor einem Jahr auf die winterliche Erkältungszeit geschoben. Doch die Symptome hatten sich zunehmend verstärkt und Atemnot kam erschwerend hinzu. Sie hatte Medikamente verschrieben bekommen, die recht gut halfen. Leider meist nur eine gewisse Zeit lang. Inzwischen besaß sie ein ganzes Sammelsurium von Tabletten und Salben.

»Ich hätte die Prinzregententorte nicht backen dürfen. Zu viele Böden. Sie besteht aus acht Teigschichten. Das konnte nicht gutgehen. Ich hätte es wissen müssen!«, haderte sie mit sich.

Mia klopfte ihr mit der Hand beruhigend auf den Oberschenkel. »Das bringt doch nichts. Du hattest doch selbst schon überlegt hinzuschmeißen, weil du dich nicht für den Rest deines Lebens mit Medikamenten zudröhnen wolltest. Was ich auch sehr vernünftig finde. Das Zeug hat immerhin auch Nebenwirkungen!«

»Aber das war mein Traumberuf!«, jammerte Paulina. »Was soll ich denn jetzt machen?«

»Darüber kannst du in Ruhe nachdenken. Du bist mit dem angeknacksten Rippenbogen sowieso noch krankgeschrieben. Also schone dich, mach es dir gemütlich und wühl dich durch das Dickicht von Berufsangeboten. Es gibt so viele Möglichkeiten. Dir steht die ganze Welt offen!«

»Pha!« Unwillig schob sie sich eine ihrer gelockten Haarsträhnen hinters Ohr. »Schön verpackte Worte. Aber im Klartext bin ich berufsunfähig und mein Chef hat mir deutlich gesagt, dass ich nicht mehr kommen brauche. Er ist der Meinung, dass ich in meinem ›Zustand‹ eine Gefahr für mich selbst und andere wäre.«

Statt einer Reaktion trank Mia ihren Cappuccino. Also tat Paulina es ihr gleich.

»Es tut mir leid«, entschuldigte sie sich dann bei ihrer

Freundin. »Ich nerve mich ja selbst mit meinem Gejammer. Irgendwas werde ich schon finden, für das ich mich begeistern kann.«

»Das ist die richtige Einstellung! Wenn sich eine Tür schließt, öffnet sich irgendwo eine neue«, zitierte Mia eine alte Weisheit.

Paulina nickte lächelnd. Dass es allerdings ihre Augen erreichte, bezweifelte sie. Denn tief in ihr drin war sie nicht halb so davon überzeugt, wie sie nun vorgab zu sein.

»Apropos, ich habe aufregende Neuigkeiten«, plapperte Mia weiter und strahlte erneut wie ein Honigkuchenpferd. »Jan wollte ja mit ›Ärzte ohne Grenzen‹ für ein halbes Jahr nach Panama gehen …«

Das stimmte. Jan war Mias Freund. Die beiden waren seit knapp zwei Jahren ein Paar. Er engagierter Internist, sie Krankenschwester. Eigentlich völlig klischeehaft, aber die zwei waren so verliebt, dass es selbst ein Blinder nicht hätte übersehen können! Paulina gönnte ihrer Freundin von Herzen das Glück! Auch wenn sie dadurch in regelmäßigen Abständen daran erinnert wurde, dass sie selbst mit knapp dreißig immer noch Single war. Doch im Grunde störte sie das nicht. Nur die Nachfragen ihrer Mutter nervten. Seitdem ihr Bruder – der jünger war! – seine Traumfrau gefunden, vor ein paar Monaten geheiratet hatte und in sieben Monaten nun auch noch Vater werden würde, träumte Mama Handschuh von einer Horde Enkelkindern. Weshalb seit geraumer Zeit Paulina ebenso im Fokus stand, was Familienplanung betraf. Vielleicht fand ihre Mutter auch deshalb die Zwickmühle, in der sie sich befand – das Bäckerasthma und die berufliche Neuorientierung –, nicht halb so tragisch wie Paulina selbst. Nach derer Meinung war jetzt der optimale Zeitpunkt, um sich einen Mann zu suchen.

Unwillkürlich knirschte Paulina mit den Zähnen. Dann blickte sie in Mias verträumtes Gesicht.

»Die gute Nachricht ist, dass Jan hierbleibt?«, riet sie. Denn seitdem Panama im Raum gestanden hatte, war ihre Mitbewohnerin immer eine Spur geknickt gewesen. Was Paulina durchaus verstand. Eine Fernbeziehung war nicht einfach, zumal dann, wenn sich einer von beiden irgendwo im Nirgendwo aufhalten würde.

Doch ihre Freundin schüttelte den Kopf. »Nein, er geht nach wie vor. Aber …«, sie schnappte trommelwirbelmäßig nach Luft, »er hat organisiert, dass ich mitkommen kann. Krankenschwestern werden ebenso gebraucht. Ist das nicht fantastisch?!«

Paulina klappte der Kiefer hinunter. Erst die verfluchte Allergie, dann der schmerzhafte Rippenbogen und nicht zu vergessen: das berufliche Aus! Jetzt würde ihre beste Freundin sie obendrein allein lassen?

In ihrem Kopf wirbelte alles durcheinander. Was würde denn noch auf sie zukommen, womit sie nicht gerechnet hatte und mit dem sie fertigwerden musste? Allein!

»Was ist? Freust du dich nicht für mich? Für uns?« Mia schaute sie enttäuscht an.

Sofort überkam Paulina ein schlechtes Gewissen. Ihre Gedanken waren absolut egoistisch!

»Doch. Aber klar! Das ist toll … für euch beide!«, hörte sie sich sagen und brachte sogar ein Lächeln zustande. Dabei hoffte sie, dass es aufrichtiger klang, als sie sich gerade fühlte.

Aber darüber musste sie sich wohl keine Sorgen machen, denn Mia fiel ihr jubelnd um den Hals.

»Das finde ich auch! Ich bin ja so gespannt, wie es dort sein wird! Das wird eine unglaublich bereichernde Lebenserfahrung für mich. Ich – nein wir! – tun was Gutes und können wirklich helfen!«, erklärte ihre Freundin eifrig. »Und dass wir das gemeinsam machen werden, schweißt uns noch weiter zusammen. Ich freu mich ja so! Keine monatelange Trennung, stattdessen ein Abenteuer zu zweit!«

»Klasse. Wann soll es dann losgehen?« Eigentlich wollte Jan bereits nächste Woche fliegen, aber unter diesen Umständen würde sich das dann ja wohl verzögern, überlegte Paulina. Bis die beiden aufbrachen, hatte sie sich bestimmt an den Gedanken gewöhnt. Hoffte sie mal.

»Na, nächsten Montag. Wie geplant«, gab Mia jedoch zurück.

»Wie jetzt? Das Datum bleibt?«

»Ja.«

»Ich dachte, dass es für dich noch einiges zu regeln gibt.«

»Nein. Die Klinik gibt mir unbezahlten Urlaub dafür, genau wie Jan. Geimpft bin ich dank unseres Keniaurlaubs vor ein paar Monaten sowieso. Also alles in petto.«

Paulina runzelte die Stirn. »Dann bist du zu Weihnachten gar nicht da?«, hauchte sie.

»Oh, ach das …« Zum ersten Mal seit Mias großartiger Mitteilung verdüsterte sich ihr Gesicht. Betreten schlang sie ihre Arme um Paulina und drückte sie an sich. »Ach, Süße! Ich weiß, wie viel dir die Weihnachtszeit bedeutet. Mir ja auch. Aber dieses Jahr —«

»Verbringst du sie auf der anderen Seite der Erdkugel«, murmelte Paulina.

Dank der neusten Ereignisse in ihrem Leben bezweifelte sie sowieso schon, ob sie überhaupt in die übliche Vorweihnachtsstimmung kommen würde. Jetzt sollte sie auch noch die gesamte Adventszeit allein in dieser Wohnung sitzen und die erste Kerze am Kranz anzünden? Die Vorstellung war erbärmlich.

Fünf Tage später war es so weit. Mias Hartschalenkoffer und eine große Reisetasche standen abholbereit im Flur. Obwohl es schon fast Mitternacht war und Paulina hundemüde, wollte sie nicht ins Bett gehen. Denn wenn sie am nächsten Morgen aufwachte, wäre ihre beste Freundin weg. Um vier Uhr dreißig in der Früh würde Jan sie abholen und Millionen von Kilometer weit weg entführen.

Unkonzentriert zappte sie sich durch das Fernsehprogramm, während Mia in ihrem Zimmer herumklapperte, um es für die nächsten Monate picobello zu hinterlassen.

Paulinas Brustkorb zog sich zusammen. Sie hatte nicht viele Freunde. Die meisten davon hatte sie auf der Arbeit und in ihrem beruflichen Umfeld kennengelernt. Es waren Menschen, die ihre Leidenschaft teilten. Doch seit ihrem abrupten ›Aus‹ hatte sie sich von ihnen zurückgezogen. Ihren Job aufzugeben, war schon schlimm genug. Da musste sie sich nicht obendrein auch noch anhören, welcher Motiv-Torten-Herausforderung sich beispielsweise ihr Freund Marek gerade stellte.

Sie hatten zusammen die Ausbildung absolviert und waren bei ihrem Abschluss beide als herausragende Nachwuchstalente beschrieben worden. Von Anfang an waren sie ebenso Freunde wie Konkurrenten gewesen und hatten sich gegenseitig gepuscht. Das war über die Jahre so geblieben. Nur, dass Marek inzwischen in der Schweiz arbeitete. Früher hatte Paulina sich jedes Mal gefreut, wenn ihr ihr Mitstreiter per Videobotschaft seine neusten Kreationen gezeigt hatte und ihre professionelle Meinung wissen wollte. Jetzt konnte sie sich kaum überwinden, auf ›Play‹ zu drücken, wenn er ihr etwas schickte. Weshalb mehrere seiner Nachrichten auch unbeantwortet geblieben waren.

Prompt verstärkte sich das beklemmende Gefühl in ihrer Brust. Sie sollte sich bei ihm melden und sich nicht aufführen wie eine arrogante Zicke. Denn von ihrem gesundheitlichen und beruflichen Problem hatte Paulina ihm nichts erzählt. Wozu auch? Er konnte es auch nicht ändern, und sein Mitleid brauchte sie nicht!

»Füreinander da sein, ist das größte Geschenk«, drang eine Stimme in gebrochenem Deutsch aus dem Fernseher an Paulinas Ohr. Es war der Abspann eines Werbespots, der die Zuschauer bereits auf Weihnachten einstimmen sollte.

Sie seufzte laut auf.

»Nun sei doch nicht so traurig!« Als Mia ihre Arme von hinten um sie schlang, zuckte sie erschrocken zusammen. »Die Zeit vergeht so schnell. Bis du dich einmal umsiehst, bin ich schon wieder da.«

Paulina tätschelte die Hände ihrer Freundin und drehte sich zu ihr um. »Na klar. Mal sehen, ob du mich dann wiedererkennst. Vielleicht bin ich bis dahin schon eine erfolgreiche Geschäftsfrau. Ich könnte Börsenmaklerin werden.« Grinsend zwinkerte sie ihrer Freundin zu. Das Letzte, was sie wollte, war, Mia zum Abschied ein schlechtes Gewissen zu bereiten.

»Ach echt? Du hast ja große Pläne.« Mia lachte.

Sie zuckte mit den Achseln. »Mal sehen. Um mich brauchst du dir jedenfalls keine Sorgen machen. Du kennst mich doch, ich kämpf mich schon durch. Und ohne Bäckerasthma bin ich bald auch wieder topfit.«

»Also dann …« Die Freundin hob die flache Hand und Paulina klatschte ab.

Die leichte Erschütterung strafte ihre Worte Lügen. Noch immer spürte sie ihre lädierte Rippe. Aber sie hatte genug davon! Selbstmitleid stand ihr nicht! Hatte es noch nie. Es war an der Zeit, endlich nach vorn zu sehen. Alles hatte sich verändert. Ihr Leben, so wie es war, gab es ab morgen nicht mehr. Sie würde sich nicht unterkriegen lassen.

Warum mit guten Vorsätzen bis ins neue Jahr warten? Meistens hielt man sich daran doch eh nie. Und so beschloss sie, dass jetzt der passende Zeitpunkt war, wirklich neue Wege zu beschreiten. Vielleicht würde der Zauber der Vorweihnachtszeit ihr dabei ja zugutekommen …

Es war bereits nach zehn, als Paulina die Augen öffnete. Verschlafen taumelte sie in die Küche, um die Kaffeemaschine anzustellen. Was sie an diesem Morgen zuallererst brauchte, war ein großer Pott voll der schwarzen koffeinhaltigen Flüssigkeit.

Sie hatte mies geschlafen und war lange Zeit wach gelegen. Sie hatte gehört, wie Mia sich aus der Wohnung geschlichen hatte, sehr bedacht darauf, auch ja keinen Lärm zu machen. Das hätte sie sich sparen können. Paulina hatte mitbekommen, wie ihre Freundin vor Aufregung leise gequiekt hatte, als Jan in der Tür stand, um sie abzuholen. Sie hatte sogar den Kuss, den die beiden in abenteuerlicher Vorfreude ausgetauscht hatten, bildlich vor sich sehen können. Das leise Schmatzen und Gemurmel der beiden gehört. Aber sie war nicht aus den Federn gekrochen. Das hatte sie sich verboten. Die Freundinnen hatten sich ausgiebig lachend sowie tränenreich für die kommenden Monate verabschiedet. Das brauchte keine Wiederholung!

Nun, bei Tageslicht betrachtet, wirkten die Zimmer seltsam leer, obwohl sich von der Einrichtung nichts verändert hatte. Es war ja nicht so, als wäre Mia ausgezogen! Trotzdem fühlte Paulina eine Kühle in den Räumen. Unwillkürlich rieb sie sich über die Arme. Dann schüttelte sie den Kopf.

Vermutlich sollte sie einfach die Heizkörper etwas höher drehen. Es war Mitte November, der erste Advent nicht mehr weit. Zu dieser Jahreszeit war es normal, dass die Außentemperaturen sanken und man es sich zu Hause kuschlig machen musste.

Auf dem Weg ins Bad beschloss sie, in den Untiefen ihres Schranks zu wühlen und ihren dicken geringelten Lieblingspullover herauszuholen. Bereits der Gedanke daran stimmte sie fröhlich.

Eine halbe Stunde später saß sie frisch geduscht, im flauschigen Winterpulli, am Esstisch. Vor ihr lagen Block und Stift, gleich neben der herrlich duftenden Kaffeetasse und dem Teller, auf dem ein Croissant vom Vortag lag. Kurz aufgetoastet schmeckte es wie frisch. Die Schicht Butter und Erdbeermarmelade tat ihr Übriges.

Während sie frühstückte, starrte sie auf das weiße Blatt Papier. Sie war fest entschlossen, sich nicht unterkriegen zu lassen. Auch wenn sich ihr Leben von der einen Minute auf die andere verändert hatte, Mia würde zurückkommen. Und eine neue Arbeit zu finden, konnte doch nicht sooo schwer sein. Oder? Gerade heutzutage, wo man andauernd an allen Ecken und Enden hörte, dass Mitarbeiter gesucht wurden, sollte Paulina durchaus einen Job finden, der ihr Spaß machte. Die Frage war nur, welcher das sein sollte.

Beherzt biss sie in das Butterhörnchen. Kleine Teigblättchen rieselten dabei auf den Teller. Hmm. Es schmeckte köstlich. Daran, ob ein Plunderteil noch am nächsten Tag schmackhaft war, erkannte man die Qualität. Augenblicklich überlegte sie, was sie vielleicht noch am

Rezept verändert hätte. Ihr Gehirn arbeitete sofort auf Hochtouren. Dann schüttelte sie über sich selbst den Kopf und stoppte ihren Denkprozess.

»Falsche Richtung! Ganz falsch!«, rügte sie sich im Geiste.

Die gleiche Energie, die sie bisher in ihre Arbeit gesteckt hatte, wollte sie nun in andere Dinge stecken. Hatte sie das bereits wieder vergessen? Aber alte Gewohnheiten legte man wohl nur schwerlich ab. Zumal ihr das Backen und Verzieren ja schon immer Freude bereitet hatten …

Etwas frustriert nippte sie an ihrem Kaffee. Gab es denn sonst wirklich gar nichts, das sie ebenso begeistern könnte?

Entschlossen angelte sie nach dem Kuli und kritzelte drauflos: Weihnachtsdeko und Sport, kam ihr als Erstes in den Sinn. Für die Dekoration der Wohnung war es laut Kalender höchste Zeit, und sportlich etwas fitter zu werden, konnte schließlich nie schaden. Bislang war das nicht besonders notwendig gewesen, war sie doch in der Backstube permanent auf den Beinen gewesen. Die angeblich achttausend Schritte pro Tag – der Gesundheit zuliebe! – hatte sie mit Leichtigkeit geschafft. Doch nun sah das anders aus. Seit ihrem Krankenstand hatte sie viele Stunden auf der Couch verbracht. Zu viele! Natürlich waren das Bäckerasthma und die damit verbundene Atemnot, sowie die angeknackste Rippe vorwiegend dafür verantwortlich. Aber Mia hatte durchaus recht, als sie angemerkt hatte, dass Paulinas Symptome allmählich abgeklungen waren und sie aufpassen musste, nicht in eine depressive Phase zu rutschen.

Für einen Moment stellte sie sich vor, wie sie in einem halben Jahr völlig verwahrlost von ihrer Mitbewohnerin, lethargisch am Sofa sitzend, vorgefunden werden würde.

Müffelnd, mit fettigen Haaren, um sie herum Staubmäuse und leere alte Pizzakartons, sowie haufenweise dreckiges Geschirr überall verteilt. Unwillkürlich schüttelte es sie. Nein, so wollte sie auf keinen Fall enden!

Ob Mia ebenfalls solche Bilder durch den Kopf gegangen waren, als sie ihr letzte Nacht eindringlich ins Gewissen geredet hatte? Wenn Paulina jetzt so darüber nachdachte, war die Sorge ihrer Freundin schon irgendwie im Gesicht abzulesen gewesen. Hatte Mia deshalb mehrmals darauf gedrängt, dass sie mindestens einmal die Woche per Videotelefonie miteinander quatschten? Oder bildete Paulina sich das nun, im Nachhinein, nur ein?

Ein Kälteschauer durchzog ihren Körper. Es war viel zu ruhig hier! Sie konnte sich ja bereits schon denken hören! Schnell stand sie auf und drehte das Radio an.

Die fröhliche Stimme der Moderatorin hallte sofort im Zimmer wider, als diese gerade die Frage stellte, ob man sich auf das anstehende Familientreffen zu Weihnachten freuen würde.

Paulina runzelte die Stirn. So richtig entspannen konnte sie sich bei dem Gedanken nicht, wenn sie ehrlich war. Bestimmt wollten ihre Eltern wissen, welche Pläne sie hatte, wie sie künftig ihr Einkommen bestreiten wollte und natürlich, ob es endlich einen Mann an ihrer Seite geben würde.

Unwillkürlich blieb ihr Blick am Stichpunkt ›Weihnachtsdeko‹ hängen. Sie hatte knappe sechs Wochen, um sich auf all diese Fragen eine Antwort einfallen zu lassen.

Paulina war gerade dabei, in ihre Stiefeletten zu schlüpfen, als die Titelmelodie von »Friends« ertönte.

Eilig ließ sie die Schuhe fallen und stolperte zum Tisch, auf dem ihr Handy lag.

»Mia! Endlich! Wie geht es dir?«, plapperte sie schon los, kaum dass sie den eingehenden Anruf per Facetime angenommen hatte.

»Gut. Die Reise war anstrengend. Allein zwölf Stunden Flugzeit, dann noch die Überlandfahrt. Aber es hat alles geklappt«, antwortete ihre Freundin strahlend im Achseltop.

»Das ist schön, zu hören. Hättest dich aber wirklich schon etwas früher melden können!« Seit Mias Abreise waren inzwischen drei Tage vergangen.

»Ich weiß. Tut mir leid. Ich habe es versucht. Es ist nur … Das Handynetz schwankt hier nahe des Darién sehr.«

Paulina nickte. Der Darién war der Dschungel zwischen Kolumbien und Panama. Den teils undurchdringlichen Urwald durchquerten Menschen, die aus ihren Heimatländern vor Gewalt und existenziellen Nöten flohen. Im Süden Panamas hatte sich deshalb eine humanitäre Notlage entwickelt, weshalb die ›Ärzte ohne Grenzen‹ ihre Hilfe dort anboten.

»Außerdem sind wir auch schon voll im Einsatz«, berichtete Mia weiter.

»Und wie ist es?«, fragte Paulina.

»Na ja, das Team ist toll. Wir bieten hier medizinische Grundversorgung an. Das ist wirklich nötig und geht mir leicht von der Hand. Aber der Umgang mit Menschen, die sexuelle Gewalt erfahren haben, ist für mich schon eine Herausforderung …«

Einen Moment lang schwiegen beide. Paulina schaute betreten drein und überlegte, was sie dazu sagen sollte. Alles, was ihr einfiel, waren unbedeutende Floskeln.

Dann beendete Mia die Pause, indem sie abrupt das Thema wechselte.

»Du hast die Wohnung geschmückt?«, rief sie entzückt aus und drückte sich die Nase am Handybildschirm platt. »Zeig mal!«, forderte sie Paulina auf, weil sie sich trotz größter Bemühungen natürlich nicht umsehen konnte.

Paulina tat ihr den Gefallen und schwenkte ihr Smartphone einmal langsam durch den Raum.

Bei der Balkontür stand ein Dekobündel mit roten und braunen Gräsern, dazu hatte sie das viereckige Weidenkorbgeflecht gelegt, das mit einem rotkarierten Band samt Schleife verziert war, sodass es wie ein Weihnachtsgeschenk aussah.

Zwischen Sessel und Sofa befand sich nun der circa siebzig Zentimeter große weiße Schneemann aus Metall. Er war mit cremefarbenem Glitzerstoff verziert und seine Beine federten immer freudig, wenn man ihn berührte. Die orange Karottennase war der einzige Farbtupfer an ihm und unterstrich sein lächelndes Gesicht.

Am Fenster hatte sie, wie jedes Jahr, den großen roten Papierstern mit ausgestanzten Ornamenten aufgehängt. Die im Inneren versteckte Glühbirne warf beim Einschalten ein wunderbar rotgelbes Licht auf die Umgebung.

Und am Küchentresen stand jetzt der hölzerne Dekoschriftzug ›Advent‹. Der Aufsteller war in weiße Farbe getaucht und mit hellgrauen Akzenten sowie kleinen Schneeflockensternen verziert worden.

»Oh, besonders viel ist das aber nicht«, sagte Mia. Ein Hauch Enttäuschung klang in ihrem Tonfall mit, was Paulina aber nicht verwunderte. Ihre Mitbewohnerin war üblicherweise diejenige, die ihr gemeinsames Zuhause in dieser Jahreszeit zu einem regelrechten Winterwunderland verwandelte.

Paulina richtete den Bildschirm wieder auf sich. »Mir reicht das. Außerdem wollte ich gerade zum Markt und einen Adventskranz für den Couchtisch kaufen.«

»Ach so?« Die Freundin warf einen Blick auf die Armbanduhr und rechnete offenbar. »Hier ist es acht Uhr morgens, dann ist es bei euch jetzt … vierzehn Uhr?«

»Stimmt und um einiges kälter als bei dir.«

»Siebenundzwanzig Grad.« Unwillkürlich sah Mia an sich herunter, um anschließend auf Paulinas Rollkragen zu schielen.

»Hm. Ich halte mit sechs Grad und Nieselregen dagegen.«

Unisono zuckten sie mit den Schultern und lachten.

»Wie läuft es denn bei dir? Hast du schon eine Idee, wie du künftig dein Auskommen bestreiten willst?«, wollte Mia dann wissen und blickte ihre Freundin hoffnungsvoll an.

Paulina seufzte. »So richtig noch nicht. Aber das ist ja auch keine Entscheidung, die man schnell mal über Nacht trifft.« Sie dachte an die vergangenen drei Tage, in denen sie sich nur mäßig mit dem Thema beschäftigt hatte. Die Wohnung für den Advent zu schmücken war schließlich wichtig gewesen. Auch wenn sie das bisschen wohlweislich in ein bis zwei Stunden geschafft hätte, schon klar. Sie hatte sich eben Zeit gelassen! Dann hatte sie ein Buch gelesen, statt sich ins Berufsinformationszentrum zu schleppen. Aber bei diesem Hundewetter wäre das doch auch eine Zumutung gewesen. Oder nicht?

»Du drückst dich!«, stellte Mia fest, als könnte sie ihre Gedanken lesen. »Ich weiß ja, dass du eigentlich nichts anderes machen möchtest als Backen und Verzieren. Aber das geht halt nicht mehr«, erinnerte sie ihre Freundin mit liebevollem Nachdruck. »Wenn ich raten sollte, würde ich darauf tippen, dass du haufenweise Plätzchenrezepte angeschaut hast, seitdem ich weg bin.«

Ertappt! Paulina schluckte. »Schon möglich. Aber ich habe mir auch aktuelle Stellenausschreibungen durchgesehen!«, verteidigte sie sich – möglicherweise etwas zu schnell. Doch es entsprach zumindest der Wahrheit. Dass sie dafür nur etwa zehn Minuten hatte aufbringen können, bis sie sich erschöpft abgewandt hatte, musste sie ihrer Freundin ja nicht auf die Nase binden.

Prompt rümpfte diese die Nase, kommentierte es aber glücklicherweise nicht.

»Ich kann dir jedenfalls den Tipp geben, dich mal auf der Internetseite umzusehen, deren Link ich dir geschickt hatte. Da findest du alles, was du für eine gute Bewerbung wissen musst. Und bei YouTube findest du tolle Videos zu Vorstellungsgesprächen, falls es so weit kommt. Auf Instagram findest du auch Blogs dazu.«

Mia zwinkerte ihr über den Bildschirm aufmunternd zu, und Paulina unterdrückte ein Augenrollen. Das alles hatten sie schon mehrmals durchgekaut. Aber offenbar dachte ihre Freundin, wenn sie es nur oft genug wiederholte, würde es irgendwann fruchten. *Schlussendlich hat sie ja recht*, dachte sie bei sich. Sie musste in die Gänge kommen!

»Schon gut, schon gut. Ich werde es mir ansehen. Versprochen«, brachte sie schließlich hervor.

»Sehr schön ... Du kannst mi... ja ... auch ... Videobotschaft schicken. Und ... Fot... auf Instagram ...sehen«, antwortete ihre Freundin mit einigen Aussetzern. Die Verbindung war auf einmal schlechter geworden. Plötzlich war das Bild immer wieder verzerrt, das bemerkte Mia natürlich ebenfalls. *»Oh! Warum ... eigentlich angerufen ... wollte dir noch sagen ...«* Dann riss die Internetverbin-

dung ganz ab. Paulinas Bildschirm wurde schwarz und ein
Hinweis erschien, dass das Gespräch beendet worden war.

AUF DEM WOCHENMARKT fühlte Paulina sich wie immer
pudelwohl. Nur die vielen aufgespannten Regenschirme
störten etwas. Man musste aufpassen, dass man sich nicht
gegenseitig ins Gehege kam. Dafür brachten sie Farbe in
das triste Grau des Tages.

Wohlig atmete sie durch. Sie liebte es bunt und die
Auslagen der Standanbieter taten ihr Übriges. Ein Lächeln
legte sich auf ihre Lippen, als sie sich durch den Markt-
platz schob. Am Gewürzstand blieb sie kurz stehen und
hielt ein Schwätzchen mit Herrn Sauer, dem Inhaber. Sie
kannten sich bereits seit Jahren, denn auch zum Backen
brauchte man Gewürze, die frisch ihre individuelle Note
am besten entfalteten. Gleich nebenan verkaufte Frau
Emmig ihre Eier, die garantiert von glücklichen Hühnern
gelegt worden waren. Ja, Paulina waren Lebensmittel
wichtig. Für gute Qualität und liebevolle Tierhaltung war
sie immer bereit, einen höheren Preis zu bezahlen.

»Heute nur eine Schachtel?«, fragte die Eierfrau überrascht. Auch hier war Paulina Stammkundin. »Die
Adventszeit steht vor der Tür. Sie backen doch bestimmt
wieder zig Plätzchensorten.«

Paulina schüttelte den Kopf. Nein, dieses Jahr nicht.
Obwohl es ihr derart in den Fingern juckte, dass es sie
extremen Kraftaufwand kostete, sich zu beherrschen.
Wieder einmal fragte sie sich, wie es sein konnte, dass
man auf etwas allergisch war, das man derart liebte. Doch
das Philosophieren brachte sie nicht weiter. Ihr Problem
laut auszusprechen, dazu fühlte sie sich aber auch nicht in
der Lage.

»Mir fehlt momentan leider die Zeit«, log sie deshalb und erkannte die Enttäuschung in Frau Emmigs Augen.

»Dann muss ich auf Ihre süßen Köstlichkeiten verzichten?«

»Sieht leider so aus.« In ihr zog sich alles zusammen. Es war schon zu einem Ritual geworden, dass sie um den Nikolaustag an alle Standbesitzer des Marktes, mit denen sie gut bekannt war, großzügig Plätzchentüten verteilte.

»Oh!«, hauchte Frau Emmig und Paulina wechselte rasch Geld gegen den Eierkarton. Dass diese Tradition diesmal ausfallen sollte, bedauerte sie selbst vermutlich am allermeisten.

Als ihr Handy in der Tasche vibrierte, war sie fast erleichtert, einen Grund zu haben, um das Pläuschchen mit der Marktfrau zu beenden.

»Hallo, Liebes«, flötete ihre Mutter ihr ins Ohr.

»Hallo, Ma.«

»Wie geht es dir denn? Du rufst nicht an, schreibst nicht. Ich hatte schon befürchtet, dir ist was passiert. Jetzt, nachdem Mia weg ist und du allein wohnst! Für eine alleinstehende Frau ist es nicht ungefährlich, weißt du?«

Aha, ihre Mutter hatte nicht mal zwei Minuten gebraucht, um sie auf ihr Singledasein hinzuweisen. Das war selbst für sie rekordverdächtig.

»Mama, mir geht's gut. Ich bin ein großes Mädchen und ich wohne in Winterhude, nicht in der Bronx.« Kopfschüttelnd spazierte sie an den Obst- und Gemüseständen vorbei. Brauchte sie Kartoffeln?

»Darüber bin ich ja auch froh. Aber auch bei uns gibt es genug Verbrecher. Erst gestern Abend habe ich eine Reportage gesehen, in der es um Wohnungsbesetzer ging.«

»Du meinst Mietnomaden?« Was hatte das denn mit ihr zu tun?

»Nein. Es ging darum, dass es Leute gibt, die auskundschaften, wann Wohnungen leerstehen, weil die Eigentümer zum Beispiel verreist sind. Dann verschaffen sie sich Zugang und leben darin, bis die Besitzer zurückkommen. Kannst du dir das vorstellen? Dass während deiner Abwesenheit jemand in deinem Bett schläft, den du nicht mal kennst?« Die Stimme ihrer Mutter überschlug sich fast.

»Nein, kann ich nicht. Das ist wirklich irre. Da ich aber nicht vorhabe, in Kürze in den Urlaub zu fahren, müssen wir uns darüber auch keine Sorgen machen.«

»Hm«, brummte ihre Mutter Elsa, mit der nüchternen Betrachtungsweise ihrer Tochter offenbar unzufrieden. »Trotzdem wäre mir wohler, wenn du einen Freund hättest, der öfter mal bei dir übernachtet. Wie sieht es denn da aus? Gibt es vielversprechende Kandidaten? Gehst du regelmäßig weg? Dafür hast du jetzt doch endlich mal Zeit, anstatt von früh bis abends in der Backstube zu verkümmern.«

Statt einer Antwort biss Paulina herzhaft in einen Apfel, den sie gerade auf seine Festigkeit befühlt hatte. Es war eine Überreaktion und der Apfel eine Art Blitzableiter. Als sich ihre Zähne in das saftige Fruchtfleisch gruben, verspürte sie genau die Erleichterung, die sie brauchte. Ein Tropfen Apfelsaft lief ihr aus dem Mundwinkel und die Marktfrau blickte sie mit hochgezogenen Augenbrauen an.

3

Schon beim Aufstehen schwirrte Paulina der Kopf. Seit den Gesprächen vorgestern mit Mia und ihrer Mutter hatte sie sich endlich aufgerafft und ernsthaft ihre beruflichen Möglichkeiten sondiert. Den ganzen vergangenen Tag war sie durchs Netz gesurft, um sich zu informieren und Anregungen zu holen. Nun stand sie mit mürrischem Blick vor der Kaffeemaschine und wartete, dass sie ihre Arbeit beendete.

Das Problem an der ganzen Sache war, dass sie sich nach wie vor keine andere Arbeit vorstellen konnte. Sie war nun einmal kreativ, liebte es, etwas herzustellen und zu verzieren. Das Gefühl, wenn sie ihr fertiges Werk betrachtete, und in die glücklichen Gesichter und leuchtenden Augen ihrer Kunden zu sehen – nicht zu vergessen, das genüssliche Aufstöhnen der Menschen, wenn es auch noch schmeckte und auf der Zunge zerging –, das war es, was sie befriedigte. Wenn man es von dieser Seite betrachtete, war sie Künstlerin. Aber sie konnte unmöglich eine derartige Karriere anstreben. Dazu müsste sie künftig Bilder malen, töpfern oder Skulpturen gestalten. Nein, das war kein Berufszweig, den sie eben mal so aufnehmen und verwirklichen konnte. Zumal sie in keine dieser Richtungen bisher irgendeine Art Talent bei sich entdeckt hatte.

Was an bodenständigen Tätigkeiten blieb – im Gegensatz zu brotloser Kunst –, waren Berufe wie: Innenarchitektin, Raumausstatterin, vielleicht etwas im Garten- und Landschaftsbau oder Malerin? Wie gestern blieben ihre Gedanken bei den Raumausstattern hängen. Das wäre unter Umständen vielleicht eine Alternative. Gab es dort Möglichkeiten für Quereinsteiger? Oder müsste sie dazu erst eine Ausbildung machen?

Die Kaffeemaschine gab ein letztes Zischen von sich und zeigte damit an, dass sie ihre Arbeit getan hatte. Nachdenklich füllte Paulina eine Tasse und schlurfte zum Couchtisch. Dort lag ihr Handy. Ihr erster Impuls war, nach den Jobkriterien zu googeln. Doch als sie die Suchmaschine öffnete, wurde ihr klar, dass die auch nicht alles wusste. Schon gar nicht in Bezug auf sehr spezielle Fragen. Meist bekam man nur haufenweise Informationen angezeigt, die einem nicht wirklich weiterhalfen. War es da nicht besser, direkt vor Ort einen Raumausstatter zu fragen? Ganz persönlich?

Ihr fiel ein, dass sie unlängst sogar für die Firma ›Wohlfühlwelten‹ eine Motivtorte kreiert hatte. Es war ein rechteckiger Kuchen gewesen, der zuerst mit Schokoladenguss verziert worden war, um dann aus Marzipan ein Sofa samt Tisch, Schrank und Flokati daraufzusetzen. Der Kuchen war ihr erstklassig gelungen und der Inhaber, Herr Weiler, hatte sie in den höchsten Tönen gelobt. Mit ihm sollte sie vielleicht über ihre berufliche Neuorientierung sprechen.

Aber was sollte sie ihm sagen? Sie müsste sich bestmöglich ›verkaufen‹, wenn sie einen Arbeitsplatz ohne spezielle Ausbildung haben wollte. Denn die Aussicht, noch einmal ganz von vorn anzufangen, behagte ihr überhaupt nicht. Besonders, da sie sich nicht sicher war, ob ihre Wahl – auf was immer sie fallen sollte – die richtige für sie war.

Was also konnte sie vorbringen, um als geeignet und qualifiziert zu erscheinen?, überlegte sie und nippte an ihrem Kaffee. Ihre Finger tippten dabei wie automatisch auf dem kleinen Display herum. Schon öffnete sich die YouTube-App. Es war an der Zeit, einen Blick in die Videos mit den Vorstellungsgesprächen zu werfen, die Mia so angepriesen hatte. Womöglich würde sie das ja weiterbringen. Paulina hatte sie zwar in ihrem persönlichen Account abgespeichert, bisher aber vermieden, sie anzuschauen.

Bis die Tasse leer war, hatte sie zweieinhalb Clips gesehen. Als sich die Tipps und Tricks wiederholten, schaltete sie aus. Sie war sowieso eher die Macherin als die Art von Mensch, die ausgiebig und stundenlang Betriebsanleitungen und so Zeug las. ›Learning by Doing‹ lautete ihr Motto in der Regel. Selbst beim Backen hatte sie so schon Rezepte verfeinern und neue erfinden können. Weshalb sie nun erneut nach ihrem Handy griff. Sie wollte den Vorschlag aufgreifen und sich selbst dabei aufnehmen, wie sie sich zu Übungszwecken vorstellte. Angeblich konnte sie so ihre Fehler besser erkennen und Fortschritte dokumentieren.

Schon schaute sie sich selbst am Display entgegen. Nun ja, zumindest ihr Kinn und ihre große Nase. Seit wann war die denn so riesig? Ach du meine Güte! Paulina hielt das Smartphone etwas weiter von sich weg. Schon besser. Sie drehte es hochkant, dann quer. Letztlich war das Format egal. Okay, und nun? Sie drückte die Aufnahmetaste:

»Hallo, Paulina Handschuh. Ich bin Konditorin und

auf Jobsuche ...« Unwillkürlich runzelte sie die Stirn. Das ging ja gar nicht! Weshalb sollte ein Raumausstatter eine Konditorin einstellen? Nein, sie musste es anders formulieren. Aber wie?

Nach einem tiefen Atemzug startete sie einen neuen Versuch.

»Hallo, Herr Weiler, ich bin Paulina Handschuh. Ich habe die Torte für Ihre Firmenfeier gemacht. Kennen Sie mich noch? Leider muss ich mich beruflich neu orientieren. Deshalb habe ich mich gefragt ...« Sie schnaufte auf und schüttelte den Kopf. Das war auch nicht gut. Missmutig rümpfte sie die Nase und löschte das Video.

Eine Push-up-Nachricht wies sie auf einen neuen Beitrag von Mia auf Instagram hin. Sie öffnete die App und sah ein traumhaft schönes Foto eines Sonnenuntergangs über dem Meer. Für eine Sekunde verlor sie sich darin, dann wurde ihr klar, dass sie schon wieder Zeit schindete.

Sie erhob sich und tigerte im Raum auf und ab, während sie im Geist einige Sätze durchging. Schließlich glaubte sie, die richtigen Worte für ein Vorstellungsgespräch gefunden zu haben. Etwas aufgedreht sprang sie mit einem Hops aufs Sofa und setzte sich auf die Rückenlehne. Kurz das Bild visiert, Aufnahmetaste gedrückt, und sie plapperte erneut:

»Hallo, ich bin Paulina. Ich möchte mich gern vorstellen. Bisher bin ich Konditorin mit Auszeichnung gewesen. Jetzt habe ich Bäckerasthma und bin auf der Suche nach neuen Herausforderungen«, plapperte sie drauflos und lächelte in die Kamera, als plötzlich hinter ihr ein nackter Mann vorbeilief.

Paulina blinzelte. War das eben eine Fata Morgana gewesen? Oder war sie nun auch noch dabei, ihren

Verstand zu verlieren? Als sie wieder auf ihren Handybildschirm schaute, war der Mann verschwunden.

»Ähm, ja ...«, sprach sie weiter und beugte sich dabei zurück. Sie war sich felsenfest sicher, soeben gesehen zu haben, wie ein Mann – mit nacktem muskulösen Oberkörper – von der Balkonseite hinter ihr, zwischen Couch und Esstisch, in Richtung Flur gelaufen war. *»Also ich wollte mich mal vorstellen ...«*, redete sie abgelenkt weiter und wandte den Kopf zur Zimmertür.

Ihr Hals wurde lang und länger. Jetzt erhaschte sie einen Blick auf einen festen runden Männerpo. Wie belämmert starrte sie darauf. Das männliche Exemplar bog ins Badezimmer ab. Sie beugte sich weiter zurück und … verlor das Gleichgewicht.

Ihre Beine schnellten in die Höhe, die Arme von sich gestreckt, rollte sie über die Rückenlehne ihres Sofas und plumpste auf der anderen Seite unsanft auf den Dielenboden. Beim Aufprall rutschte ihr das Mobiltelefon aus den Händen. Wie ein Käfer in Rückenlage versuchte sie, es aufzufangen, stieß es aber nochmals hoch, bevor sie es fahrig endlich schnappen konnte. Aufmüpfig hüpfte es noch zwei weitere Male ein wenig auf und ab, bis sie es fest im Griff hatte.

Uff. Die Anspannung ließ nach. Ihre Beine schwankten und kamen schließlich an der Rückseite der Couch lehnend zum Stillstand. Während sie erst mal tief durchatmete, drehte sich ihr Kopf wie von selbst nach rechts. Sie sah den Holzboden, dann hob sich ihr Blick. Er fiel über die Türschwelle hinweg in den leeren Flur.

Wiederholt schnaufte sie und fragte sich, ob sie diese ›Erscheinung‹ vielleicht geträumt hatte. Womöglich hatte sie ein Sekundenschlaf erfasst. Ihre Nacht war immerhin nicht besonders erholsam gewesen. Aber … Nein! Sie hatte ein Video gedreht. Sich vorgestellt. Geredet. Da schlief man doch nicht ein!

Ein Kälteschauer durchströmte sie bei dem Gedanken daran, dass sie womöglich dabei war, verrückt zu werden. Die vergangenen Wochen waren nicht einfach gewesen …

Oder lag es an den Medikamenten, die sie nahm? Sie musste unbedingt die Nebenwirkungen studieren. Andererseits hatte sie die Mittel weitgehend reduziert, seit sie nicht mehr in der Backstube tätig war. Die Stimme ihrer Vernunft riet ihr, aufzustehen und im Bad nachzusehen.

Erst jetzt bemerkte sie, dass sie die ganze Zeit über unaufhörlich ihr Handy geknetet hatte. Als sie es zur Seite legte, leuchtete im Display eine Nachricht auf. Doch das nahm sie nur am Rande wahr.

Sie rappelte sich hoch, ihre lädierte Rippe schmerzte etwas, doch Paulina schlich unbeirrt durch den Flur. Vor der Badezimmertür blieb sie stehen und nahm all ihren Mut zusammen. Rauschte da Wasser?

Ruckartig drückte sie den Griff nach unten und stürmte hinein. Geradewegs vor ihr, an der gegenüberliegenden Seite, befand sich die Dusche. In der ein Mann stand, so wie Gott ihn geschaffen hatte.

Paulina schluckte hart. Die Duschszene aus ›Psycho‹ schoss ihr durch den Kopf, wurde aber jäh von einer Erotikfantasie abgelöst. Obwohl die Glastür mit einigen Tropfen berieselt worden war, konnte sie alles sehen, was es zu sehen gab. Straffes Gewebe, Muskeln unter braungebrannter Haut, der eingeseifte Haarflaum auf seiner Brust und … Schnell hob sie den Blick und stierte ihm direkt ins Gesicht. Er war um die dreißig, schätzte sie, und besaß hellbraunes Haar.

Mit offenem Mund starrte er sie ebenfalls an. Als er zu keuchen und prusten begann, ergriff Paulina die Flucht.

• • •

Ihre Gedanken überschlugen sich. Sie bewohnte diese Wohnung zusammen mit Mia. Aber die war augenblicklich nicht da. Ergo: Sie allein hatte hier Zugang. Wie konnte urplötzlich ein fremder Mann unter ihrer Dusche stehen?! Zugegeben, er war ein gutaussehendes Exemplar, doch das änderte nichts!

Ein seltsames Kribbeln überkam sie. War es Angst? Sie horchte in sich hinein. Nein, oder doch? Vermutlich sollte sie diese haben. Wahrscheinlich saß ihr einfach der Schreck in den Gliedern, dass sie keine verspürte. Der Kerl stand immerhin in ihrem Badezimmer und widmete sich der Körperpflege. Das war nun nicht sonderlich angsteinflößend. Sie dachte an sein Gesicht. Soweit sie hatte erkennen können, besaß er ein markantes Kinn, das einen Bartschatten geziert hatte, und seine Augen waren weit aufgerissen gewesen. Ganz offenbar war er ebenso überrascht gewesen wie sie. Sie hatte jedenfalls nichts Bösartiges in seinem Blick gesehen …

In ihre Überlegungen hinein mischten sich auf einmal die Worte ihrer Mutter. Dass es dreiste Leute gab, die sich während der Abwesenheit von Wohnungseigentümern darin einnisteten. Paulina schnappte hörbar nach Luft. Das musste so ein Typ sein! Ohne zu zögern, rief sie die Polizei.

Patrick räusperte sich, als der Hustenanfall endlich nachließ. Auf den Wasserschwall, den er verschluckt und zum Teil in die falsche Röhre bekommen hatte, hätte er verzichten können.

Aber es war irgendwie alles so schnell gegangen. Wie ein Bekloppter hatte er dagestanden und seine neue Mitbewohnerin mit offenem Mund angeglotzt. So sah sie also aus. Mittelgroß mit braunen Locken, die ihr etwas wild vom Kopf abstanden.

Ihre erste Begegnung hatte er sich anders vorgestellt. Wie genau, wusste er nicht. Jedenfalls war es garantiert nicht sein Plan gewesen, sich ihr gegenüber gleich bis auf die Haut zu entblößen. Zum Glück besaß er genug Selbstbewusstsein, dass ihm das grundsätzlich nichts ausmachte. Sein Körper war durchaus ansehnlich, was ihm die Frauenwelt mehrmals versichert hatte.

Trotzdem hätte es anders laufen sollen. Aber wie hätte er wissen können, dass Paulina um zehn Uhr morgens zu Hause war? Er war davon ausgegangen, dass Mias Freundin berufstätig war. Hätte er von Mia einen entsprechenden Hinweis bekommen, wäre er niemals nackt durch die Wohnung spaziert! Na gut, vielleicht lag es auch am Jetlag, dass er nicht richtig nachgedacht hatte.

Letzte Nacht war er aus den Staaten gekommen und gegen vier Uhr morgens in der Wohnung eingetroffen. Er hatte sich leise hereingeschlichen, weil Mia ihm von Paulina, ihrer besten Freundin und Mitbewohnerin, berichtet hatte. Deshalb hatte er sich redlich bemüht, in der fremden Wohnung keinen Krach zu machen, um sie nicht zu wecken. Nicht auszudenken, wie sie reagiert hätte, wenn auf einmal – mitten in der Nacht – ein wildfremder Mann vor ihr gestanden hätte!

Aber so, wie ihre erste Begegnung nun abgelaufen war, war es nicht viel besser. Unwillkürlich schüttelte er den Kopf, und Wassertropfen flogen aus seinem nassen Haar in alle Richtungen. Na toll, zuerst mimte er das Reh im Scheinwerferlicht, nun spielte er den gebadeten Hund.

Er zog ein Handtuch aus dem Regal neben der Duschkabine und trocknete sich zuerst das Gesicht ab. Seine Rückkehr nach Deutschland war von Anfang an unter keinem guten Stern gestanden und ein absolutes Wirrwarr gewesen!

Begonnen hatte alles mit der Kündigung bei der Filmproduktionsgesellschaft, und das, obwohl er vor drei Jahren extra dafür seine Zelte in Deutschland abgebrochen und einen Neuanfang in den USA gewagt hatte. Doch was jammerte er? Die Branche war hart und die Amerikaner nicht zimperlich. Das war ihm immer klar gewesen. Er hatte in der Niederlassung bei München als junger Kerl angefangen und sich hochgearbeitet. So weit nach oben, dass er schließlich vor die Wahl gestellt worden war, in den Hauptsitz nach Los Angeles zu wechseln oder sprichwörtlich seinen Hut zu nehmen. Patrick konnte sich noch bestens erinnern, wie baff er über das Ultimatum gewesen war. Die Vorstellung, dass man gute Leute lieber rausschmiss, als sie möglicherweise auf einer ›unterqualifizierten‹ Stelle zu behalten, hatte er damals erst verdauen müssen. Um sich darüber klar zu werden, ob er dieser ›Erpressung‹ nachgeben wollte, hatte er sich extra eine Auszeit mit seinen alten Schulfreunden genommen.

Zusammen mit Elias, Andy und Markus hatte er eine Woche im Oberpfälzer Seenland gezeltet. Die Jungs waren langjährige Freunde, und wahrscheinlich die besten, die er hatte. Obwohl die Schulzeit schon viele Jahre her war und ihn seitdem niemand mehr ›Ricky‹ nannte, hatten sie nie den Kontakt abgebrochen und waren, wenn es hart auf hart kam, immer füreinander da. Egal, wie häufig sie sich trafen. Markus hatte damals Eheprobleme gehabt und Elias in diesem Sommer sogar seine große Liebe Annabell gefunden. Dass die beiden doch noch zueinandergefunden hatten, freute ihn ehrlich. Denn die sommerliche Campingwoche war ziemlich turbulent verlaufen und Annabell bei der anwesenden Männerwelt recht begehrt gewesen. Wie hatte sie es damals spaßweise ausgedrückt?

Ach ja, er erinnerte sich: »Hier ist es ja wie beim Speeddating. Wobei ›Beachdating‹ wohl besser passen würde«, hatte sie gelacht.

Unwillkürlich musste Patrick grinsen. Er hatte durchaus etwas übrig für kecke Sprüche und Wortspiele. Auch heute noch.

Nun ja, nach dieser Woche hatte er sich entschieden, seine ›Zelte‹ in Deutschland abzubrechen und die Chance zu ergreifen, die sich ihm geboten hatte. Er wollte sein Glück im Land der unbegrenzten Möglichkeiten suchen.

Eine Zeit lang hatte er das auch. Im Job erfolgreich, hatte er sich privat den Models L.A.s gewidmet. Was Frauen betraf, war Patrick noch nie ein Kind von Traurigkeit gewesen. Ja, sein Leben hatte ihm durchaus gefallen. Mit Natascha war er schließlich sogar zusammengezogen. Alles schien perfekt. Bis sich das Blatt wendete.

Zuerst wurde die Filmbranche durch die Coronapandemie gebeutelt. Beim darauffolgenden Stellenabbau wurde er glücklicherweise verschont, doch gerade als sich das allgemeine Leben endlich wieder normalisierte, traf es ihn dann doch. Um genügend finanzielle Mittel für die Ansammlung zurückgestellter Produktionen zur Verfügung zu haben, beschloss der Konzern nun, im Managementsektor einzusparen.

Doch das war nicht die einzige Kündigung in dieser Woche gewesen, die er erhalten hatte. Gerade als er Natascha davon hatte erzählen wollen, eröffnete sie ihm, dass es ›aus‹ zwischen ihnen sei. Sie hätte schon während der Pandemie, als sie buchstäblich aufeinandersaßen, gemerkt, dass sie dauerhaft nicht zusammenpassten. Nun hätte sie einen tollen Typen kennengelernt und obendrein ein super Jobangebot bekommen, weshalb sie ihm zwei Wochen Zeit gab, aus ihrer Wohnung und ihrem Leben zu verschwinden.

Bei dem Gedanken daran schnalzte Patrick reflexartig mit der Zunge. Es war nicht so, als hätte sie unrecht damit gehabt, dass sie nicht wirklich füreinander geschaffen waren. Das war ihm schon seit längerem selbst klar geworden. Viel mehr ärgerte ihn noch heute die Art und Weise, wie sie ihn abserviert hatte.

Während er das Handtuch über den Rücken gleiten ließ, schaute er sich im Spiegel geradewegs in die eigenen Augen. Eine flüchtige Sekunde hielt er inne und erhaschte einen Blick auf die Realität. Es war nicht Liebeskummer, der an ihm nagte, sondern verletzter Stolz! Schnell schob er die unliebsame Wahrheit beiseite. Er wollte sich ihr nicht stellen. Denn was sagte das über ihn aus?

Die Einladung zur Hochzeit von Elias und Annabell war ihm da jedenfalls gerade recht gekommen. Etwas Abstand, um sein Leben neu zu sortieren, würde ihm sicherlich auch diesmal guttun, hatte er sich gedacht und noch am selben Tag Elias angerufen, um zuzusagen.

ALS SEIN FREUND beim Telefonat von seiner Lage gehört hatte, war ihm eine Idee gekommen. »Wenn du länger als ein paar Tage bleiben willst, könnte ich dir vielleicht eine Unterkunft organisieren«, hatte er angeboten. »Von meiner Tante Fanni weiß ich, dass Mia für die nächsten sechs Monate nach Panama geht. In dieser Zeit müsste ihr Zimmer leerstehen. Vielleicht kannst du es ja haben, bis dir klar ist, wie es künftig bei dir weitergehen soll.«

»Mia? Wer ist Mia?«

»Meine Cousine –«

»Oh, danke für das Angebot. Aber ich denke, ich bin definitiv zu alt, um von deiner Tante unter die Fittiche genommen zu werden«, hatte Patrick instinktiv abgelehnt.

Woraufhin Elias in schallendes Gelächter ausgebrochen war. »Mia ist doch kein Teenager mehr! Meine Cousine ist nur sechs Jahre jünger als ich. Kannst du dich nicht mehr an sie erinnern? Sie hat im Sommer vor unserem Abschluss mal bei uns in Oberbayern Urlaub gemacht. Damals war sie manchmal etwas nervig, weshalb wir sie oftmals gefoppt haben, und du warst sogar der Federführende dabei, wenn ich so zurückdenke.«

Nur dunkel hatte sich Patrick an ein Mädchen mit Zöpfen und Zahnspange erinnert. »War die nicht aus Hamburg?«

»Richtig. Das wäre der einzige Haken an der Sache. Sie wohnt immer noch dort oben, zusammen mit ihrer Freundin Paulina in einer WG.«

»Ach, deshalb sprichst du von einem Zimmer.« Endlich hatte Patrick kapiert, was sein Freund Elias ihm tatsächlich hatte vorschlagen wollen. »Und du glaubst ernsthaft, Mia würde mir ihr Zimmer übergangsweise überlassen?«

»Warum nicht? Du bist ja kein Fremder.«

Im weitesten Sinne mochte Elias recht haben, hatte Patrick bei sich gedacht. Aber es tauchten nach und nach auch einige Erinnerungsfetzen auf, wie er Elias´ Cousine seinerzeit an den Zöpfen gezogen und sie mit nicht besonders freundlichen Worten bedacht hatte. Wenn sie sich daran ebenfalls noch erinnerte …

»Also, wenn du nichts dagegen hast, eine Zeit lang in Hamburg zu verbringen, geb ich dir am besten einfach ihre Nummer. Dann kannst du alles Nötige selbst mit ihr klären«, hatte sein Kumpel ihm angeboten, und Patrick hatte schließlich zugesagt.

Was hatte er schon zu verlieren? Je länger er darüber nachgedacht hatte, desto besser hatte ihm die Möglichkeit gefallen, die sich ihm hier vielleicht eröffnete, zu nutzen.

· · ·

DAS GESPRÄCH mit Elias´ Cousine war zwar kurz, aber herzlich verlaufen. Patrick hatte Mia kurz vor ihrem Abflug erwischt, weshalb nicht viel Zeit für Smalltalk geblieben war. Sie hatte ihm sofort versprochen, den Wohnungsschlüssel am Flughafen zu hinterlegen.

Patrick hatte es als Wink des Schicksals gedeutet, seine sieben Sachen gepackt und beschlossen, nach Deutschland zurückzukehren.

Jetzt stand er da, in einem Badezimmer in Hamburg Winterhude, und band sich ein Handtuch um die Hüften. Mehr ›Etikette‹ konnte er Mias Mitbewohnerin Paulina momentan nicht anbieten. Er konnte nur hoffen, dass ihr misslungener Start sich irgendwie einrenken ließ.

Doch dazu brauchte es wohl noch etwas mehr Zeit. Denn plötzlich klopfte es an der Tür.

»Hallo! Sie da drin! Hier ist die Polizei. Bitte kommen Sie heraus!«, sagte eine dumpfe Männerstimme.

Für einen Moment stand Patrick wie versteinert da. Das durfte doch jetzt nicht wahr sein! Sie hatte wirklich die Polizei gerufen?!

4

Triumphierend schaute Paulina zu, wie die Uniformierten den Wohnungsbesetzer abführten. Er hatte sich gesträubt und diskutieren wollen, aber er hatte verloren.

Sie stand im Treppenhaus, neben ihrer Nachbarin Frau Riedel, und erhaschte einen letzten Blick auf diesen unverfrorenen Kerl.

»Und der stand auf einmal in Ihrer Wohnung? Einfach so?« Die ältere Dame, die ihre Oma hätte sein können, schüttelte den Kopf. »Angegriffen hat er Sie aber nicht, oder?«

»Ja und nein«, antwortete sie nacheinander auf die Fragen.

Woraufhin ihre Nachbarin sie verwirrt anguckte. »Hm?«

»Er hat mir nichts getan, außer mir einen Blick auf seinen nackten Hintern zu gönnen.« Paulina dachte daran, wie sie, kurz bevor sie von der Sofalehne geplumpst war, die Rückansicht von dem Kerl bewundern durfte. Der Ausblick war nicht schlecht gewesen. Er besaß einen knackigen Po, das musste sie zugeben. Aber gegenüber Frau Riedel würde sie das natürlich nicht erwähnen.

»Na, da gibt es Schlimmeres«, meinte die Nachbarin glattweg.

Vermutlich. Trotzdem verblüffte sie die Aussage der alten Dame. »Also, Frau Riedel!«

»Was? Kindchen, ich bin vielleicht alt, aber meine Augen erkennen noch vorzüglich, wenn sie etwas Hübsches sehen.« Kichernd boxte sie ihr leicht freundschaftlich mit dem Ellenbogen gegen den Arm.

Unwillkürlich musste Paulina mitlachen. Frau Riedel hatte ja recht. Selbst jetzt, da sie beobachtete, wie er von den Beamten flankiert die Treppe hinuntergeführt wurde, musste sie einräumen, dass er trotz Jeans eine attraktive Kehrseite besaß. Ja, für einen Wimpernschlag fand sie es fast ein wenig schade, dass er nun in ordentlichen Klamotten steckte. Die hatte er, nach Aufforderung der Polizisten, aus seiner Reisetasche gezogen, die er in Mias Zimmer abgestellt hatte.

Von dort war er vorhin also so urplötzlich aufgetaucht! Was für ein Glück, dass er sich letzte Nacht – das hatte er gegenüber den Streifenpolizisten zugegeben – in dem aktuell unbewohnten Raum eingenistet hatte. Sie wollte sich gar nicht vorstellen, was passiert wäre, hätte er ihren gewählt. Wahrscheinlich hätte sie einen Schlaganfall erlitten.

»Paulina, bitte!«, rief er nun in ihre Gedanken hinein. Der Mann, der – soweit sie mitbekommen hatte – offenbar Patrick hieß, war stehen geblieben und hatte sich zu ihr umgedreht. Mit flehendem Blick sah er sie über die Stufen hinauf an. Für einen Moment rührte er ihr Herz und sie blieb an seinen blaugrauen Augen hängen. »Woher sollte ich denn deinen Namen wissen?«, fragte er noch einmal.

»Ja, woher?«, echote die Nachbarin.

Und Paulina fand in die Realität zurück. Dieser Mann, Patrick, hatte ihr Mitgefühl nicht verdient! Er war ein Lügner und Betrüger. Ein illegaler Wohnungsbesetzer und damit ein Verbrecher.

»Vom Klingelschild natürlich«, wiederholte sie ihre Antwort, die sie schon vorher gegeben hatte.

Doch er gab nicht auf. »Was ist mit dem Schlüssel? Woher sollte ich den haben, wenn —«

Sie fuhr ihm ins Wort. »Der ist eindeutig geklaut!«

Der Polizist links von ihm nickte erneut. Paulinas Wort, als einwandfrei nachweislich Mieterin der Wohnung, hatte eindeutig mehr Gewicht. »Bitte gehen Sie weiter«, forderte er Patrick dann auf. Mit hängendem Kopf fügte er sich in sein Schicksal.

NACH DIESEM SZENARIO hatte sich Paulina erst mal einen Cappuccino verdient. Zuerst hatte sie an einen Espresso gedacht. Schnaps in Kaffeeform. Doch der kleine Starke würde womöglich ihr flatterhaftes Nervenkostüm in diesem Moment nur noch mehr zerfleddern. Milchschaum zu rühren, übte dagegen eine beruhigende Wirkung auf sie aus.

Dennoch waberten Bildfetzen der vergangenen Stunde durch ihren Kopf, dazu Patricks Stimme. Die voluminös und doch gleichzeitig warm und weich geklungen hatte. Sein um Einsehen bittender Blick kam ihr in den Sinn. Dicht gefolgt von seinem wohlgeformten Körper. Wie sich die gebräunte Haut über seine Muskeln gespannt hatte, war ihr nicht verborgen geblieben, ebenso wenig wie der wohlgeformte Männerpo.

Da! Schon wieder! Warum nur blieb sie immer wieder an dem hängen?

Vielleicht lag es daran, dass sie seit längerem keinen mehr live gesehen hatte … Die traurige Wahrheit war, dass sie sich gar nicht mehr erinnern konnte. Zu sehr war sie mit ihren süßen Kreationen beschäftigt gewesen, von Ehrgeiz angetrieben, und schließlich hatte sie noch mit den diversen Mittelchen kämpfen müssen, um ihre Krankheit zu unterdrücken. Na, das hatte ja toll geklappt!

Mit einem Schmollmund klopfte sie den elektrischen Quirl ab und legte ihn in die Spüle. Während sie ihren Milchkaffee kredenzte, schlich sich erneut Patricks Bild vor ihr inneres Auge.

Hätte sie ihn unter anderen Umständen kennengelernt, hätte sie sich womöglich tatsächlich für ihn interessieren können. So aber … Wobei, eine gewalttätige Ader schien er nicht zu besitzen. Sie war überrascht von seiner Anwesenheit gewesen. Erschrocken, weil er sich in ihren Räumen mit dieser Selbstverständlichkeit bewegt hatte. Aber ernsthaft bedroht hatte sie sich zu keinem Zeitpunkt gefühlt.

Ach! Was dachte sie denn da? Paulina atmete tief durch. Wenn sie gerade wirklich darüber nachsann, einen vermutlich obdachlosen Straftäter begehrenswert zu finden, war es echt schon weit mit ihr gekommen!

Sie sollte lieber versuchen, Mia zu erreichen, um ihr mitzuteilen, dass jemand ihren Wohnungsschlüssel geklaut hatte. Aber möglicherweise wusste das ihre Freundin ja bereits? Paulina fiel ein, dass sie ihr beim letzten Telefonat noch etwas hatte sagen wollen. Doch dann war die Verbindung weg gewesen.

Egal. Sie musste mit ihr sprechen. Nach dieser Aktion brauchte sie ihre beste Freundin einfach zum Reden.

Bewaffnet mit ihrem Seelentröster-Cappuccino suchte sie ihr Handy. Sie fand es am Esstisch. Richtig. Nach ihrem Sturz hatte sie es dort abgelegt.

Sie griff danach und das Display erhellte sich. Entsetzt starrte sie darauf. Es war von unzähligen Push-up-Nachrichten gefüllt. Von Absendern wie @petra2579 oder @!!coolie1.

Was war denn jetzt kaputt? Perplex stellte sie ihre Tasse ab und öffnete das Sammelsurium.

Es dauerte eine Weile, bis sie begriff, was geschehen war. Geplättet sank sie auf den nächstbesten Stuhl.

Wie konnte sowas nur passieren? Herr im Himmel! Sie konnte es nicht glauben. Und doch sagte ihr Instagram-Account etwas anderes. Sie, Paulina Handschuh, hatte ein Video hochgeladen. Öffentlich gepostet, konkret gesagt. Die Aufnahme von sich selbst zu Übungszwecken. Über siebentausend Menschen hatten es sich bereits angeschaut und es wurden minütlich mehr! Was, um Gottes willen, war an dem Video denn so toll?

Es half nichts, sie musste einen Blick riskieren.

Mit zusammengekniffenen Augen tippte sie auf ›Play‹. Gleichzeitig wurde ihr heiß und kalt. Es überkam sie das gleiche Gefühl wie bei Horrorfilmen. Eigentlich wollte sie es gar nicht sehen.

Dann hörte sie ihre eigene Stimme: »Hallo, ich bin Paulina. Ich möchte mich gern vorstellen. Bisher bin ich Konditorin mit Auszeichnung gewesen. Jetzt habe ich Bäckerasthma und bin auf der Suche nach neuen Herausforderungen.« Eine kurze Pause entstand und sie konnte sich dabei beobachten, wie sie mit großen Kuhaugen in die Kamera glotzte, weil Patrick als Nacktmodell im Hintergrund durchs Bild huschte. »Ähm, ja …«, sagte sie abwesend. »Also ich wollte mich mal vorstellen …« Und schon machte sie eine Rückwärtsrolle über die Sofalehne. Das Kamerabild verzerrte sich, man sah ein Durcheinander ihrer Gliedmaßen und schließlich erhaschte man einen letzten frontalen Blick auf Paulinas schockiertes Gesicht, bevor die Aufnahme endlich beendet war.

Unter dem Video hatten einige Leute ihre Kommentare hinterlassen:

Und so ging es noch ein Stück weiter. Mit hochrotem Kopf legte sie ihr Mobiltelefon so vorsichtig zurück auf den Tisch, als könnte es bei der kleinsten Bewegung explodieren. Entsprechend misstrauisch beäugte sie es auch.

Die Frage, wie ihr Video im Netz landen konnte, durchlief ihr Gehirn in Dauerschleife.

Die einzig halbwegs vernünftige Erklärung war die, dass es bei ihrem Sturz passiert sein musste. Sie erinnerte sich, wie sie ihr Handy mehrmals aufgefangen hatte, weil es ihr wiederholt durch die Finger gerutscht war. Hatte sie dabei – ohne es zu wollen – auf ›Upload‹ gedrückt? Die Displays reagierten auf einen leichten Fingerdruck. Ihr Instagram-Account war im Hintergrund geöffnet gewesen. War sie beim Fangen darauf gekommen? Und hatte sie beim nächsten Griff danach das Video aus Versehen dort eingespielt? Es war unvorstellbar… und doch die einzige Möglichkeit, die ihr einfiel, wie sowas hatte geschehen können.

Schon wieder blinkten neue Mitteilungen am Bildschirm auf.

Bestürzt fuhr sich Paulina mit den Händen über Augen und Nase. Im Vergleich dazu hatte sie das überraschende Zusammentreffen mit Patrick nicht halb so entsetzt. Es war persönlich gewesen und sie hatte handeln können, was sie auch getan hatte.

Das hier dagegen war eine andere Nummer. Das Internet vergaß nichts! Was sich einmal darin befand, war für immer dort! Und sie war nun Teil davon!

Sie spielte das Filmchen noch einmal ab. Wenn sie die Perspektive änderte und es mit neutralem Abstand betrachtete, war ihre ›Vorstellung‹ schon irgendwie witzig.

Zuerst sagte sie mit ernster Miene, wer sie war, dann kam Patricks Auftritt, ihr ungläubiges Staunen, wie sie sich immer weiter nach hinten beugte, bis die Schwerkraft ihren Teil dazu beisteuerte und sie den Halt verloren hatte. Ein Wirrwarr aus Bildfetzen ihrer Hände und Füße folgte und schließlich die letzte Frontalaufnahme von ihr. Das musste der Moment gewesen sein, als das Handy geradewegs auf sie zugesegelt war. Die rotbraune Lockenmähne war ihr wild ins Gesicht gefallen und ihr Gesichtsausdruck war … unbeschreiblich.

Hätte man diese Szene gewollt so aufnehmen wollen, wäre es vermutlich ein Ding der Unmöglichkeit. Sie aber hatte es fertiggebracht. Und es der ganzen Welt gezeigt! Sie konnte es nach wie vor nicht fassen.

Immer noch baff, starrte Paulina auf das Standbild ihres Videos. Heiliger Bimbam! Jetzt waren es schon über zehntausend Likes! Ihr Filmchen ging viral. Nannte man das so?

Zaghaft riskierte sie einen Blick auf die Kommentare. Wenigstens schien es den Leuten zu gefallen. Sie erhielt viele »Hallos«, ein paar kesse Sprüche und amüsierte

Kommentare. Soweit sie gelesen hatte, befanden sich keinerlei abfällige Bemerkungen darunter. Bisher jedenfalls! Dafür einige Nachfragen zu dem nackten Flitzer.

Prompt musste Paulina lachen. Wie Patrick es wohl finden mochte, wenn er von seinem Sekundärauftritt als Instagram-Pornostar erfahren würde?

Wobei man ehrenhalber sagen musste, dass man ihn eigentlich nur von der Hüfte an aufwärts sehen konnte. Höchstens in einem flüchtigen Moment erkannte man, dass er tatsächlich komplett nackt war. Aber seine Intimzone blieb verborgen, als wäre es Absicht.

Puh! Was für ein Glück! Sie wollte ihn auf keinen Fall vor der ganzen Welt bloßstellen. Im wahrsten Sinn des Wortes! Eindringling hin oder her.

Plötzlich schob sich ein neuer Gedanke in ihren Kopf. Ob sie es ihm sagen musste?

Paulina stöhnte auf. Sie würde garantiert nicht auf die Polizeiwache spazieren und es ihm beichten! Sie konnte sich gut vorstellen, dass er inzwischen einen gewissen Groll gegen sie hegte. Immerhin hatte sie ihn ins Kitchen gebracht.

Mia fiel ihr ein. Eigentlich hatte sie die Freundin wegen des Wohnungsschlüssels anrufen wollen. Es kam ihr vor, als wäre das ewig her.

Paulina schaute auf die Uhr. In Panama sollte es früher Morgen sein.

Nach dem sechsten Klingelton nahm Mia ab.

»Hey, Paulina. Guten Morgen«, grüßte sie verschlafen. »Warum rufst du so bald und nicht über Bildtelefon an? Ist was passiert?«

»Kann man so sagen. Vom Internet hab ich vorerst genug«, murmelte Paulina.

»Was? Ich hab dich nicht richtig verstanden.«

»Schon gut. Sag mal, vermisst du nicht was?«

Mia gähnte herzhaft. »Vermissen? Natürlich vermisse ich dich, meine Süße.«

Unwirsch schüttelte Paulina den Kopf. »Nicht mich! Ich meine … natürlich ist es schön, wenn du das tust. Ich vermisse dich auch. Aber darauf wollte ich nicht hinaus. Kann es sein, dass dir jemand deinen Schlüsselbund geklaut hat?«

»Hm? Hat Ricky ihn nicht bekommen?«

»Ricky?« Begriffsstutzig runzelte sie die Stirn. Das Gespräch war so verwirrend, wie schon der ganze Tag verlaufen war. Was war denn heute nur los?

»Na, Patrick Weber. Ricky ist sein Spitzname aus Schultagen. Er ist ein enger Freund meines Cousins Elias. Er will während meiner Abwesenheit mein Zimmer nutzen. Deshalb habe ich ihm meinen Schlüssel am Flughafen hinterlegt –«

»Du hast was???«

»Ja, deshalb hab ich dich doch angerufen. Um dir Bescheid zu sagen. Aber dann war die Verbindung weg. Du erinnerst dich?«

»Natürlich!«, quiekte Paulina. In ihrem Kopf herrschte absolutes Chaos. Wenn sie das, was sie eben gehört hatte, richtig verstand … Ach du großer Gott! Sie schnappte nach Luft. »Dann ist das wirklich mit dir abgesprochen?«

»Du meinst, dass er bei uns wohnen kann? Ja, klar. Ich dachte, du hast bestimmt nichts dagegen. Er ist schließlich ein Bekannter, der kurzfristig ein Dach über dem Kopf sucht. Einem Fremden hätte ich selbstverständlich nicht so Knall auf Fall geholfen. Aber Ricky kenne ich schon ewig und die Vorstellung, dass du während meiner Abwesenheit etwas Gesellschaft hast, hat mir gefallen –«

»Mia! Warum in aller Welt hast du mich nicht informiert?«

»Das wollte ich doch! Deswegen habe ich dich angerufen …«, erinnerte ihre Freundin nun schmollend.

»Aber nochmal zu versuchen, mich zu erreichen, nachdem unser Gespräch abbrach, war wohl zu viel verlangt?« Paulinas Stimme überschlug sich fast.

»Nein. Ich habe dir gleich im Anschluss eine kurze Mail geschickt. Ich dachte, die kommt vielleicht eher an bei dieser schlechten Verbindung hier.«

»Du hast mir eine E-Mail geschrieben? Mann, Mia! Du weißt doch ganz genau, dass ich mein E-Mail-Postfach nur alle paar Tage checke.«

»Heißt das, du bist von Patrick überrascht worden?« Ihre Freundin gluckste. Sie hatte ja sowas von keine Ahnung!

Paulina biss sich auf die Unterlippe. »Wenn du es so nennen willst –«

»Na, dann hat er sich dir sicherlich selbst vorgestellt.«

»Jap!« Das hatte er. Oder er hätte es wahrscheinlich, wenn sie ihm die Möglichkeit dazu gegeben hätte. So aber … Sie wollte nicht weiterdenken!

Zum dritten Mal an diesem Vormittag konnte sie nicht glauben, was sie erlebte. Für eine Sekunde überlegte sie, ob sie vielleicht noch friedlich schlafend im Bett lag und das alles nur ein irrwitziger Traum war. Doch als sie sich sicherheitshalber in den Arm zwickte, tat es ziemlich weh. Wäre ja auch zu schön gewesen!

Sie musste sich also der Realität stellen. Sie hatte einen Unschuldigen verhaften lassen!

5

Völlig außer Atem traf Paulina auf der Polizeiwache ein. So schnell es ging, war sie hergeeilt. Natürlich nicht, ohne vorher zuerst bei der falschen Wache aufgeschlagen zu sein.

In wirren Worten und ellenlangen Ausführungen hatte sie der etwas fülligen Beamtin ihr Anliegen vorgebracht und dabei festgestellt, dass sie sich nicht einmal Patricks Nachnamen gemerkt hatte. Glücklicherweise fand die Polizistin ihre Geschichte saukomisch – bei dem Gedanken daran verzog Paulina schmerzlich das Gesicht – und nahm sich trotzdem ihrer an. Leider stellte sich dann heraus, dass man Paulinas neuen Mitbewohner auf ein anderes Revier gebracht hatte.

Immerhin wusste sie nun, nach wem sie überhaupt fragen musste. Patrick Weber, alias Ricky, Mias Bekannter aus Kindertagen. Nun, diesmal würde sie sich kurz und knapp halten. Der Diensthabende hinter dem Schalter sah auch nicht so aus, als verstünde er nur halb so viel Spaß wie die Polizistin einen Stadtteil weiter.

Sie räusperte sich und nahm sich zusammen.

»Hallo, mein Name ist Paulina Handschuh. Kollegen

von Ihnen haben vorhin einen Mann aus meiner Wohnung abgeführt.«

Allein diese beiden Sätze genügten Wachtmeister Meier – wie sein Schildchen ihn auswies –, um die Stirn zu runzeln.

Paulina versuchte, diesen Umstand zu ignorieren.

»Ich bin hier, um Sie zu bitten, ihn frei zu lassen. Es handelte sich um ein Versehen, dass ich Sie gerufen habe.«

Meiers Augen fixierten sie. »Sie haben einen Mann mit nach Hause genommen und heute Morgen hat Ihnen nicht mehr gefallen, was Sie sahen?«

Sie schüttelte den Kopf. »Nein, ich kannte ihn gar nicht.«

»Das heißt, Sie haben sich nicht mehr an ihn erinnert?« Der Beamte bedachte sie mit einem abschätzigen Blick.

Unwillkürlich fuhr sich Paulina durch ihre wilde Lockenmähne, um sie glattzustreichen. Was nichts helfen würde. Das wusste sie aus Erfahrung. Ihre Haarpracht war eigenwillig und widerspenstig. Dass sie an diesem Tag noch keine Zeit gefunden hatte, sich ein ordentliches Erscheinungsbild zu verpassen, wurde ihr nun offenbar zum Verhängnis. Der Polizist glaubte scheinbar allen Ernstes, sie hätte letzte Nacht gefeiert und sich einen One-Night-Stand mit heimgenommen. Prompt musste sie lachen. Ausgerechnet sie, die eher lebte wie eine Nonne! Sehr zum Leidwesen von Mia und ihrer Mutter.

Der Beamte interpretierte ihr Glucksen logischerweise falsch.

»Gute Frau. Die Polizei ist nicht dafür zuständig, Ihre nächtlichen Fehltritte zu beseitigen!«, erklärte er miesepetrig.

Und doch hatten sie das. Zumindest hätten sie es, wenn es denn so gewesen wäre, wie der Beamte annahm.

»Herr Meier, ich bin hier, um klarzustellen, dass Herr Weber nichts Unrechtes getan hat. Er ist mein Mitbewohner. Meine Freundin hat mir nur nicht Bescheid gesagt, dass er ihr WG-Zimmer übernimmt. Es handelt sich also nur um ein riesengroßes Missverständnis. Und das tut mir sehr leid! Ehrlich. Würden Sie ihn bitte gehen lassen? Er hat nichts verbrochen.«

Die Zweifel standen dem Mann ins Gesicht geschrieben. Trotzdem wendete er sich im Zeitlupentempo von ihr ab und schaute auf den Computerbildschirm neben sich.

Es bedurfte dann doch noch ein paar Erklärungen mehr, bis er schließlich bereit war, Patrick in die Freiheit zu entlassen.

EINE GEFÜHLTE EWIGKEIT später trottete sie bedröppelt hinter Mias Bekannten durch die Pforte hinaus auf die Straße.

Außer einem entgeisterten »Du?«, das ihm bei ihrem Anblick entschlüpft war, hatte er bisher kein Wort mit ihr gesprochen. Da ihr sein Blick durch und durch gegangen war – sie hatte noch nie in ihrem Leben solche blaugrauen Augen gesehen, dazu diese dichten, langen Wimpern! –, war ihr die Zunge am Gaumen geklebt, was es ihr selbst unmöglich gemacht hatte, das Wort zu ergreifen. Hinzu kam, dass sie nicht recht wusste, was sie ihm sagen sollte. Doch sich anzuschweigen, brachte sie nicht weiter. Das stellte Paulina spätestens fest, als sie nebeneinander – wie bestellt und nicht abgeholt – am Bordstein standen.

Da Patrick weiterhin keinen Mucks von sich gab, lag es wohl an ihr, den Mund aufzumachen.

»Da vorn steht mein Auto«, brachte sie mit Piepsstimme heraus, deutete in die Richtung, wo sie ihren roten Audi geparkt hatte, und setzte sich in Bewegung.

Sie glaubte ein Grummeln zu vernehmen, als er zu ihr aufschloss, war sich aber nicht sicher, ob es wirklich von Patrick gekommen war. Es hätte ebenso gut eines der Straßengeräusche sein können.

Kurz blieb sie stehen und überlegte, ob sie ihm die Tür öffnen sollte. Fand dann jedoch, dass das zu viel des Guten wäre. Sie war schließlich nicht seine Chauffeurin und er nicht ihr Boss.

Als er seine Reisetasche auf den Rücksitz schmiss, war Paulina sogar der Meinung, dass sie ebenso ein Opfer der Umstände war wie er. Es gab also keinen Grund für ihn, derart zu schmollen! Wie, bitte schön, hätte sie denn sonst reagieren sollen, wenn ein splitterfasernackter Mann wie aus dem Nichts plötzlich hinter ihrem Sofa herumtänzelte? An allem war nur Mia schuld!

Gedankenversunken rutschte sie auf den Fahrersitz. Patrick schlug die Beifahrertür zu. Der Knall ließ sie zusammenzucken.

»Okay, okay. Es tut mir leid!«, platzte es aus ihr heraus. Es klang allerdings weniger aufrichtig als viel mehr zickig, das merkte sie selbst, während sie ihn giftig anstarrte. Ihre Hände umklammerten das Lenkrad und sie fühlte sich völlig neben der Spur. Diesmal konnte sie das allerdings nicht auf ihr Bäckerasthma schieben. Auch nicht auf eventuelle Nebenwirkungen von irgendwelchen Tabletten. Denn sie nahm ja keine mehr. Die Ursache des Übels war vielmehr die äußerst peinlich-prekäre Lage, in die sie sich manövriert hatte. Und Mia war nicht unschuldig daran!, ging es ihr wiederholt durch den Kopf. Doch das nützte ihr jetzt auch nichts.

Endlich öffnete Patrick den Mund. »Du siehst nicht so aus«, zischte er doch glatt.

Sie wusste, dass er recht hatte. Trotzdem löste seine Feststellung nur noch mehr Unmut in ihr aus.

Wie viel konnte eine Frau denn auch bitte schön ertragen? Zuerst der Schreck über einen Wildfremden in ihrer eigenen Wohnung! Dann die ungewollte Zurschaustellung im Internet! Und letztlich musste sie sich noch vor den Gesetzeshütern rechtfertigen und sich darüber hinaus belächeln lassen! In Summe war das einfach zu viel für einen einzelnen Tag. Der noch nicht einmal vorbei war, wohlgemerkt …

»Möglich. Aber du hättest die Sache ja auch mal aufklären können, oder? Dann wäre es gar nicht so weit gekommen.«

»PHA!« Patrick war kurz davor, zu explodieren. »Das wollte ich! Aber du hast nicht zugehört!«

Paulinas Augen sprühten Funken. Sie öffnete den Mund, überlegte es sich dann aber anders und beließ es bei einem ungläubigen Kopfschütteln. Dann drehte sie den Zündschlüssel und startete den Motor.

Patrick lehnte sich im Sitz zurück. Der Autositz war wenigstens deutlich bequemer als der in die Jahre gekommene Holzstuhl, auf dem er die letzten eineinhalb Stunden verbracht hatte. Wie eine gesprungene Schallplatte hatte er seine Geschichte wieder und wieder zum Besten gegeben. Irgendwann hatte die zuständige Beamtin dann mitleidig geguckt und wenigstens den Versuch unternommen, Mia ans Telefon zu bekommen, damit sie seine Story bestätigen konnte. Doch Elias′ Cousine war nicht erreichbar gewesen. Wo trieb sie sich derzeit rum? Panama, wenn er sich recht entsann. Vermutlich lag sie am Strand und ließ sich die Sonne auf den Bauch scheinen … Weshalb er einer Anzeige wegen Hausfriedensbruch und sonstigen Mist entgegenschauen musste. Ja, die traurige Wahrheit war: Wäre Paulina nicht gekommen und hätte ihn aus diesem Dilemma erlöst, wäre er nun wahrscheinlich vorbestraft und säße auf der Straße.

Er schielte zu ihr hinüber. In ihren rotbraunen Locken hatte sich ein Sonnenstrahl verfangen und ließ ihre Haarpracht bronzefarben aufleuchten. Ihr schmales Gesicht zierte eine neckische Stupsnase, was sie grundsätzlich sympathisch wirken ließ. Aber sie war etwas blass und sah abgespannt aus. Möglicherweise war es das Resultat des Wetters hierzulande, vielleicht war er aber auch nicht ganz unschuldig daran. Allerdings hätte er niemals gedacht, dass sie ihn tatsächlich verhaften lassen würde!

»Begrüßt du alle neuen Mitbewohner so? Oder habe ich eine Sonderbehandlung genossen?«, stellte er die Frage laut, die ihm durch den Kopf ging.

»Was?« Sie war gerade dabei, die Spur zu wechseln, und konzentrierte sich auf die Fahrbahn.

»Nichts …« Er sollte sich nicht mit ihr überwerfen. Schließlich wollte er nach wie vor Mias Zimmer bewohnen. Wo sonst sollte er auch auf die Schnelle hin? Ein Hotel wäre natürlich jederzeit möglich. Aber er hasste es, dort zu übernachten, sofern er sich nicht im Urlaub befand. Es kostete nur einen Haufen Geld und war absolut unpersönlich. Da er hier jedoch keine Ferien machte, obendrein momentan joblos war, wollte er seinen finanziellen Rahmen, der ihm zur Verfügung stand, nicht unnötig schröpfen.

»Es ist ja nicht so, als würde ich meine Mitbewohner wechseln wie andere ihre Unterwäsche«, erklärte Paulina gepresst und zog damit wieder seine Aufmerksamkeit auf sich. Sie hatte ihn also doch verstanden.

Vielleicht lag es an der Erwähnung von Unterwäsche,

was ihn dazu veranlasste, sie erneut zu mustern. Was sie wohl für welche trug?, schoss es ihm durch den Kopf. Die Jeans und der dicke rote Anorak, den sie trug, verrieten nichts.

Als ihm klar wurde, was er da gerade dachte, rollte er mit den Augen. Wie kam er nur dazu? Diese Frau würde er nicht mal mit der Kneifzange anfassen! Vermutlich würde sie ihn dann gleich wieder ins Kitchen wandern lassen.

Die Vorstellung, mit ihr vorerst unter einem Dach wohnen zu müssen, genügte bereits, dass es in seinem Nacken unwohl kribbelte.

»Ich wohne seit Jahren mit Mia zusammen. Sie ist meine Mitbewohnerin!«, fügte sie nun auch noch mit Nachdruck in der Stimme hinzu.

Patrick versuchte, gute Miene zu machen. Es half ja nichts …

»Dann kann ich ihr Zimmer doch nicht haben?«, fragte er vorsichtig, mit derselben samtigen Stimme, die er seit jeher an den Tag legte, um Frauen um den Finger zu wickeln. In aller Regel mit Erfolg!

Sie schenkte ihm einen Seitenblick. »Das hab ich nicht gesagt. Mia hat dir ihren Schlüssel gegeben. Es war ihre Entscheidung. Das respektiere ich.«

»Oh, gut.« Er merkte, dass die Anspannung von ihm abfiel.

»Es wäre nur nett gewesen, gefragt oder wenigstens informiert zu werden«, knurrte sie unterdessen vor sich hin.

»Hm.« Er nahm die Umgebung in sich auf. Sie hatten sich inzwischen vom Ring und der Bundesstraße entfernt und fuhren jetzt durch die Straßen der Wohngebiete. Hier und da waren Fenster und Balkone weihnachtlich geschmückt. Bei Dunkelheit würde es sicherlich schön aussehen. Ein heimeliges Gefühl machte sich in Patrick breit. Wie anders es doch in L.A. um diese Jahreszeit ausschaute …

Paulina biss die Zähne zusammen. Ein schlichtes »Hm« hatte er von sich gegeben. Mehr gab es nicht zu sagen? Eine Entschuldigung seinerseits, weil er sie so erschreckt hatte, wäre doch das Mindeste. Aber nein! Der Herr guckte lieber zum Fenster hinaus. Wahrscheinlich war er einer dieser Typen, die glaubten, wenn sie nur lange genug so taten, als wäre alles in bester Ordnung, dass es dann auch so war.

Paulinas Gemütszustand schwankte zwischen schlechtem Gewissen und Entrüstung. Je länger sie allerdings mit diesem Kerl zusammen war, desto mehr überwog ihr Zorn. Die Vorstellung, ab jetzt mit ihm die Wohnung teilen zu müssen, bereitete ihr Magenschmerzen.

Auch wenn er für Mia ein alter Bekannter war, so war er für sie doch ein Fremder. Noch dazu einer der Sorte Mann, die augenscheinlich im Adamskostüm schliefen. Das war zumindest ihre Schlussfolgerung auf ihre seltsame Begegnung am Vormittag.

Du hast doch nicht etwa Angst vor ihm?, fragte ihre innere Stimme.

Sie horchte in sich hinein.

Paulinas anderes Ich lachte auf. Was ist? Glaubst du wirklich, er könnte in der Nacht über dich herfallen?

Sie schluckte bei dem Gedanken. Aber die Stimme in ihrem Kopf kicherte weiter. *Beruhig dich. Er sieht nicht danach aus, als hätte er sowas nötig*, gaggerte sie.

Das stimmte vermutlich. Sie riskierte einen schrägen

Blick und nahm sein Profil in sich auf. Als hässlich konnte man ihn bestimmt nicht bezeichnen. Im Gegenteil. Paulina schätzte, dass viele Frauen in seiner Gegenwart sofort affektiert kicherten und mit den Wimpern klimperten. Aber sie gehörte nicht zu dieser Sorte!

»Wie kommt es eigentlich zu dem plötzlichen Sinneswandel?« Patrick brach das Schweigen, als sie auf ihren Parkplatz zusteuerte.

»Was meinst du?« In ihrem Magen rumorte es. Es wurde Zeit, etwas zu essen. Dazu war sie in der ganzen Aufregung heute noch nicht gekommen.

»Na ja, erst lässt du mich offiziell abführen und dann kommst du und holst mich zurück.« Mit hochgezogenen Brauen schaute er sie an. Paulina war sich nicht sicher, ob er nun sogar eine Spur amüsiert wirkte, oder ob sie sich das nur einbildete.

»Ach das.« Sie zog den Zündschlüssel ab und stieg aus, um Zeit zu gewinnen. Sie hatte keine Lust, die Reumütige zu spielen, wo ER doch nicht einen Hauch von Bedauern zeigte. An der misslichen Situation war er immerhin ebenso beteiligt gewesen!

»Ja, das.« Offenbar war er nicht gewillt, es auf sich beruhen zu lassen.

Geschmeidig hüpfte auch er aus dem Wagen und angelte nach seiner Reisetasche. Wie ein Tiger auf dem Sprung, fuhr es Paulina durch den Kopf. Musste sie sich vielleicht doch Sorgen machen? Ein Bildfetzen seines Adoniskörpers blitzte vor ihrem inneren Auge auf und sie spürte, wie ihr die Röte den Hals hinaufkroch.

Als könnte er ihre Gedanken lesen, meinte er jetzt auch noch: »Lass mich raten. Du bist Single und hast es dir anders überlegt, nachdem dir klar geworden ist, was für einen sexy Typen du dir entgehen lassen würdest. Ich weiß, ich bin einfach unwiderstehlich und na ja, gegen ein wenig Spaß hätte ich durchaus nichts einzuwenden.« Er fixierte sie über das Autodach hinweg.

Paulina starrte ihn an. Ihr Gesicht war inzwischen vermutlich tomatenrot. Das änderte jedoch nichts daran, dass sie ihn ab sofort in der Kategorie ›überheblicher Fatzke‹ abstempelte.

»Oh bitte!« Endlich fand sie ihre Sprache wieder. »Wie gesagt, Mia hat die Entscheidung getroffen, ohne mich nach meinem Einverständnis zu fragen. Dann bist du wie aus dem Nichts aufgetaucht. Splitterfasernackt, wohlbemerkt. Da wollte ich einfach gleich von Anfang an klare Grenzen ziehen«, erklärte sie in dem hochmütigsten Tonfall, den sie zustande brachte. Es schien seine Wirkung nicht zu verfehlen.

Hatte Patrick eben noch frech gegrinst, schaute er sie nun versteinert an. Zufrieden ging sie an ihm vorbei ins Haus.

Auf dem ersten Treppenpodest holte er sie ein.

»Dann hast du das alles nur veranstaltet, um mich zu quälen?«, japste er.

Paulina lächelte in sich hinein. Normalerweise war sie nicht die Schlagfertigste. Meistens fielen ihr die besten Konterantworten immer erst im Nachhinein ein. Dass es heute nicht so war, freute sie tierisch.

»Ja. Hat es dir auch so viel Spaß gemacht wie mir?« Das Wort ›Spaß‹ betonte sie extra, weil er es ihr gerade selbst so dreist unter die Nase gerieben hatte. Ob dieser von sich selbst überzeugte Schönling das allerdings kapierte?

Erhobenen Hauptes erklomm sie die letzten Stufen in den dritten Stock.

»Das ist jetzt nicht dein Ernst?«, hauchte er fassungslos hinter ihr.

Seelenruhig schloss Paulina ihre Wohnung auf.

Natürlich war es nicht so gewesen. Sowas würde sie niemals tun! Aber der Kerl hatte etwas an sich, was sie rasend machte. Sollte er doch glauben, was er wollte!

Einer Antwort wurde sie glücklicherweise vorerst enthoben, da in dem Moment ihre Nachbarin auf den Treppenabsatz trat.

»Hallo, Paulina!« Neugierig schaute Frau Riedel erst sie, dann Patrick an.

Der beeilte sich bei ihrem Anblick, in der Versenkung zu verschwinden. Er drängte sich an Paulina vorbei und sie erhaschte einen Duftschwall seines Eau de Toilette.

»Oh, wie ich sehe, haben Sie sich das Sahneschnittchen wieder mitgebracht? Haben Sie es sich doch anders überlegt?«, meinte die alte Dame und kicherte, sodass ihre Löckchen hüpften. Auch ließ sie es sich nicht nehmen, einen Schritt vorzutreten, um Patricks Rückansicht einen kurzen Augenblick zu genießen, bevor er restlos im Flur verschwand.

Paulina blinzelte. Seit wann war ihre Nachbarin denn derart vorwitzig? Und so ›weltoffen‹ hätte sie die ältere Frau ebenfalls nicht eingeschätzt, wenn sie ehrlich war.

»Ähm, ja. Es handelte sich um ein Missverständnis. Er ist Mias Gast.«

»Aber ich dachte, sie ist verreist.«

»Eben drum.«

»Oh, dann wollte Ihre Freundin der Konditorin etwas Süßes zukommen lassen?«

Baff schüttelte Paulina den Kopf. Lebte sie in einem Irrenhaus?

Was für ein Tag! Patrick ließ die Tasche fallen und warf sich aufs Bett. Prompt purzelte ihm ein pink-weiß kariertes Rüschenkissen ins Gesicht. Unwirsch schob er es beiseite. Das Zimmer war viel zu feminin eingerichtet für seinen Geschmack. Immerhin war es groß. Aber wenn er den meisten Teil seiner Zeit hier verbringen sollte – um Paulina aus dem Weg zu gehen, was er vorzog, nach dem, wie er sie kennengelernt hatte –, musste er hier einiges verändern. Allein die rosa Patchworkdecke auf dem Bett, dazu die pinken Vorhänge am Fenster, verursachten ihm, jetzt bei Tageslicht besehen, eine Gänsehaut.

Er dachte an Natascha, die seine Vorliebe für Leder und Chrom geteilt hatte. Mia tat das zweifelsohne nicht. Und Paulina? In ihr Zimmer hatte er bislang noch keinen Blick hineinwerfen können. Aber wenn er sich das Gesamtbild der Wohnung vor Augen hielt, war sie wohl auch eher der dekoverspielte Typ.

Seufzend ließ er den Blick weiter schweifen. Der hölzerne Kleiderschrank war weiß lackiert, die Ornamente, die kunstvoll eingearbeitet waren, sah man dennoch. Auf der ebenfalls weißen Kommode stand ein künstliches rosarotes Blumengebinde neben einem goldenen Bilderrahmen.

Er betrachtete das Foto darin. Paulina und vermutlich Mia waren lachend darauf abgebildet. Er dachte an die letzte Begegnung mit Elias' Cousine. Sie war die Zahnspange los- und eindeutig erwachsen geworden.

Sein Blick wanderte zu Paulina. Sie wirkte auf dem Bild glücklich und unbeschwert. Ganz anders, als er sie heute erleben durfte. Hatte sie sich seit dieser Aufnahme so verändert? War sie wirklich so ein Biest, dass sie ihn aus purer Gehässigkeit an die Polizei übergeben hatte? Oder hatte sie das nur im Nachhinein behauptet? Angestrengt ging er ihren kurzen Wortwechsel nochmals im Geist durch.

Wie war er überhaupt auf die Idee gekommen, sie so

plump anzugraben? Es musste an seinem strapazierten Nervenkostüm gelegen haben, dass er in alte Gewohnheiten gefallen war. Aber Paulina? Diese Frau interessierte ihn doch nicht die Bohne! Er konnte nur über sich selbst den Kopf schütteln.

Vielleicht war das darauffolgende Wortgeplänkel ja nichts anderes als eine Retourkutsche gewesen? Die Möglichkeit bestand. Doch er konnte es nicht mit Gewissheit behaupten, denn dazu kannte er Paulina zu wenig. Müde fuhr sich Patrick über die Augen. Der Jetlag hatte ihn voll im Griff.

Die grässlich pinken Gardinen verschwammen. Er sah Paulinas Gesicht vor sich. So oder so, die Kleine war echt nicht ohne! Überhaupt schien es ihm immer mehr, als hätte er einen Pakt mit dem Teufel geschlossen. Das war das Letzte, was er dachte, dann war er auch schon eingeschlafen.

UNFÄHIG, sich auf etwas zu konzentrieren, umkreiste Paulina das Sofa. Es war schätzungsweise die siebzehnte Runde, die sie drehte. Unwillkürlich schielte sie zu Boden. Nein, ein Trampelpfad war glücklicherweise noch nicht zu erkennen.

Abrupt blieb sie stehen. Was zur Hölle machte sie da? Wenn sie schon die Füße nicht still halten konnte und auch zu sonst nichts fähig war, sollte sie lieber draußen spazieren gehen. Vielleicht würde die frische Luft ihr zermartertes Hirn wieder auf Kurs bringen. Das wäre durchaus wünschenswert.

Die Nachrichten zu ihrem Video rissen einfach nicht ab. Unzählige Leute begrüßten sie auf ihrem *Kanal*! Sie wollten mehr von ihr wissen und warteten darauf, zu erfahren, wer der *heiße Kerl* im Hintergrund war. Viele glaubten tatsächlich, dass sie ihr Filmchen absichtlich so gedreht hatte, um Aufmerksamkeit zu erregen. Tja, dem war nicht so. Aber wie sollte sie das den Menschen im Netz klarmachen? Mit einem weiteren Video, in dem sie sich erklärte?

Paulina merkte, wie sie zu hyperventilieren begann. Allein die Vorstellung, sich mit Absicht der Öffentlichkeit zu präsentieren …! Sie schloss die Augen und atmete tief durch. Was für ein Schlamassel! Wahrscheinlich war es das Beste, es einfach auszusitzen. Irgendwann würde die Flut an Kommentaren sicherlich wieder abebben. Ja, bei dem Gedanken ging es ihr sofort besser.

Allerdings war da immer noch der *heiße Kerl*, der nebenan in Mias Zimmer saß. Sofort wurde ihr erneut mulmig. Wie sollte sie mit *dem* nur längerfristig zusammenwohnen? Dass sie überhaupt nicht miteinander konnten, hatte sich ja bereits herauskristallisiert.

Sie starrte auf die Tür. Zum Glück hatte sie keine übernatürlichen Gaben, sonst hätte sich vermutlich schon ein Loch durchs Holz gebrannt. So, wie in dem Mystery-film, den sie letztens angeschaut hatte. Paulina schüttelte sich. Ihre Gedanken liefen echt total verquer.

Andererseits würde sie schon gern wissen, was er da drin die ganze Zeit über trieb. Gleich nachdem sie hier angekommen waren, hatte er sich dort hinein verzogen und ward nicht mehr gesehen. Ob er Rachepläne schmie-dete, weil sie ihn polizeilich hatte verfolgen lassen? Im Moment hielt sie alles für möglich. Sie wusste schließlich nichts über diesen Mann.

Wie hatte Mia ihn ihr einfach vor die Nase setzen können? Am liebsten hätte sie die Freundin angerufen und rundgemacht. Aber abgesehen von der schlechten Verbin-dung ins Nirgendwo, war Mia vermutlich auch ziemlich beschäftigt. Schließlich war sie dorthin gereist, um zu arbeiten und zu helfen. Sie war ja nicht dort, um Urlaub zu machen.

Frustriert fuhr sich Paulina durchs Haar und blieb wie des Öfteren mit ihren Fingern in ihren widerspenstigen Locken hängen. Ihr innerer Aufruhr ebbte nicht ab. Normalerweise buk sie in solchen Situationen. Allein die Vorstellung, wie ihre Hände einen Teig kneteten, bis er geschmeidig wurde, beruhigte sie etwas. Leider sollte es dabei bleiben und das wirklich befriedigende Gefühl nicht eintreten. Denn tatsächlich zu backen, war ihr ja leider ärztlich verboten worden! Trotzdem war nichts erfüllender, als mit Unmut im Bauch einen widerspenstigen Strudelteig nach Herzenslust auf die Tischplatte klopfen zu können. Es war ihr persönliches Allheilmittel, mit Problemen und Stress umzugehen.

Also machte sie das Einzige, was ihr einfiel. Sie schnappte sich Jacke und Schuhe und würde an der Alster laufen gehen.

SCHON NACH WENIGEN Minuten merkte sie, dass ihre Fitness zu wünschen übrig ließ. Zugegeben, sie war seit jeher nicht die Sportfanatikerin gewesen, hinzu kam, dass sie die meiste Zeit in der Backstube verbracht hatte. Aber seit ihrer Allergie, den asthmatischen Schüben und schlussendlich mit der angeknacksten Rippe, hatte sie auf sportliche Aktivitäten komplett verzichtet. Das machte sich bemerkbar.

Dass ihr Handy in der Jackentasche dauernd vibrierte, weil der Nachrichtenstrom munter weiterging, machte es nicht besser.

Paulinas Stimmung war ebenso düster wie der Himmel über ihr. Schwere dunkelgraue Wolken hingen tief und der Wind hatte spürbar aufgefrischt. Von Schnee und zauberhaftem Winterwetter fehlte jede Spur. Petrus schien es wohl egal zu sein, dass die Adventszeit anbrach. Allein die hölzerne Würstelbude, an der sie gerade vorbeigelaufen war, erinnerte an die schönste Zeit des Jahres, mit der unechten Tannengirlande samt Beleuchtung und den roten Schleifchen am Dach.

Die wenigen Spaziergänger, die noch unterwegs waren, hatten die Schultern hochgezogen und ihre Gesichter so gut es ging hinter Mützen und Schals verborgen. Paulina schnaufte. Der Tag wurde und wurde nicht besser!

Als ihr Handy zu klingeln begann, zuckte sie regelrecht zusammen. Seit einigen Stunden war ihr Verhältnis zu dem Gerät gelinde gesagt gespalten. Trotzdem kramte sie es hervor und erkannte Mareks Nummer. Ihr erster Impuls war, nicht ranzugehen, doch dann entschied sie sich anders. Ein paar Worte mit ihrem alten Freund zu wechseln, war womöglich genau das, was sie jetzt brauchte. Sicherlich würde er ihr von den Plätzchensorten erzählen, die er für diese Saison neu kreiert hatte. Ja, ein Hauch altgewohnte Normalität, etwas Fachsimpeln, selbst wenn sie dem Beruf nicht mehr nachgehen konnte, würde ihr vermutlich guttun.

Deshalb sagte sie ehrlich erfreut: »Hallo, Marek, wie geht's dir denn?«

Marek plapperte auch gleich munter drauflos. »Hey, du! Ich habe gerade ein komisches Video geschickt bekommen und wenn ich es nicht besser wüsste, würde ich schwören, dass du das bist, die sich da vorstellt und dann einen stuntreifen Abgang macht«, meinte er und lachte laut auf.

Paulina blieb wie angewurzelt stehen. Hatte sie sich verhört? Der Wind blies ihr um die Ohren, sodass seine

Worte blechern klangen. Trotzdem hatte sie alles einwandfrei verstanden. Ihr war sofort klar, wovon er redete! Dass
sich ihr Fauxpas allerdings schon bis in die Schweiz
verbreitet hatte und es ausgerechnet ihr langjähriger
Freund und Kollege gesehen hatte, ließ sie zum x-ten Mal
an diesem Tag um Fassung ringen.

Aber was hatte sie erwartet? Das Internet kannte keine
Landesgrenzen. Wie viele Bekannte mochten es wohl
sonst noch zu Gesicht bekommen haben? Unfähig zu
antworten, schaute sie in das zunehmend aufgepeitschte
Flusswasser.

»Paulina? Hallo? Bist du noch dran?«

»Ähm, ja«, krächzte sie heißer.

»Das bist du doch, oder? Ich meine, wir haben uns
schon länger nicht mehr gesehen. Aber deine Lockenpracht würde ich überall wiedererkennen. Seit wann hast
du denn Bäckerasthma? Das hast du mir gar nicht erzählt.
Und jetzt willst du Instagram-Star werden? Ist ja was ganz
anderes. Aber … warum nicht? Der Einstieg ist jedenfalls
genial! Und wer ist der Typ, der im Hintergrund rumspa-
ziert? Hast du den extra für die Aufnahme gebucht?«,
prasselten Mareks Fragen auf sie ein.

EINE HALBE STUNDE später war Paulina durchgefroren. So
lange hatte es gedauert, Marek auf den neusten Stand in
ihrem Leben zu bringen. Sie war auf die nächstbeste Bank
gesunken und hatte ihm ihr Herz ausgeschüttet, immer
darauf bedacht, dass es nicht allzu sehr nach Jammern
klang. Inzwischen war die Dunkelheit über sie hereinge-
brochen und Paulina mutterseelenallein am Alsterufer. Ob
die Wurstbude noch geöffnet hatte und auch Glühwein
verkaufte?

Den könnte sie jetzt gebrauchen. Nicht nur, um ihre

Glieder von innen heraus aufzuwärmen, sondern ebenso, um sich Mut für ihr Vorhaben anzutrinken. Denn ihr Fazit aus dem langen Telefonat war, dass sie dieses Instagram-Drama schleunigst beenden musste! Ursprünglich wollte sie das Video einfach löschen. Da es jedoch schon auf Facebook und in sonstigen sozialen Medien verbreitet worden war, wie sie durch Marek erfahren hatte, würde ihr das wohl nicht viel bringen. Weshalb sie sich dafür entschieden hatte, sich ein weiteres Mal zu filmen und damit der Sache hoffentlich ein Ende setzen zu können.

Sie erhob sich und lugte den Weg entlang. Die Weihnachtsbeleuchtung an der Holzbude einige Meter entfernt war angeschaltet und aus dem Inneren drang ein Lichtschein in die dunkle Umgebung. Paulina entdeckte sogar ein paar Leute, die sich dort aufhielten. Also beschloss sie, die Aufnahme hier, in der Abgeschiedenheit, hinter sich zu bringen und sich danach den Glühwein in den Rachen zu kippen.

Während sie an ihrem Handy herumtippte, um die richtigen Apps zu öffnen, wurden ihre bereits durchgekühlten Hände vom eisigen Wind noch kälter. Mit steifen Gliedern hob sie das Smartphone hoch und guckte reserviert in die Kamera. Begeisterung sah definitiv anders aus! Aber sie zog das jetzt durch!

»Hi, Paulina hier! Danke für euer zahlreiches Feedback. Aber das alles ist ein einziges, riesengroßes Missverständnis gewesen. Ich bin Konditorin und liebe es, zu backen. Jetzt bin ich auf der Suche nach neuen Möglichkeiten, um meine kreative Seite ausleben und damit Geld verdienen zu können.« Eine Bö erfasste Paulina und schüttelte sie geradezu durch. Sie hatte Mühe, aufrecht stehen zu bleiben, drehte sich zur Seite und stemmte sich mit dem Rücken gegen den Wind. Mit dem Ergebnis, dass ihr nun die Locken ins Gesicht und in den Mund stoben.

»Sorry, aber es wird keine weiteren Beiträge von mir geben«, beeilte sie sich zu sagen. Dann klappte ihr die übergroße Kapuze ihres Parkas über den Kopf und bedeckte ihre Augen. Blind und schnaubend fummelte sie auf ihrem Display herum, um die Aufnahme zu beenden.

Als sie die Monsterkapuze zurück auf ihren Platz schob und einen Blick auf ihr Handy warf, stellte sie fest, dass das Video veröffentlicht war.

Ungläubig starrte sie auf den kleinen Kasten. Er musste verflucht sein! Das ging doch nicht mit rechten Dingen zu! Wie schaffte sie es nur – ungesehen! –, mehrmals die passenden Tasten zu drücken, während andere gefühlt stundenlang darauf rumtippten?

Ein dicker Regentropfen landete auf ihrer Nase. Schnaubend steckte sie das Handy in ihre Jackentasche. Schon öffneten sich die himmlischen Schleusen. Bis sie zu Hause ankam, glich sie einem gebadeten Hund.

6

*E*s waren tatsächlich fast zwei Tage vergangen, ohne dass sie sich begegnet waren. Ob Paulina ihm absichtlich aus dem Weg ging? Heute hatte Patrick sie ebenfalls noch nicht zu Gesicht bekommen. Dafür lag im Kühlschrank ein Blatt Papier, auf dem in großen schwarzen Buchstaben stand: »Kost und Logis sind hier nicht frei! Wenn du was essen willst, besorg es dir selbst!«

Der Zettel lag ausgebreitet über den Lebensmitteln, die sich im obersten Fach befanden. Das darunter– vermutlich seines– war gähnend leer.

Interessiert begutachtete er einen Jogurt mit Pfirsichstückchen. Es standen drei derselben Sorte da. Würde es Paulina wirklich auffallen, wenn einer fehlte?

Unschlüssig drehte er den Becher in der Hand hin und her. Sein Magen knurrte und er zog ihn heraus. Es war zwar nicht viel, aber besser als nichts zum Frühstück.

Gerade als er den Kühlschrank schließen wollte, drang ein lautes »A-a-a!« an sein Ohr.

Ertappt zuckte er zusammen. Als er sich umdrehte, stand sie mit in die Hüften gestemmten Händen auf der anderen Seite der Küchenzeile. Ihre leicht zusammengekniffenen Augen sprühten Funken. Obwohl sie um einiges kleiner als er war, konnte sie ziemlich einschüchternd wirken.

»Was tust du da?«, fragte sie in einem Ton, der ihn an eine Oberlehrerin erinnerte.

»Ich? Nichts«, antwortete er, ganz so, als wäre er ein Schüler, der Bockmist gebaut hatte. Noch während er es aussprach, ärgerte er sich über sich selbst. Dass er den Jogurt automatisch hinter seinem Rücken verborgen hielt, machte es nicht besser.

Natürlich war ihr das nicht entgangen. Schon schnellte ihr Zeigefinger erhoben hervor. »Und was hältst du dann vor mir versteckt?«

Seine Nasenflügel bebten. »Das ist mein Frühstück. Was dagegen?« Blöde Frage. Selbstverständlich hatte sie das!

Relaxt stellte er den Becher auf der Anrichte ab und suchte einen Löffel, während er der Kühlschranktür mit dem Fuß einen Tritt gab, damit sie zufiel.

»Das ist meiner!«

»Ich kaufe einen neuen.«

»Ach wirklich? Soweit ich beobachtet habe, hast du dich bisher nur bedient. Ich habe vorgestern Spagetti Carbonara gekocht. Als ich gestern den Rest essen wollte, war er weg.«

Oh ja, die waren echt lecker gewesen. Patricks Magen grunzte zustimmend. Schnell zog er den Aludeckel vom Jogurtbecher und begann zu löffeln.

»Keine Antwort? Das dachte ich mir. Was bist du? Ein Parasit?«

Seine Zähne trafen auf das kalte Metall, als er sie fest zusammenbiss.

❄

Patrick starrte sie an. Sie wirkten kalt und gefährlich. Paulina schluckte. Ja, sie war zu weit gegangen. Ihn als Parasit zu bezeichnen, war fies. Sie fragte sich, warum sie es dennoch getan hatte. Sie war ein netter, freundlicher und hilfsbereiter Mensch! Solcherlei Aussagen passten überhaupt nicht zu ihr. Trotzdem hatte sie es sich sagen hören. Die Worte waren ihr einfach so aus dem Mund gepurzelt.

Möglicherweise lag es dran, dass ihr Nervenkostüm total porös war. Sie musste sich einen neuen Job suchen, und dann diese blöde Internetsache!

Sie hatte sich ja sowas von getäuscht, als sie vorgestern noch gedacht hatte, mit dem zweiten Video die Angelegenheit ad acta legen zu können. Das Gegenteil war passiert!

Mittlerweile hatte sie Follower im mittleren fünfstelligen Bereich und es wurden immer noch mehr. Offenbar wollten alle, die sie gesehen hatten, wissen, wie es in ihrem Leben weiterging. Paulina fragte sich ernsthaft, ob diese Menschen kein eigenes besaßen.

Hey, Paulina, du kannst uns doch jetzt
nicht einfach hängen lassen! Also sag
schon, was gibt's Neues?

Du machst uns neugierig und jetzt
würgst du uns ab? Geht gar nicht!

Wer ist denn nun der sexy Kerl? Das hast
du immer noch nicht verraten!

Versteh ich nicht. Du willst kreativ sein.
Was ist denn kreativer, als einen eigenen
Blog zu gestalten?

Da stimme ich zu. Wenn du das richtig
gut aufziehst, kannst du damit sogar
dein Geld verdienen!

Das war nur eine grobe Auswahl an Kommentaren, die sie auf ihren zweiten Post bekommen und im Kopf behalten hatte. Ob der Fauxpas mit ihrer Kapuze Absicht gewesen war? Nein! Solche Schnitzer passierten ihr einfach. Vielleicht war sie ein Montagsmodell. Obwohl, geboren wurde sie an einem Dienstag … Aber anscheinend nahm der Herrgott es damit nicht so genau und trieb lieber seine Späße mit ihr. Haha! Wenigstens glaubten die Leute, das alles wäre von ihr gut geplant. Allerdings war sie sich nicht sicher, ob sie das glücklicher machte. Nun, immerhin war es besser, als hielten sie sie für einen Tollpatsch. Man fand, sie wäre *natürlich* und besäße *Humor*. Okay, unter diesem Aspekt betrachtet, sah es schon witzig aus, wie ihr die Kapuze vom Wind übergestülpt worden war, sodass man als Letztes nur noch ihre Nasenspitze hervorlugen sah, bevor das Video endete.

Trotzdem war sie kurz versucht gewesen, ihre ›Community‹ zu fragen, ob sie sich erst erschießen müsste, damit endlich Ruhe einkehrte. Selbstredend hatte sie es nicht getan. Bei ihrem Glück würden sie manche noch als selbstmordgefährdet einstufen und diejenigen, die schwarzen Humor liebten, würden sich bestätigt fühlen und freudig aus dem Häuschen nach mehr schreien!

Unmittelbar setzte das Pochen hinter ihren Schläfen wieder ein. Wenn sie sich wenigstens neuerdings nicht auch noch ständig über die Schulter schauen müsste, immer auf der Hut, nicht zufällig einem nackten Mann in die Arme zu laufen … Wobei das irgendwie ein Widerspruch in sich war, wie ihr eben klar wurde. Denn da sie sich andauernd umblickte, war das Risiko, Patrick im Adamskostüm zu sehen, doch deutlich größer. Oder?

»Was ist? Hat es dir die Sprache verschlagen oder bastelst du gerade an einem neuen Tiefschlag?«, riss er Paulina aus ihren Überlegungen. Sein Löffel klapperte und kratzte dabei aufgeregt im leeren Becher herum. Wahrscheinlich auf der Suche nach den letzten Resten.

Erst jetzt bemerkte sie, dass sie ihn die ganze Zeit über angestarrt hatte. Sie sollte sich entschuldigen– schon wieder! – und ihre heftigen Worte zurücknehmen. Doch bis sie sich dazu durchringen konnte, drehte er sich um, öffnete die Spülmaschine und beugte sich darüber. Automatisch starrte sie auf seinen Hintern. Obwohl er heute nicht nackt war – was für ein Glück! –, sondern in einer Jeans steckte, waren die Konturen seiner Pomuskulatur deutlich erkennbar. Unwillentlich dachte sie daran, wie sie neulich einen Blick darauf hatte werfen dürfen, ohne dass er durch Stoff verdeckt worden war. Das Bild hatte sich in ihrem Kopf scheinbar festgebrannt …

»Du willst mich hier nicht haben. Schon verstanden«, redete er indes weiter. »Das ist aber kein Grund, derart unhöflich zu sein.«

Paulina blinzelte und schob die unwilligen Gedanken beiseite. Warum dachte sie nur immer wieder daran, wie Patrick nackt aussah, sobald sie ihn sah? Es war wirklich eine Erleichterung gewesen, dass sie ihm sowohl vorgestern als auch gestern nicht mehr begegnet war. Was eigentlich an ein kleines Wunder grenzte, wenn man bedachte, dass sie in einer WG lebten.

Andererseits hatte sie gestern wieder einen dieser leidlichen Termine bei ihrer Berufsberaterin gehabt. Das Gespräch hatte deutlich länger gedauert, als ihr lieb gewesen wäre. Allerdings war sie daran nicht ganz unschuldig, sie hatte sich einfach immer noch nicht entschieden, wie sie sich ihre berufliche Zukunft vorstellte. So war das Ergebnis letztlich auch ziemlich unergiebig verlaufen. Weshalb sie danach in ihr Lieblingscafé gegangen war, in der Hoffnung, ihre Laune mit einem Stückchen Sahnetorte wieder heben zu können. Denn glücklicherweise war es ihr trotz Bäckerasthma nicht verboten, die geliebten Süßteile zu essen, sie war lediglich auf die Zutaten im Rohzustand allergisch.

»Selbstverständlich beteilige ich mich an den Haushaltskosten, solange ich hier bin«, endete Patrick mit Nachdruck in der Stimme und wandte sich zu ihr um.

»Wie lange wird das sein?«

»Keine Sorge, ich suche mir schnellstmöglich einen Job und eine neue Bleibe. Es dauert eben so lange, wie es dauert.« Er zuckte mit den Achseln.

»Aha. Sehr präzise.«

»Du kannst es wirklich kaum erwarten.« Er hob den Kopf und musterte sie aufmerksam.

Sie überlegte, ob das eine Frage oder Feststellung war. Musste sie darauf antworten?

Sein hellbraunes kurzgeschnittenes Haar wirkte etwas verstrubbelt, was seinem Aussehen eine sympathische Note gab. Offensichtlich hatte er kein Gel verwendet, jedoch war eine Restfeuchte vom Duschen erkennbar. Auf eine Rasur schien er ebenfalls verzichtet zu haben. Seine markanten Wangen zierte ein Dreitagebart, umrundete seine herausfordernden Lippen, zog sich weiter nach unten und verebbte am Saum seines roten T-Shirts, das relativ eng saß und nur wenig Platz für Spekulationen über seinen muskulösen Oberkörper ließ. Ein Hauch von Sixpack zeichnete sich ab.

Schlagartig wurde Paulina heiß. Kein Wunder, blitzte doch schon wieder Patricks Bild unter der Dusche vor ihrem inneren Auge auf. Schwerfällig löste sie den Blick und wandte sich ab.

»Man wird ja wohl noch fragen dürfen!«, murmelte sie abgelenkt, weil die Spannung zwischen ihnen, die sich in der Stille auszubreiten schien, plötzlich unerträglich wurde.

»KLAR.« Patrick nickte seufzend. Vermutlich war es nicht einfach, unangekündigt und ungefragt mit einer fremden Person zusammenleben zu müssen. Obendrein war er ein Mann und sie eine Frau. Vielleicht hatte Paulina wirklich Angst, er könnte übergriffig werden?

Mit schief gelegtem Kopf betrachtete er seine neue Mitbewohnerin. Sie wirkte eigentlich nicht so. Doch der Schein konnte täuschen. Alles was er sah, war schließlich nur oberflächlich. Sie präsentierte ihm das, was sie bereit war, ihm zu zeigen. Für einen Moment fragte er sich, seit wann er so tiefgründig geworden war? Es musste an der kürzlichen Trennung von Natascha in Kombination mit seinem Jobverlust und dem daraus resultierenden Umzug zurück nach Deutschland liegen …

Dann verfing sich sein Blick in einer Haarsträhne, die sich aus Paulinas buschigem Pferdeschwanz gelöst hatte und ihr nun über der Schulter hing. Wie ein Pfeil deutete die Spitze auf den V-Ausschnitt ihres senfgelben Pullis. Eine angedeutete Spalte war am Ende ihres Dekolletés erkennbar und lenkte seine Aufmerksamkeit auf die Wölbung ihrer Brüste unter dem Wollpullover. Sie waren nicht zu groß und nicht zu klein, stellte er mit geübtem Auge fest.

Als ihm seine Gedankengänge bewusst wurden, schaute er schnell nach oben. Allerdings … diese Art passte doch mehr zu ihm. Seit seiner Pubertät fand er nun mal Gefallen am weiblichen Geschlecht. Daran war schließlich nichts Verwerfliches. Und wenn er ehrlich war, war er lieber ein kleiner Macho als ein Weichei. Diese Frauenversteher mochten die besten Freunde eines Mädchens sein, aber das blieben sie in der Regel auch. Sie kamen nur selten zum Zug. Meistens schnappte ihnen ein anderer, ›echter‹ Kerl, die Frau weg. Kerle wie er!

Er lächelte erleichtert, dass er nicht auf dem Weg war, zu einem dieser Typen zu mutieren.

»Du findest das witzig?«, fragte sie prompt mit hochgezogenen Brauen.

»Was? Nein. Wir hatten keinen guten Start. Ich schlage vor, wir beginnen nochmal von vorn?«, schlug er vor und zwinkerte ihr aufmunternd zu. Mit seinem Charme hatte er seit jeher die Frauenherzen schmelzen lassen können. Es war an der Zeit, seine Gabe zu nutzen und das Beste aus der Situation herauszuholen.

»Hm. Und was genau schwebt dir da so vor? Ich habe gesehen, wie du auf meinen Busen gestarrt hast. Vergiss es!«

»Quatsch«, sagte er ertappt, eine Spur zu nachdrücklich. »Ich finde nur, ein Neuanfang wäre gut. Wir werden wohl oder übel einige Wochen miteinander auskommen müssen –«

»Wochen?«, echote sie und riss die Augen auf.

Patrick ignorierte es. »Ich bin kein schlechter Kerl. Das wirst du feststellen, sobald du mich ein bisschen besser kennengelernt hast.« War da ein Knurren ihrer Kehle entwichen? »Und ich denke, du bist auch nicht so übel. Oder?«

»Pha!« Paulina verschränkte die Arme vor der Brust. Eine typische Abwehrhaltung! Oder wollte sie ihre weiblichen Reize, wegen seiner Blicke von eben, vor ihm verstecken? Schon bekam er die Antwort.

»Spar dir dein Süßholzgeraspel für andere auf. Bei mir wirkt das nicht.«

Was für eine Zicke! Säuerlich ließ er seine Brauen nach oben wandern.

»Also wenn das für dich Süßholzgeraspel ist, dann flirtest du wohl nicht besonders oft. Kommst du nicht viel mit Männern in Kontakt oder liegt es eher an deiner offenen Wesensart? Hast du dich deshalb rar gemacht, seitdem ich da bin? Weil du ein Problem mit Menschen hast?«, fragte er abschätzig.

»Du glaubst, ich bin dir aus dem Weg gegangen? Das würde dir wohl gefallen. Aber ich lasse mich garantiert nicht aus meinen eigenen vier Wänden vertreiben! Ich hatte Termine. Nur zu deiner Information! Und als ich zu Hause war, hast du dich doch nicht blicken lassen. Vielleicht hast du also ja ein Problem! Isst heimlich anderen ihr Essen weg und versteckst dich dann in deinem Zimmer. Wie alt bist du?!«

»Vierunddreißig – nicht, dass dich das etwas angehen würde – und erwachsen genug, um mit einer Spaßbremse wie dir umgehen zu können. Ich habe mich keineswegs vor dir versteckt. Ich bin aus den Staaten gekommen und hatte Jetlag. Weshalb ich etwas verdreht geschlafen habe. Ebenfalls nur zu deiner Information«, schoss er zurück.

»Aha!«

Glaubte sie ihm nicht oder hatte sie ihre Munition für den Moment verschossen? Wie zwei Streithähne standen sie sich kurz wortlos gegenüber. Er taxierte sie ebenso wie sie ihn.

Wenn sie wütend war, funkelten ihre grünen Augen wie Diamanten, fiel ihm auf. In Kombination mit ihrem hübschen Gesicht und der frechen Stupsnase wirkte das ziemlich sexy. Er spürte eine körperliche Regung und verteufelte sich selbst. Nicht in tausend Jahren würde er sich an dieser Frau die Finger verbrennen!

»Na gut. Dann hätten wir das ja geklärt. Keiner ist dem anderen, warum auch immer, aus dem Weg gegangen. Es gibt also keinen Grund, sich nicht wie Erwachsene zu verhalten. Ich gehe auf deinen Vorschlag ein. Fangen wir nochmal neu an. Ich bin Paulina«, erklärte sie überraschenderweise und streckte ihm ihre Hand entgegen.

Obwohl er das Gefühl hatte, weiterhin auf der Hut sein zu müssen, zog er mit.

»Hi. Ich bin Patrick.«

Wie zwei Staatsoberhäupter, die den schönen Schein wahren mussten, schüttelten sie sich die Hände. Dann stolzierten sie in ihre jeweiligen Zimmer.

Zumindest hatte Patrick einen festen Händedruck, dachte Paulina, während sie ihre Finger schüttelte. Sie spürte das Kribbeln trotzdem noch. Es hatte begonnen, kaum dass sie ihn berührt hatte. Das verwirrte und ärgerte sie zugleich. Unwirsch schloss sie ihre Zimmertür und fragte sich, was sie hier eigentlich sollte. Sie war nur gegangen, um ihre Ruhe vor diesem Idioten zu haben. Frustriert sank sie auf ihr Bett. Normalerweise war sie nur zum Schlafen hier. Aber es war helllichter Tag! Sie war nicht müde, im Gegenteil. Aufgewühlt traf es sehr viel besser.

Das Gespräch mit Patrick spulte sich in ihrem Kopf nochmals ab und blieb an der Stelle hängen, als er sie gefragt hatte, ob sie nicht viel Gelegenheit zum Flirten bekam. Nein, das waren ihre Worte. Er hatte sich anders ausgedrückt. Verächtlicher! Das änderte jedoch nichts an dem Körnchen Wahrheit, das in seiner Frage steckte, weshalb sie sie auch freundlicher, und damit für sich erträglicher, formuliert hatte.

Gleichzeitig überlegte sie, weshalb Patricks Bemerkung immer noch in ihr nachhallte. Schließlich war sie solcherlei Anspielungen von ihrer Mutter zur Genüge gewohnt. Es sollte demnach an ihr Abprallen. Tat es aber nicht.

Wie gern hätte sie jetzt Mia ihr Herz ausgeschüttet. Doch aus bekannten Gründen ging das ja nicht. Wen gab es sonst noch, mit dem sie hätte reden können? Ihre Mutter – keinesfalls. Marek – bestimmt nicht. Ihre restlichen sogenannten Freunde waren eigentlich nur Arbeitskollegen. Niemand aus der Bäckerei hatte sich seit ihrem schwungvollen Abschied bei ihr gemeldet. Okay, in den ersten Tagen bekam sie Nachfragen und Genesungswünsche, doch das endete alsbald. Die traurige Wahrheit war, dass sie niemanden außer Mia zum Quatschen hatte! Sie fühlte sich plötzlich unendlich einsam.

Ihr Handy gab einen Mitteilungston von sich und zum ersten Mal seit Tagen sah sie es als willkommene Ablenkung.

> @jad_da51: Hey, Paulina, wie geht's denn so? War das dein Ernst, dass du nicht weitermachen willst? Nach dem Auftakt kannst du das doch nicht tun!

Das war nur die aktuellste Nachricht von vielen. Nachdenklich ließ sie ihr Smartphone sinken. Da draußen, in der großen weiten Welt, waren Menschen, die an ihr interessiert schienen. Was, wenn sie doch ein weiteres Video drehte? Zuschauer fänden sich laut Followeranzahl sicherlich genug und einige davon gaben sogar Rückmeldungen.

Natürlich konnte das keine echten Freundschaften ersetzen, aber … es wäre besser als nichts. Oder?

Hibbelig hopste sie auf ihrer Matratze herum. Die Alternative wäre, zu backen. Das Bedürfnis war inzwischen übermächtig! Immerhin war es seit vielen Jahren ihre Art, Probleme zu verarbeiten, und davon hatte sie derzeit genug. Doch das war keine Option mehr. Jedenfalls nicht, wenn sie gesund werden und bleiben wollte!

Dann also doch das Video. Was konnte schon passieren?

Etwas fahrig öffnete sie ihre Kamera und rückte sich in Position.

Aber was wollte sie eigentlich sagen?

Pures Adrenalin schoss ihr durch die Adern. Es war schon etwas anderes, wenn sie eine geplante Aufnahme machte als diese Dinger, die schließlich mehr oder weniger unbeabsichtigt im Netz gelandet waren.

Nicht so viel nachdenken, einfach machen, riet ihr ihre innere Stimme.

»Hi, ich bin's wieder. Paulina. Nachdem so viele von euch mich gebeten haben, weiterzumachen … Also hier bin ich. Wie ich euch schon erzählt habe, bin ich Konditorin. Oder ich war es bisher. Dann kam dieses blöde Bäckerasthma und ich kann meinen Beruf nicht mehr ausüben. Kennt sich jemand von euch mit dieser lästigen Krankheit aus? Also bei mir ist es so schlimm geworden, dass mein Chef mich als Gefahrengut in der Backstube eingestuft hat.« Sie zwinkerte kichernd. *»Ich habe sozusagen Hausverbot. Nur wegen dieses kleinen Unfalls. Ich musste niesen und na ja, es gab eine Kettenreaktion. Ich*

habe einen Kollegen versehentlich geschubst, der Regal-wagen mit den Brötchen kam in Schieflage und die Semmeln flogen durch den Raum. Eine Verkäuferin, die gerade Zimtsterne verpackte, wurde getroffen und die Plätzchen schnellten wie Geschosse umher. Ja, ich habe etwas Aufruhr verursacht. Aber das war doch keine Absicht und so schlimm war es doch auch nicht. Oder wie klingt das für euch?« Einmal angefangen, konnte sich Paulina nicht mehr bremsen, ihre Geschichte zu erzählen. Sie hatte keine Ahnung, ob es in der Backstube genauso abgelaufen war. Es ging alles viel zu schnell damals. Es waren die Details, an die sie sich erinnerte. Aber es auszusprechen, wirkte wie Balsam für ihre Seele, stellte sie überrascht fest. »Tja, so war das. Deshalb muss ich mich jetzt notgedrungen nach einer neuen beruflichen Herausforderung umsehen. Aber davon erzähle ich euch das nächste Mal. Macht's gut. Bis dann. Tschüss, eure Paulina!«

Ohne zu zögern, lud sie das Filmchen hoch. Dazu musste sie sich jedoch schon ein wenig konzentrieren. Wiederholt fragte sie sich, wie sie das – ohne hinzu-schauen! – fertiggebracht hatte.

Erst als es online ging, kam ihr der Gedanke, dass es vielleicht gut gewesen wäre, zuerst selbst einen Blick darauf zu werfen. Dafür war es jetzt allerdings zu spät. Egal! Sie hatte ihre ersten beiden Videos nicht prüfen können, warum sollte sie nun damit anfangen?

7

*P*feifend erklomm Patrick die Stufen im Treppenhaus des Altbaus. So gut wie heute hatte er sich seit seiner Ankunft in Deutschland nicht gefühlt. Der Grund dafür war blond, kurvig und hieß Alana. Er hatte sie im Kaufhaus kennengelernt, als er auf der Suche nach einem Hochzeitsgeschenk für Elias und Annabel gewesen war.

Solcherlei Dinge waren ihm grundsätzlich ein Graus. Aber das ging den meisten Männern so. Er war da keine Ausnahme. Trotzdem hatte er sich dazu aufgerafft, obwohl es bis zur Trauung noch etwas hin war. Normalerweise zögerte er diese Einkäufe bis auf den letzten Moment hinaus. Dass er sich bereits heute umgesehen hatte, verdankte er Paulina. So weit war es schon gekommen! Er war geflohen. Vor ihr!

Seit sieben Tagen ging das nun so. Jeder versuchte, dem anderen aus dem Weg zu gehen, so gut es möglich war. Und das, obwohl sie sich vorgeblich geeinigt hatten, dies nicht zu tun. Trotzdem schlichen sie umeinander herum wie die Katze um den heißen Brei. Ein flüchtiges »Hallo«, dann verzog sich jeder wieder in seine Ecke. In seinem Fall bedeutete das, Mias Mädchenzimmer. Ein Traum aus Rosarot ... Unwillkürlich verzog Patrick das Gesicht.

Das würde jetzt aufhören! Wenn er noch mehr Zeit in diesem Rüschenalptraum verbrachte, musste er sich ernsthaft um seine Männlichkeit sorgen. Und die würde er garantiert nicht aufgeben! Schon gar nicht wegen dieser Zicke Paulina!

Er dachte an Alana und rieb sich freudig die Hände. Das war eine Frau nach seinem Geschmack! Nett und sexy obendrein. Morgen Abend hatten sie ein Date. Sie war Verkäuferin und hatte ihm angeboten, ihn ausführlich wegen des Geschenks zu beraten. Als sie ihn mit ihren verführerischen roten Lippen angelächelt hatte, hatte er sie spontan gefragt, ob sie dieses Thema nicht ausführlich besprechen könnten. Er war schließlich ein Singlemann und kannte sich überhaupt nicht aus. Das zeigte sich bereits darin, dass er auf ihre Frage, ob das glückliche Paar einen Hochzeitstisch besäße, mit Unwissenheit glänzen musste. Er hatte versprochen, sich zu erkundigen. Dann könnten sie morgen in aller Ruhe bei einem Glas Wein überlegen, welches das richtige Präsent wäre. Immerhin war er ein guter Freund des Bräutigams und wollte sich nicht lumpen lassen. Alana war regelrecht dahingeschmolzen, dass er sich so viel Mühe gab. Obendrein wäre er noch rücksichtsvoll gegenüber den anderen Kunden, weil er sie während ihrer Arbeitszeit nicht stundenlang in Beschlag nehmen wollte. Ja, er hatte es perfekt eingefädelt und immer noch drauf!

Nun musste er sich nur noch gegen Paulina behaupten. Heute würde er sich nicht wieder in Mias Reich verziehen, sondern seinen Laptop am Esstisch aufklappen! Das war auch besser für seinen Rücken! Der tat ihm allmählich weh, weil er permanent im Bett rumlümmelte.

Nicht, dass ihm das grundsätzlich etwas ausmachte – zumindest nicht, wenn sich die passende Begleitung neben ihm in den Laken wälzte. Für das Arbeiten am Notebook allerdings zog er Tisch und Stuhl doch vor. Das war ihm schon klar geworden, als er seinen Handyvertrag in den Staaten gekündigt und einen neuen in Deutschland abgeschlossen hatte. Wie er es hasste, wenn der Rechner bei jeder Bewegung auf der Matratze schwankte! Beim Filmschauen war das noch das wenigste Problem. Aber das Zusammenstellen seiner Bewerbungsunterlagen hatte er aufgegeben. Dazu brauchte er Konzentration und Selbstbewusstsein. Beides wurde dank Bett, Rüschen und dem Horrorrosa radikal untergraben!

»Oh! Hallo! Sie sind der junge Mann, der bei Paulina eingezogen ist«, riss ihn eine Frauenstimme aus seinen Gedanken.

Patrick vollführte schwungvoll eine halbe Drehung und fand sich der alten Dame gegenüber, die zusammen mit seiner Mitbewohnerin verfolgt hatte, wie er von der Polizei abgeholt worden war. Allein die Erinnerung daran ließ ihn erschaudern.

»Wie bitte? Was?«, fragte er deshalb leicht irritiert.

»Sie wohnen jetzt mit Paulina zusammen?«, wiederholte die Frau ihre Frage und schaute ihn aufmerksam an.

»Paulina und ich? *Haha!* Ähm, nein!«

»Na, na. So habe ich es doch gar nicht gemeint.« Lachend wackelte die Dame mit dem Zeigefinger. »Trotzdem scheint mir Ihre Antwort etwas rigoros, junger Mann. Paulina ist ein wirklich liebenswerter Mensch, wissen Sie?«

Nein, das schien ihm bisher entgangen zu sein. Doch er sagte nichts dergleichen. Musste er auch nicht, denn die Frau redete schon weiter.

»Ich bin übrigens Frau Riedel. Ihre Nachbarin«, stellte sie sich vor und reichte ihm die Hand.

»Angenehm. Patrick Weber.«

»Wie nett, Sie kennenzulernen.«

»Freut mich ebenfalls. Ich hoffe, Sie haben keinen falschen Eindruck von mir bekommen. Das … als Sie mich zum ersten Mal gesehen haben … das war alles ein großes Missverständnis …«, versuchte er umständlich zu erklären.

Frau Riedel winkte ab. »Das habe ich doch schon gehört.«

»Ach wirklich?« Hatte Paulina mit der Nachbarin also ein Schwätzchen gehalten, es aber nicht für nötig befunden, sich einmal aufrichtig bei ihm zu entschuldigen?

Die alte Dame nickte. »Machen Sie sich keine Sorgen. Ich habe keine Angst vor Ihnen.«

»Gut.« Patrick schluckte. Auf die Idee, dass sich jemand allein durch seine Anwesenheit bedroht fühlen könnte, war er bisher nicht gekommen. Der Gedanke lag ihm schwer im Magen. »Falls ich Ihnen mal bei irgendwas behilflich sein kann, geben Sie mir Bescheid. Ich bin handwerklich ganz geschickt«, bot er deswegen an, obwohl er im Grunde keine Lust auf Nachbarschaftshilfe hatte.

»Das ist ja lieb!« Frau Riedels Augen leuchteten verzückt. »Gutaussehend, nett und hilfsbereit! Ich sage es ja, da hat sich unsere Konditorin wahrlich ein Sahneschnittchen nach Hause geholt.«

Hatte ihm die alte Dame eben verschwörerisch zugezwinkert? Verlegen wandte er sich ab.

Während er den Flur betrat, erinnerte er sich dunkel, schon einmal eine derartige Bemerkung von der Nachbarin gehört zu haben. Es war am Tag seines ›Einzugs‹ gewesen, als sie es Paulina gegenüber erwähnt hatte. Aber da hatte er nur schleunigst das Weite gesucht und sich schnellstmöglich in seinem Zimmer verbarrikadiert.

Heute jedoch fragte er sich, was es mit dieser Anspielung auf sich hatte. Bei nächster Gelegenheit würde er dem einmal auf den Grund gehen.

SCHWUNGVOLL BETRAT Paulina den großen Wohnraum, um bei Patricks Anblick schlagartig abzubremsen. Er saß am Esstisch und hatte den Kopf über seinen Laptop gesenkt. Das war neu und brachte sie aus dem Konzept. Sie murmelte ein »Hi« und bog um die Ecke zur Küche ab. Er schaute kaum auf und grüßte nur ebenso kurz zurück.

Paulina öffnete eine Schranktür und hatte keinen Schimmer, was sie eigentlich suchte. Aus den Augenwinkeln beobachtete sie ihn. Stoisch hämmerte er auf seine Tastatur ein. Und jetzt? Natürlich war ihr klar gewesen, dass sich aus dem Weg zu gehen, keine dauerhafte Lösung war. Sie selbst störte es gewaltig, dass sie seit Tagen in ihrem Zimmer saß, als wäre sie ein Teenager, der Arrest verpasst bekommen hatte. Dabei hatte sie ihn sich genau genommen selber auferlegt … Ebenso wie Patrick es getan hatte.

Nun hatte er dieses Verhaltensmuster also durchbrochen. Ein vernünftiger Schritt. Schließlich waren sie erwachsen und sollten sich auch entsprechend verhalten. Dass er ihr damit allerdings zuvorgekommen war, ärgerte sie gewaltig. Es war immerhin ihre Wohnung! Sie hätte sich von Anfang an nicht vertreiben lassen sollen.

Grollend schloss sie das Türchen wieder. Sie brauchte kein Geschirr, sie hatte sich etwas zum Essen kochen wollen! Wie hatte sie das nur, allein auf Grund seiner

Anwesenheit, vergessen können? Mit Elan holte sie einen Topf hervor. Klappernd kam er auf der Herdplatte zum Stehen.

»Du kochst?« Patricks Stimme ließ sie herumfahren.

Oh ja! Spätestens jetzt in zweifacher Hinsicht. Sie kam sich mehr als dämlich vor, weil sie bei diesen einfachen zwei Worten derart zusammengezuckt war.

Aber entweder war ihm das nicht aufgefallen – dem Himmel sei Dank! – oder er überging es gnädigerweise.

»Wenn du die Töpfe und Pfannen immer so auf das Cerankochfeld klatschst, wird das Glas irgendwann springen«, informierte er sie oberlehrerhaft stattdessen.

Sie merkte, wie sich ihre Augen verengten. »Was du nicht sagst!«

Patrick erwiderte ungerührt ihren Blick und lehnte sich lässig auf seinem Stuhl zurück.

»Ich mein ja nur –«

»Tja, dann danke für den Tipp. Ich finde mich durchaus in meiner Küche zurecht«, presste sie hervor und kramte den Reis sowie die anderen Zutaten heraus. »Ich habe hier schon des Öfteren gekocht. Jahre, um genau zu sein. Ich wohne nämlich schon sehr lange hier!«

»Okay, okay! Ich hab´s verstanden. Eigentlich wollte ich nur behilflich sein.«

»Behilflich? Mit was? Mit neunmalklugen Sprüchen?« Herausfordernd fixierte sie ihn.

Die Spannung im Raum war fast greifbar. Ein Gemisch aus ihrer Wut und seiner betonten Gleichgültigkeit, gepaart mit Hunger und dem Bildfetzen von Patricks nackter Rückansicht. Warum nur konnte sie das nicht einfach vergessen? Es flackerte immer wieder vor ihrem inneren Auge auf, sobald sie ihn sah. Dagegen war sie machtlos.

Er hingegen erweckte nicht den Eindruck, als würde er

noch einen einzigen Gedanken daran verschwenden. Ebenso wenig an den Umstand, dass sie ihn sogar unter der Dusche ›erwischt‹ hatte. Er zeigte nicht das geringste Anzeichen von Scham.

»Stimmt. Hilfe sieht anders aus«, meinte er jetzt, erhob sich und kam auf sie zu.

Überrascht verfolgte sie jeden seiner geschmeidigen Schritte. Wenn sie nicht so wütend sowohl auf sich selbst als auch auf ihn gewesen wäre, hätte sie womöglich zugeben müssen, dass dieser Mann nicht nur attraktiv war, sondern ebenfalls ein einnehmendes Wesen besaß.

»Also, was soll ich machen?«, fragte er und kam neben ihr zum Stehen.

Eine Stimme in ihr rief: *mich in den Arm nehmen und küssen!* Verdutzt blinzelte sie. Was in aller Welt war denn jetzt bei ihr kaputt? Es musste an dem Duft seines Aftershaves liegen, der ihr in die Nase kroch.

Sie schüttelte den Kopf, in der Hoffnung, wieder einen klaren Gedanken zu fassen, und ging einen Schritt zurück. Sie brauchte dringend etwas Abstand!

Patrick interpretierte ihr Verhalten natürlich falsch.

»Soll das heißen, du willst meine Hilfe nicht?«

»Ähm, nein. Ich meine … doch. Was war gleich nochmal die Frage?«

Amüsiert betrachtete er sie. »Kochen. Wir wollten gemeinsam kochen.«

»Ach ja? Wollten wir das?« Das musste ihr irgendwie entgangen sein …

»Gut, wir haben es nicht vereinbart. Aber du scheinst hungrig zu sein und ich bin es auch. Also was spricht dagegen, dass wir miteinander etwas zu essen machen?«

»Hm.« Es war nur logisch. Und ganz normal! Mia und sie hatten entweder abwechselnd gekocht oder, wenn sie beide da waren, zusammen. Nur weil Patrick ein Mann war, konnte das doch genauso funktionieren. Oder?

Sein Vorschlag klang somit einleuchtend. Aber wollte sie das? Zeit mit ihm verbringen? Mit ihm essen? Andererseits … Zutaten waren genug da. Seit ihre Freundin weg war, passten nämlich Paulinas Mengenangaben sowieso nicht mehr, weshalb sie aus purer Gewohnheit zu viel machte und nun immer zweimal davon essen konnte. Außer, Patrick genehmigte sich den Rest. So wie letztens, als ihre Spagetti plötzlich verschwunden gewesen waren. Aber seitdem sie ihn darauf angesprochen hatte, war nichts dergleichen mehr passiert. Er hatte sich ernsthaft zurückgehalten und auch eingekauft. Ganz so, wie sie es hatte haben wollen.

»Ich betrachte das als ein Ja«, sagte Patrick und nahm ihr die Frühlingszwiebeln aus der Hand, mit denen sie, ohne es zu merken, gespielt hatte. »Ich schneide die schon mal.« Beherzt zückte er Schneidbrett und Messer.

Dafür, dass er erst seit kurzem hier wohnte, kannte er sich schon richtig gut in der Küche aus, stellte Paulina fest. Sie fragte sich, was ihr noch entgangen war, während sie sich in ihrem Zimmer in Deckung gebracht hatte.

»Was gibt's denn eigentlich?«, wollte er wissen und hackte drauflos.

»Risotto«, murmelte sie und schaute beeindruckt zu, in welcher Geschwindigkeit er das Messer durch die grünen Stängel gleiten ließ. »Du kannst das wirklich gut. Bist du gelernter Koch?«

Es war das erste Mal, dass er in ihrer Gegenwart lachte. Sein Lachen war warm und herzlich. In Paulina breitete sich ein Wohlgefühl aus.

»Ich? Nein, bestimmt nicht. Ich habe nur bei einigen Kochsendungen im Hintergrund agiert, da bekommt man zwangsläufig den einen und anderen Tipp mit.«

»Wow. Dann bist du also beim Fernsehen?«

»Das war ich. Mehr oder weniger.«

»Vergangenheit?« Paulina schob ihm eine Knoblauchzehe und Zwiebel hin.

»Ja, ich war für den Job ein paar Jahre in Amerika. Aber jetzt bin ich wieder hier.«

Sie gab etwas Olivenöl in den Topf und schaltete die Herdplatte an, während sie darauf wartete, dass er weitererzählte. Doch das tat er nicht.

»Dann bist du arbeitslos und auf der Suche? Oder verstehe ich das falsch?«

»So sieht es aus.« Er legte das Messer zur Seite. Auf dem Schneidebrett türmte sich nun ein Haufen aus kleingehacktem Zwiebelgemüse.

»Da haben wir doch tatsächlich was gemeinsam«, murmelte Paulina nachdenklich und füllte alles in die Pfanne. Es zischte und sofort breitete sich der Geruch von Frischgekochtem aus.

»Was sagtest du?«, wollte Patrick wissen. Offenbar hatte er sie auf Grund der Geräusche nicht verstanden. Ihr war das nur recht und sie tat nun ebenso, als hätte sie ihn nicht gehört. Es war durchaus interessant, etwas über ihren neuen Mitbewohner zu erfahren – vielleicht würde sie ihn dann endlich auch anders vor ihrem inneren Auge sehen als immer wieder nackt! –, aber so weit, von sich selbst viel preiszugeben, war sie deswegen noch lange nicht.

Glücklicherweise ließ er es auf sich beruhen. Möglicherweise auch deshalb, weil Paulina die Dunstabzugshaube anstellte. Als sie den Reis dazugab, um ihn glasig zu dünsten, begann er den Tisch zu decken. Sie fügte Tomatenmark, etwas Weißwein und Tomatenstückchen hinzu. Dann rührte sie nach und nach Brühe ein. Sofort duftete es nicht mehr ganz so beißend.

»Riecht gut«, stellte auch Patrick fest und stand plötzlich hinter ihr.

Erschrocken riss sie die Schultern nach hinten und stieß mit dem Rücken gegen seinen Brustkorb. Prompt durchlief sie ein Bitzeln. Sie spürte seine Körperwärme und verharrte etwas länger in dieser Position als notwendig. Seltsamerweise fühlte es sich gut an, sich an ihn lehnen zu können, und Patrick schob sie nicht von sich. Für den Bruchteil einer Sekunde schloss sie sogar wohlig die Augen …

Bis ihr bewusst wurde, was sie da tat! Fahrig stob sie zur Seite.

»Ähm, kannst du hier weiterrühren?«, fragte sie, mit leicht gehetztem Ton, und eilte davon. »Das Risotto muss noch fünfzehn Minuten köcheln. Dann noch Parmesan und ein bisschen Basilikum dazugeben und mit Salz und Pfeffer abschmecken. Danke!«

Die letzten Worte rief sie ihm aus dem Flur zu, dann stand sie schon im Badezimmer vor dem Waschbecken.

Ein Blick in den Spiegel zeigte ihre geröteten Wangen, als hätte sie einen Sprint hinter sich. Die altbekannte widerspenstige Haarsträhne baumelte zwischen ihren Augen, die etwas glasig wirkten. Sie stützte sich mit den Händen am Waschbecken ab und fragte sich, was da gerade passiert war? Seit wann lief sie einfach so davon? Und vor allem, vor was? Vor Patrick hatte sie doch keine Angst! Jetzt, da sie ihn ein bisschen kennengelernt hatte, fand sie ihn eigentlich ganz nett.

Vielleicht sogar noch ein wenig mehr?, fragte ihre innere Stimme.

Paulina schluckte. War vielleicht genau das das Problem?

Nein, unmöglich! Aber wenn doch? Darüber wollte sie

nicht nachdenken. Schnell drehte sie den Hahn auf und spritzte sich eine Ladung kaltes Wasser ins Gesicht.

»Das Essen ist fertig«, rief Patrick laut und balancierte den heißen Topf zum Tisch.

Während er sich setzte und darauf wartete, dass seine Mitbewohnerin sich wieder zeigte, überlegte er erneut, womit er Paulina in die Flucht geschlagen hatte. Was an seinem Verhalten war denn falsch gewesen? Er war freundlich zu ihr gewesen und hatte sich hilfsbereit gezeigt. Trotzdem war sie davongelaufen! Das war ihm eigentlich noch nie passiert!

Frauen, man konnte sie einfach nicht verstehen!, dachte er kopfschüttelnd.

Paulina allerdings war ein ganz besonderes Exemplar. Das hatte sie ihm bereits mehrfach bewiesen. Es hatte ihn bisher auch noch keine Frau an die Polizei übergeben. Sie schon!

Er griff nach dem Löffel. »Das Risotto wird kalt! Wenn du nicht kommst, dann ess ich eben allein«, krakeelte er in Richtung Flur. Sollte sie doch machen, was sie wollte. Wenn etwas mit ihr nicht stimmte, war es nicht seine Angelegenheit. Er hatte genug damit zu tun, sein eigenes Leben in den Griff zu bekommen und in seinem Heimatland wieder Fuß zu fassen. Da brauchte er nicht noch eine exzentrische Frau obendrauf. Vermutlich war es besser so, wenn sie sich auch weiterhin aus dem Weg gingen!

Wobei, süß war sie irgendwie schon. Trotz ihres eigentümlichen Verhaltens konnte er nicht abstreiten, dass es ihn geradezu fesselte, zuzusehen, wie sich diese einzelne Lockensträhne immer wieder verselbstständigte. Egal, wie oft Paulina sie sich hinters Ohr schob, früher oder später hing sie ihr frech in die Stirn und machte den Betrachter auf die Stupsnase sowie ihre safirgrünen Augen aufmerksam. Sie besaß auch ein paar Sommersprossen, doch die waren auf Grund der Jahreszeit vermutlich nur wenig ausgeprägt. Unwillkürlich stellte er sich Paulina bei Sonnenschein und sommerlichen Temperaturen im Bikini vor. In seiner Fantasie trug sie einen türkisen Hauch von nichts, in dem ihre Figur hervorragend zur Geltung gebracht wurde. Sie drehte sich zu ihm um und sah ihn mit derselben bewundernden Achtung an, wie sie es vorhin beim Gemüseschnippeln getan hatte. Dann sagte sie:

»Ich dachte, du hättest schon ohne mich angefangen?«

Es dauerte einen kurzen Moment, bis Patrick merkte, dass Paulina tatsächlich mit ihm sprach.

»Tut mir leid, dass ich so lange gebraucht habe«, unterbrach sie seine Tagträume und setzte sich.

Patrick taxierte sie in ihrem dicken Winterpulli. Besaß sie tatsächlich die Kurven, die er sich eben vorgestellt hatte? Er konnte es nicht bestimmen. Der Pullover war zu ausladend und gab nichts preis. Sie langte über den Tisch, befüllte ihren Teller und stellte ihn wieder vor sich ab.

»Ist was?«, fragte sie, als er sie weiterhin nur anschaute.

Er blickte ihr geradewegs in die Augen. Sie waren wirklich safirgrün, stellte er fasziniert fest. Der nächste Gedanke, der ihm durch den Kopf ging, war der, seit wann er eigentlich solche Worte wie *safirgrün* kannte?!

Da er nach wie vor keine Regung zeigte, runzelte sie die Stirn und begann zu essen.

Langsam wird es echt peinlich, flüsterte ihm sein Verstand zu. Endlich löste er sich aus seiner Starre und häufte sich ebenfalls vom Risotto auf.

»Mist«, brummte Paulina und Patricks Kopf hob sich abrupt.

»Was ist denn jetzt schon wieder?«, knurrte er.

»Ich hatte ein Foto vom Essen machen wollen. Jetzt ist es zu spät«, erklärte Paulina und schob sich einen weiteren Löffel in den Mund.

Patrick gluckste leicht verächtlich. »Gehörst du wohl auch zu den Leuten, die permanent ihr Essen fotografieren?«

Sie zuckte mit den Schultern. »Bisher nicht —«

»Aber du willst es werden?«

»Vielleicht?« Sie hatte darüber nachgedacht, über was sie bei ihren Blogbeiträgen alles berichten konnte. Seit sie sich dazu durchgerungen hatte, sich als Instagramerin zu versuchen, hatte sie überraschenderweise immer mehr Gefallen daran gefunden. Die Resonanz war toll und hatte nicht nachgelassen, obwohl ihre Beiträge nicht mehr so aberwitzig waren wie zu Beginn. Inzwischen freute sie sich auch über die Rückmeldungen. Ein paar ihrer Follower waren fast schon ›alte Bekannte‹ geworden.

Patrick rollte mit den Augen. »Ist dein Leben so langweilig, dass du dein Essen posten musst? Ich dachte, du hättest anderweitig genug Ansprache.«

Paulina hielt inne. »Was meinst du denn damit?«

»Na, ich höre dich meistens in deinem Zimmer reden. Mit wem eigentlich? Du telefonierst offenbar sehr gern …« Er blinzelte sie schelmenhaft an.

Sie merkte, wie ihr die Röte über den Hals emporkroch. Dachte er etwa … dass sie von zu Hause aus sowas wie bezahlten Telefonsex anbot? Der Gedanke beschämte sie und machte sie gleichzeitig wütend.

»Also erstens geht dich das gar nichts an, mit wem ich spreche. Und zweitens, was denkst du dir dabei, an meiner Tür zu lauschen?!« Sie legte ihren Löffel heftiger als nötig ab, sodass das Metall auf dem Porzellan klirrte.

Patrick durchfuhr sichtbar ein Ruck. Sofort hob er ergebend die Hände. »Ich habe es auf dem Weg ins Badezimmer gehört. Ich lausche doch nicht! Was denkst du dir eigentlich!«

Ja, was? Wie kam sie auf die Idee, dass er sich für sie interessieren würde? Noch besser war die Frage, weshalb sie sofort an Telefonsex gedacht hatte …

Sie musterte Patrick schräg über den Tisch hinweg. Es lag an ihm! Seitdem ER aufgetaucht war, wanderten ihre Gedanken des Öfteren in Richtung Zweisamkeit und … Sex.

Wie hieß es so treffend? Es war der erste Eindruck, der zählte – oder in ihrem Fall viel mehr ›prägte‹. Und der war nun einmal Patrick splitterfasernackt gewesen. Seitdem waren ihre Hormone irgendwie aufmüpfig geworden. Selbst jetzt, da er entrüstet in seinem Teller herumstocherte, konnte sie die Gedanken daran nicht restlos unterdrücken. Es half nichts. Sie musste zugeben – wenn auch nur äußerst ungern! –, dass sie diesen Typ ziemlich heiß fand.

Aber muss es denn ausgerechnet dieser Kerl sein?, jaulte ihr inneres Ich.

Ein resignierendes Seufzen entschwand ihrer Kehle und Patrick hob den Blick. Es war ihm immer noch deutlich anzusehen, dass er empört war.

»Okay, es tut mir leid. Ich habe vorschnell geurteilt. Natürlich musst du hin und wieder ins Bad«, sagte sie – mehr zu sich selbst.

»Na siehst du, das war doch gar nicht so schwer«, stellte er fest und seine Mundwinkel hoben sich.

Paulina runzelte die Stirn. Ihre verwirrenden Gedanken hatten sie offenbar den Faden verlieren lassen.

Patrick gluckste. »Ich spreche von deiner Entschuldigung. Du tust dir scheinbar nicht leicht damit. Aber es ist gar nicht so schlimm, zuzugeben, im Unrecht zu sein. Oder?«

Baff blinzelte sie. Er glaubte im Ernst, sie hätte Probleme, Verzeihung zu sagen?

»Also bitte!«, platzte es aus ihr heraus.

»Du meinst: Danke. Denn ich vergebe dir.« Er grinste sie breit an.

Das war ja wohl die Höhe! Erzürnt schnappte sie sich ihren Teller und stand auf. Es befand sich zwar noch ein kleiner Rest Risotto darin, aber der Appetit war ihr vergangen. Was bildete dieser Kerl sich eigentlich ein?

»Macht ja nichts. Wir können das üben«, sagte er nun auch noch frech. Dann nahm er seinen Löffel und aß seelenruhig auf.

Paulina drehte sich auf dem Absatz zu ihm um. Es lag ihr ein ganzer Haufen auf der Zunge, den sie ihm an den Kopf werfen wollte. Doch in dem Moment, als sie ihn ansah, ploppte wieder das Bild vor ihrem inneren Auge auf, wie er bei ihrer ersten Begegnung nackt durchs Zimmer spaziert war. Gleichzeitig vibrierte ihr Handy, weil eine Mitteilung eingegangen war. Vermutlich eine Reaktion auf ihre Instagram-Posts.

Anlass genug für ihre innere Stimme, um sie dran zu erinnern, dass sie sich auch dafür noch bei Patrick entschuldigen musste. Dazu müsste sie ihm allerdings erst mal sagen, wie er unvermittelt im Netz gelandet war … Ihr sowieso schon leicht erhöhter Puls beschleunigte sich. Oh nein, den Gedanken daran hatte sie bisher erfolgreich verdrängt, das konnte auch jetzt noch warten! Der Typ hatte bereits Oberwasser, sie würde sich ihm nicht obendrein zum Fraß vorwerfen! Also begnügte sie sich mit einem besonders bösen Blick, den er jedoch nicht mal zu bemerken schien.

Unzufrieden mit der Gesamtsituation entsorgte sie ihre Essenreste im Biomüll.

Du hast dich auch nie aufrichtig entschuldigt, dass du ihn hast verhaften lassen, stocherte ihr ICH weiter. Vielleicht ist an Patricks Aussage also etwas Wahres dran?

Paulina wollte es nicht hören. Auf wessen Seite stehst du eigentlich?

Ich bin die Seite der Vernunft, erklärte ihre innere Stimme überheblich, was Paulina dazu veranlasste, wutschnaubend die Spülmaschine aufzureißen und ihr dreckiges Geschirr klappernd darin zu verstauen.

Patrick, inzwischen ebenfalls fertig, stellte seinen Teller neben ihr auf die Anrichte.

»Und was gibt's als Nachspeise?«, fragte er im Plauderton.

»Nachspeise?«, echote sie.

»Ja. Ich dachte zum Beispiel an … Sahneschnittchen?« Keck wippte er mit den Brauen.

Paulinas Magen verkrampfte sich. Das war ganz eindeutig eine Anspielung! Wie viel von Frau Riedels Geschwätz hatte Patrick neulich mitbekommen? Hatte sie sich, indem sie vorhin davongelaufen war, möglicherweise verraten, dass er sie keineswegs so kaltließ, wie sie vorgab? Aber selbst wenn. Sie war Single und ihr Körper reagierte ganz normal auf ein attraktives Exemplar des anderen Geschlechts, das rein zufällig auch noch ständig vor ihrer Nase herumspazierte. Auch wenn ihr Kopf anderer Meinung war – dieser Mann brachte sie nicht nur auf die Palme, sondern auch an ihre Grenzen! –, war es doch nur eine natürliche Reaktion. Sie hatte sich also nichts vorzuwerfen. Sie ging ja nicht mal regelmäßig mit jemandem aus. Vielleicht lag es daran!

»Nun guck nicht so erschrocken«, redete Patrick belustigt weiter. Offenbar hatte er erreicht, was er wollte. »Deine Nachbarin hat erwähnt, dass du Konditorin bist. Stimmt das? Ich sehe hier nirgendwo eine Torte oder wenigstens Plätzchen. Es ist immerhin Weihnachtszeit.«

Mit funkelnden Augen richtete sie sich auf. Der Drang, zu backen, überrollte sie mit Wucht. Warum musste er ausgerechnet jetzt auch noch damit anfangen? Sie daran erinnern, dass einen Teig zu kneten und an ihm ihre aufgestauten Gefühle auszulassen, das Einzige war, was sie brauchte?

»Tja, das liegt daran, dass ich nichts gebacken habe«, erklärte sie schnippisch das Offensichtliche.

Wie zu erwarten, lachte er auf. »Gib´s zu. Wahrscheinlich kannst du es gar nicht richtig, stimmt´s? Oder hast du genug von *Sahneschnittchen*?«

Paulina schnaubte laut auf. Wäre sie nicht so verärgert gewesen, weil er ihr Talent anzweifelte, hätte sie bemerkt, dass er ihr mit seiner letzten Frage eine perfekte Steilvorlage gegeben hatte. So aber stemmte sie nur erbost die Hände in die Hüften. »Wie kommst du denn darauf?«

Er zuckte lax mit den Achseln. »Du hockst den ganzen Tag zu Hause rum. In deiner Branche ist jetzt doch Hochsaison.« Dann fügte er nach einem langen taxierenden Blick hinzu: »Außerdem bist du zu dünn.«

Was sollte das denn nun bitte schön bedeuten? »Heißt das, als gute Konditorin benötigt man einen gewissen Bauchumfang?«, zischte sie. Der hatte sie doch nicht mehr alle!

Ohne auf eine Antwort zu warten, öffnete sie Schränke und Fächer und zog mit flinken Fingern alle möglichen Zutaten hervor. Sie sollte keinesfalls backen, aber ihre mühsame Zurückhaltung war dahin. Sie konnte nicht mehr an sich halten. Sie musste es tun. Jetzt! Gleich! Um ihr psychisches Gleichgewicht wiederzufinden. Und um es diesem Fatzke zu beweisen! Niemand stellte ihr Können in Frage! Patrick schon gar nicht! Das war ein ›No-Go‹! Sie hatte immerhin Auszeichnungen gewonnen!

8

Schwaden von köstlich duftendem Gebäck waberten durch Patricks Zimmertür. Nach dem desaströsen Essen mit Paulina hatte er es vorgezogen, sich wieder in sein ›Reich‹ zurückzuziehen.

So wütend, wie sie ihn zum Schluss angesehen hatte, fand er es klüger, ihr vorerst aus dem Weg zu gehen. Dabei konnte er ihr es nicht mal verübeln. Warum hatte er sie auch derart triezen müssen?

Angefangen hatte es doch eigentlich recht gut zwischen ihnen. Er schien endlich einen Weg gefunden zu haben, um mit Paulina ein halbwegs angenehmes WG-Leben führen zu können. Dachte er jedenfalls. Dann war sie davongerannt. Aber nach der kleinen Auszeit war sie immerhin wiedergekommen. Er hatte sich vorgenommen, nett zu sein und sich im Smalltalk versucht.

Wie hätte er denn ahnen können, dass sie wegen eines Tischgesprächs über gepostete Essensbilder derart kratzbürstig reagieren würde? Mit ihrem Benehmen hatte sie ihn nicht nur überrumpelt, sondern auch seinen Unmut erzeugt. Vermutlich hatte er ihr deshalb eins auswischen wollen und die Anspielung mit den Sahneschnittchen zur

Sprache gebracht. Neugierig war er diesbezüglich ohnehin gewesen.

Wobei er sich jetzt im Nachhinein fragte, was es ihm gebracht hatte, das Thema aufzugreifen. Er war nicht dumm und hatte schon bei seinem Gespräch mit Frau Riedel die Zweideutigkeit kapiert und sich – zugegeben – geschmeichelt gefühlt. Weshalb hatte er es also gegenüber Paulina erwähnen müssen? Was hatte er erwartet? Hatte er sich darin sonnen wollen, wie sie sich wand? Oder hatte er tief in sich drin gehofft, dass sie ihm gestand, wie toll sie ihn fand?

Natürlich war nichts dergleichen passiert. Sie hatte das einzig Richtige getan und sich nicht dazu geäußert. Dafür fühlte er sich nun, wegen seines Verhaltens, seltsam betreten. *Fishing for Compliments* war so gar nicht sein Stil!

Letztlich änderte es aber nichts daran, dass Paulina in seinen Augen einfach anstrengend war. Er wusste nie, woran er bei ihr war. Kaum lief es gut, kippte die Stimmung auch schon wieder. Trotzdem regte sich etwas in ihm, wenn er nur an sie dachte.

Unwirsch fuhr er sich durchs Haar. Diese Frau machte ihn schlichtweg verrückt!

Ebenso wie diese Niestirade, die sie seit einer kleinen Ewigkeit in der Küche veranstaltete.

Genervt stob er aus dem Zimmer. »Machst du das mit Absicht? Willst du mir auf deine verschrobene Art damit zu verstehen geben, dass ich dir helfen soll?«, donnerte er los.

»Hatschi!!!«, bekam er zur Antwort. Paulinas Niesen glich einer kleinen Naturgewalt. Aber das war nicht alles. Sie hatte sich ein schwarzes Tuch umgebunden und über Mund und Nase gezogen, sodass sie ihn an einen Räuber, oder viel mehr an eine Räuberin, erinnerte. Diese hier war nur nicht dabei, Juwelen zu stehlen, sondern Plätzchen auf ein Blech zu schieben.

»Bedrohst du den Teig, damit er macht, was du willst?«, fragte er amüsiert, trat näher und kam nicht umhin, den himmlischen Geruch zu bemerken.

Unter feuchten Lidern blinzelte sie ihn an. Hatte sie etwa geweint? Patrick bemerkte auch rote Flecken in ihrem Gesicht. Was war denn in der vergangenen Stunde nur geschehen? Erschrocken blieb er stehen.

»Kein Grund zur Sorge. Bin gleich fertig. Ich muss nur –« Ein neuerliches herzzerreißendes Niesen schüttelte sie, bevor sie mit kratziger Stimme weitersprach. »Ich muss nur ganz dringend …« Sie brach ab, klatschte das letzte Plätzchen in Form eines Nikolauses auf das Backblech und drückte es ihm im Vorbeilaufen in die Hand. »Hier. Die müssen zehn Minuten in den Ofen.«

Röchelte sie oder klang es nur so, weil sie das Tuch vor dem Mund beim Reden beeinträchtigte? Perplex starrte er ihr nach. Dann war sie weg. Schon wieder. Allmählich wurde das wohl zur Gewohnheit.

»Mein Liebling, du sollst doch nichts backen! Du hast eine Mehlstauballergie!«, sagte ihre Mutter mit tadelndem Unterton.

»Das weiß ich!«

Als könnte Paulina das vergessen! Aber sie wäre niemals auf die Idee gekommen, dass so ein bisschen Plätzchenteig eine derartige Reaktion ihres Körpers auslösen könnte. Im Gegenteil. Nachdem sie seit Wochen ›abstinent‹ gewesen war, hatte Paulina geglaubt, dass sich ihr Immunsystem wieder stabilisiert hatte und es verkraften würde. Nach dem Motto: Einmal ist keinmal.

Aber es war genau andersrum verlaufen, wie ihre tränenden Augen und der andauernde Niesreiz bewiesen hatten. Selbst jetzt im Nachhinein zeugten noch zahlreiche juckende rote Flecken, besonders im Gesicht und auf den Armen, von ihrem Backeklat. Doch kratzen würde keine Linderung bringen, das wusste sie aus Erfahrung. Es würde alles nur noch schlimmer machen und es würden sich obendrein rote Pusteln bilden.

»Warum hast du es denn dann trotzdem getan?«

Für einen Augenblick bereute Paulina es, sie angerufen zu haben. Aber ihr war nur hundeelend zu Mute und sie brauchte etwas Zuspruch. Auch wenn ihre Ma nicht hier war, fühlte sie sich allein durch ihre Stimme doch geborgen und umsorgt.

»Weil Patrick mir nicht geglaubt hat, dass ich es kann«, maulte sie und sank tiefer in die Kissen. Kraftlos und frustriert hatte sie sich in ihrem Bett verbarrikadiert.

»Patrick?« Neugier und Freude schwang unüberhörbar in Elsas Stimme mit. Paulina erkannte ihren Fehler sofort. »Wer ist Patrick?«, wollte ihre Mutter wie aus der Pistole geschossen nun wissen.

War ja klar.

»Er wohnt vorübergehend in Mias Zimmer. Er ist sozusagen ein Untermieter.«

»Was du nicht sagst!« Die Ohrringe, die ihre Mutter immer trug, klimperten aufgeregt gegen den Hörer. »Du hast dir einen Mann ins Haus geholt? Alle Achtung, das ist ja ausgefuchst! Hätte ich dir gar nicht zugetraut. Dann waren meine Reden doch nicht umsonst! Wie schön, dass was bei dir hängen geblieben ist und du endlich auf mich hörst. Die Art und Weise, wie du an die Sache rangehst, ist zwar etwas … unkonventionell, aber der Zweck heiligt schließlich die Mittel. Hab ich recht?«

Paulina schloss die Lider und atmete tief durch. »Nicht ich habe ihn hier einquartiert, sondern Mia.«

»Dann sieht er nicht gut aus?«

»Doch.«

Sie dachte an die verstrubbelten hellbraunen Haare und Patricks blaugraue Augen, die spitzbübisch glänzten, wenn er lachte. Außerdem hatte sie festgestellt, dass sich dann links neben seinem Mundwinkel ein reizendes Grübchen bildete …

»Also liegt es am Alter? Kindchen, wenn es das ist, worüber du dir Gedanken machst, ich kann dir sagen, ab einer gewissen Lebensphase spielt der Unterschied keine Rolle mehr. Was sind schon zehn Jahre oder so …« Ihre Mutter überschlug sich fast vor Euphorie.

Andere Eltern würde sich wahrscheinlich sorgen, wenn die Tochter Knall auf Fall mit einem Fremden unter einem Dach wohnen sollte. Nicht so Elsa. Sie hörte vermutlich schon die Hochzeitsglocken läuten.

»Er ist höchstwahrscheinlich nur ein paar Jahre älter als Mia«, hielt sie dagegen.

»Na dann. Wo liegt dann dein Problem?«, meinte ihre Mutter nüchtern.

Paulina kam sich vor, als wäre sie ein Ladenhüter, den ihre Mutter krampfhaft versuchte, unter den Hut zu bringen.

»Mein Problem ist kein Mann, sondern dass ich nicht mehr das machen darf, was ich liebe!«, jaulte sie auf. Denn ungeachtet ihres misslichen Gesundheitszustands hatte sie beim Plätzchenbacken eine Befriedigung verspürt, wie schon seit langem nicht mehr.

Ihre Mutter gab ein abschätziges Geräusch von sich, und Paulina fiel es wie Schuppen von den Augen. Sie war ein Backjunkie und hatte gerade ihren ersten Rückfall erlebt! Die Erkenntnis raubte ihr kurzzeitig den Atem.

Patrick tapste auf dem Flur vorbei. Unwillkürlich schnappte sie nach Luft.

»Pha!«, kam es tief aus ihrer Kehle.

»Paulina, Liebling! Jetzt sei doch nicht so deprimiert. Das wird schon wieder«, versuchte ihre Mutter sie zu besänftigen. Gleichzeitig klopfte es zaghaft an der Tür.

»Paulina? Alles in Ordnung mit dir? Geht es dir gut? Soll ich dir etwas bringen? Einen Tee vielleicht? Oder einen Arzt rufen?«, drang Patricks Stimme sanft zu ihr herein.

Starren Blicks fixierte sie die Klinke. Wenn er jetzt hereinkam, würde sie sich, ohne zu zögern, erschießen! Nie wieder konnte sie ihm unter die Augen treten. Was musste er nur von ihr denken? Er hatte sie nicht nur in diesem Zustand erlebt, als sie wie eine Irre ihrem Backzwang erlegen war, sondern sie obendrein noch mit den widerlichen Flecken im Gesicht gesehen, die sich prompt gebildet hatten, und sie aussehen ließen wie einen Streuselkuchen!

»Alles gut!«, platzte sie hervor, als sich der Griff tatsächlich zu bewegen schien. Oder bildete sie sich das nur ein?

»Schätzchen, ich bin nicht taub! Zumindest war ich es bis jetzt nicht«, zischte die Stimme ihrer Mutter übers Telefon an ihr Ohr.

Stimmt, die war ja noch in der Leitung. Das hatte sie für den Moment ganz vergessen.

Glücklicherweise hatte Patrick die Botschaft verstanden. Nach einem »Okay« entfernte er sich wieder. Erleichtert atmete sie auf.

»Mama, was hältst du davon, wenn ich für ein paar Tage zu euch komme?«, fragte sie und rieb sich erschöpft die Augen.

Vermutlich würde sie es bereits nach wenigen

Stunden in ihrem Elternhaus bereuen, aber jetzt gerade schien es Paulina die beste Lösung. Sie könnte sich auskurieren und wieder den nötigen Abstand zu Patrick bekommen. Die Frage, warum es ihr so wichtig war, dass er sie nicht mit *dem Glöckner von Notre-Dame* in einen Topf warf, blinkte derweil in Dauerschleife in ihrem Kopf auf.

Das Gestotter ihrer Mutter holte sie in die Gegenwart zurück.

»Oh! Ach so. Na … also weißt du, das ist glaub ich keine gute Idee.«

»Warum denn nicht? Sonst beschwerst du dich immer, dass ich euch zu selten besuche.« Paulina verstand die Welt nicht mehr.

»Ja. Nein. Es ist so. Hier geht's gerade etwas drunter und drüber —«

»Wieso?«

»Na ja, Papa rückt den Termiten zu Leibe.«

»Termiten? Die gibt es doch hier zu Lande gar nicht. Oder?«

»Ha! Wenn du wüsstest! Was für schreckliche Viecher! Er muss die ganze Garage ausräuchern. Das ist für dich mit deinem Asthma bestimmt nicht gut.«

»A-ha«, meinte Paulina gedehnt. Misstrauisch verengten sich ihre Brauen. Soweit ihr bekannt war, befielen Termiten gern Holzhäuser. Vorzugsweise in Amerika. Das kam jedenfalls immer wieder in Filmen von dort vor. Ihre Eltern besaßen aber ein stinknormales Einfamilienhaus, aus Stein gebaut! Hatte ihre Mutter da also etwas verwechselt? Sie wollte sie eben fragen, ob sie zu viel ferngesehen hatte, als die es plötzlich ziemlich eilig hatte aufzulegen.

»Du, ich muss deshalb jetzt auch Schluss machen. Papa ruft schon nach mir. Er braucht meine Hilfe, glaub ich. Also werd wieder fit! Hab dich lieb!«, ratterte sie herunter, dann war das Gespräch beendet.

Verdattert schüttelte Paulina den Kopf.

»Spieglein, Spieglein an der Wand, wer ist die Schönste im ganzen Land?«

Auch nach dem gefühlt hundertsten Blick in den Handspiegel wurde ihr Anblick nicht erträglicher. Paulina gab ein schnarrendes Geräusch von sich und stopfte ihn frustriert unter die Matratze. Außer Reichweite würde sie das Spielchen hoffentlich aufgeben, alle paar Minuten hineinzusehen. Sich permanent zu betrachten, machte ihr Aussehen schließlich nicht besser! Das sagte ihr die Stimme der Vernunft.

Das hier ist kein Märchen und du bist nicht Schneewittchen, brüllte sie und Paulina zog einen Schmollmund.

Sie war seit jeher nicht eitel gewesen. Wozu auch? In der Backstube interessierte es sowieso niemanden, wie sie ausguckte. Hauptsache ihre Torten glänzten!

Dass es ihr auf einmal wichtig war, musste irgendwie mit Patrick zusammenhängen. Dabei fand sie ihn nicht mal anziehend …

Tust du wohl!, gaggerte ihr anderes Ich prompt.

Nein. Ich bin es nur einfach nicht gewöhnt, daheim adrett aussehen zu müssen. Mit Mia war das anders. Es war unser Zuhause, egal, in welch alten Schlabberklamotten oder mit welcher erkältungsbedingten Rotznase wir rumliefen. Wir haben uns wohlgefühlt. Seit Patrick da ist, kann ich mich nicht mehr gehen lassen …

Das ist ja nicht das Schlechteste, wenn du mich fragst, konterte die Vernunft.

Tu ich nicht, versuchte Paulina, sie zu stoppen, aber natürlich tat sie trotzdem ihre Meinung kund.

Du hast dich in letzter Zeit viel zu oft gehen lassen! Dieses Herumeiern geht dir doch selber auf den Keks.

Keks! Ja. Das ist doch die Krux. Nicht mal Kekse kann ich backen. Dabei ist Weihnachtszeit.

Okay, spulen wir vor. Diese Leier kennen wir beide zur Genüge!

Paulina warf sich bäuchlings aufs Bett und drückte ihr Gesicht ins Kissen. Die Stimme in ihrem Kopf gab dennoch keine Ruhe.

Du hast in der Vergangenheit supertolle Rezepte entwickelt. Mach was draus. Du kannst sie auf Instagram vorstellen. Oder warum sonst hast du dich beim Plätzchenbacken vorhin gefilmt?

Stimmt, das hatte sie. Und total vergessen.

Ob sie auf dem Video genauso schrecklich wirkte, wie sie es bei der Aufnahme empfunden hatte? Sie konnte ja nachschauen! Und falls es doch nicht ganz so schlimm war, wie sie dachte, musste sie sich vor Patrick vielleicht auch nicht derart schämen. Es bestand immerhin die klitzekleine Möglichkeit …

Blinzelnd schob sie das Kopfkissen weg und angelte nach ihrem Handy.

»*HIER BIN ICH WIEDER. Auf vielfache Nachfrage zeige ich euch heute, wie ich meine Schokoladen- und Butterplätzchen zubereite, damit sie euch auf der Zunge zergehen …*«
Der Anfang war okay, dachte Paulina überrascht. Sie kam richtig professionell rüber, hielt die Zutaten in die Kamera und erklärte jeden ihrer Handgriffe. Kurz nach dem Abmessen von Zucker und Mehl, nahm das Schicksal allerdings seinen Lauf. Beherzt griff sie nach einem Halstuch, das sie wohlweislich schon bereitgelegt hatte, und band es sich um. Da scherzte sie noch in die Kamera.

Humor hatte sie immer besessen und über sich selbst lachen konnte sie auch. Es verging ihr jedoch zunehmend, als der Dauerniesreiz einsetzte und sie das Tuch höher und höher ziehen musste, bis sie kaum mehr Luft bekam. Trotzdem zwinkerte sie in einem Anfall von Galgenhumor noch ihren Zuschauern zu. Dann war Patrick im Hintergrund aufgetaucht. Diesmal allerdings in einem Winkel, den die Kamera nicht erfasst hatte. Man hörte ihn nur undeutlich etwas sagen. Dafür war Paulinas Blick à la erschrockenes Eichhörnchen nur allzu gut erkennbar. Für Außenstehende wirkte es wahrscheinlich witzig, für sie selbst jedoch …

Sie konnte sich an jenen Moment bestens erinnern. Die Hitze des Ofens, in Kombination mit dem dicken Halstuch, hatte sie bereits ins Schwitzen gebracht. Dazu dieses lästige Niesen! War es da verwunderlich, dass sie bei Patricks Anblick fast umgekippt war? Das hatte nichts, aber auch rein gar nichts mit ihm persönlich zu tun gehabt!

Ebenso wenig der Umstand, dass ihre Finger nach seinem Erscheinen so zittrig geworden waren. Bis sie mit dem Blech in den Händen letztendlich aus dem Bild gerauscht war. Dass sie es ihm praktisch im Vorbeilaufen zugeworfen hatte, sah man zum Glück nicht mehr.

WIE PARALYSIERT STARRTE Paulina auf das Display. Was für eine groteske Aufnahme! Dann sah sie sich den letzten Teil des Videos erneut an. Nochmal und nochmal. Sie fühlte sich wie beim Gucken eines Hollywoodstreifens: Man wusste, dass gleich etwas Schlimmes passieren würde, aber man konnte einfach nicht wegsehen.

Eine kleine Ewigkeit später änderte sie den Blickwinkel und war überrascht, dass ihr Video auf unbeteiligte

Personen höchstwahrscheinlich nicht halb so peinlich wirkte, wie sie es empfand. Immerhin wusste niemand, wie sie sich gefühlt hatte und was für ein Tumult in ihr ausgebrochen war, als Patrick in die Küche gelaufen war. Nur sie selbst!

Kaum hatte sie diese Erkenntnis erlangt, lud sie das Video bei Instagram hoch – bevor sie es sich anders überlegen konnte!

Der Austausch mit ihren Followern war bisher immer herzlich gewesen. Er hatte sie schon des Öfteren auf andere Gedanken gebracht. Der Zuspruch und das Verständnis für ihre Lage, die sie bekommen hatte, taten ihr gut.

Später oder morgen würde sie ein paar Worte zu den Vorkommnissen sagen. Jetzt reichte es ihr, einen Kurztext beizufügen. Einen Hinweis darauf, wie sich ihr Bäckerasthma bemerkbar machte.

Erschöpft, aber deutlich entspannter, sank sie zurück in die Kissen und schlief sofort ein.

9

Einfallende Sonnenstrahlen kitzelten Paulina am nächsten Morgen wach. Was für ein schöner Adventssonntag. Obwohl kein Mucks in der Wohnung zu hören war, öffnete sie dennoch zögerlich die Tür und vergewisserte sich, dass sie allein war.

Es mochte albern sein, denn früher oder später würde sie zwangsläufig Patrick begegnen. Allerdings war ihr etwas später doch lieber.

In ihrem ausgeleierten Schlafshorty schlurfte sie in die Küche, um Kaffee aufzusetzen. Überrascht bemerkte sie, dass ein ansehnlicher Rest frisch gekochter in der Kanne war. Genug für einen ganzen Pott voll. Erfreut schenkte sie sich ein und genoss den sonnigen Anblick draußen durchs Fenster. Auch wenn sie bisher noch nicht in den Spiegel geguckt hatte, ging es ihr heute viel besser. Sie schätzte, dass ihr Aussehen sich über Nacht ebenfalls regeneriert hatte. Sämtliche allergischen Anzeichen waren abgeklungen.

Sie warf einen Blick auf die Uhr und machte es sich auf dem Sofa gemütlich. Knapp dreizehn Stunden hatte sie geschlafen! Aber ihr Körper hatte die Erholungsphase offenbar gebraucht.

Gutgelaunt schaute sie auf ihr Handy. Ohne Patricks Anwesenheit im Nacken fühlte sie sich frei und gelöst.

Wie erwartet, waren zahlreiche Rückmeldungen auf ihren Post vom Vorabend eingegangen. Einige fanden das Video amüsant, andere sprachen ihr Mitgefühl zu ihrer gesundheitlichen Problematik aus.

Sie machte es sich im Schneidersitz gemütlich und richtete die Kamera ausschließlich auf ihr Gesicht, dann drückte sie auf ›Aufnahme‹.

»Hi, ihr Lieben. Paulina hier. Ich wollte euch nur ein kurzes Lebenszeichen geben. Mir geht es wieder gut. Wie ihr seht, bin ich noch nicht zurechtgemacht.« Das war beinahe eine Untertreibung. Ihre Lockenmähne stand ihr wild vom Kopf. Ihre Augen waren noch etwas klein vom langen Schlafen. Ansonsten jedoch wirkte sie ganz passabel. Natürlich eben, so wie Gott sie geschaffen hatte. »Aber was soll's?«, plapperte sie deshalb weiter. »So sehe ich aus, nachdem mich gestern beim Backen eine Allergieattacke heimgesucht hat. Bäckerasthma, wie einige von euch wissen. Heute geht es mir wieder besser und ich verspreche euch, die Schokoladen- und Butter-plätzchen schmecken trotzdem fantastisch.« Wie zum Beweis angelte sie sich einen Keks vom Teller und biss herzhaft hinein. Für den Bruchteil einer Sekunde fragte sie sich, wer sie da überhaupt hingelegt hatte, und gab sich gleich die Antwort darauf. Es musste Patrick gewesen sein, wer sonst? Solche Hausmannsqualitäten hatte sie ihm gar nicht zugetraut, dachte sie noch, dann erinnerte sie sich, dass es ihre Zuschauer bestimmt lang-weilig fanden, sie beim Essen zu beobachten. Prompt

verfing sich ein Krümel in der falschen Röhre und sie hustete kurz auf. Na toll. Endlich räusperte sie sich und sprach weiter. »Tja, nachdem ihr also mitbekommen habt, wie sich so ein Bäckerasthma bei mir auswirkt, werde ich wohl keine Backvideos mehr drehen können. Aber wenn ihr wollt, zeige ich euch gern ein paar Eigenkreationen und erkläre euch, welche Tricks ihr anwenden könnt, um superleckere Plätzchen zu backen. Falls ihr dran Interesse habt, schreibt mir einen Kommentar.

Ansonsten wünsche ich euch einen wunderschönen Adventssonntag! Ich werde heute endlich ein paar Bewerbungen schreiben, oder zumindest nach einem Praktikum anfragen. Macht's gut. Bis bald!«

Zufrieden stoppte sie die Aufnahme und stellte sie auf ihrem Kanal ein.

»Na, Prinzessin, dir scheint es ja wieder recht gut zu gehen!«, meinte Patrick und betrachtete seine Mitbewohnerin, wie sie total vertieft in ihr Handy tippte.

»Was?«, murmelte sie, zuerst ohne aufzublicken. Dann tat sie es doch. »Was?«, wiederholte sie und fuhr wie von der Tarantel gestochen hoch.

Unwillkürlich runzelte Patrick die Stirn. Eigentlich stand er doch nur da und sah sie an. Die Frau war ernsthaft etwas überspannt. »Okay, du bist wieder fit«, stellte er fest und musterte sie von oben bis unten. »Aber was du da trägst, kann das wohl nicht von sich behaupten.«

»Wie bitte?«

»Was hast du denn da an? Einen Omaschlüpfer plus Umstandsshirt? Tolle Kombi«, witzelte er spöttisch.

Paulina schaute an sich herunter. »Haha, sehr witzig.

Hast du einen Clown gefrühstückt?«, schoss sie sogleich zurück.

»Ähm, nein. Um ehrlich zu sein, ich habe noch gar nichts gegessen. Ich war unterwegs und habe uns ein paar frische Croissants geholt.« Zum Beweis deutete er auf die Tüte, die er auf die Anrichte gelegt hatte.

»Uns?«, echote Paulina und beäugte ihn misstrauisch.

Er nickte. »Ja, ist das so unglaublich für dich? Ich dachte, das macht man so unter WG-Bewohnern.«

Sie grummelte etwas und zog ihr unförmiges T-Shirt glatt.

»Ich hoffe, du magst Croissants?«, fragte er, öffnete die Tüte und hielt sie ihr entgegen, sodass sie hineinsehen konnte.

»Schon. Aber ich muss mich erst anziehen —«

»Das wäre toll. Bei diesem Anblick wird sonst noch die Milch sauer.«

»Hmpf.« Sie bedachte ihn mit einem bösen Blick und verzog sich eilig.

Er schaute ihr nach und kam nicht umhin, zu bemerken, wie ihr Po bei jedem Schritt hin und her schwang. Paradoxerweise fand er sie trotz ihres Aufzugs irgendwie sexy. Das irritierte ihn. Normalerweise fand er Dessous ziemlich heiß … Niemals hätte er gedacht, dass er diesen Schlabberlook anziehend finden könnte!

Sein Gewissen meldete sich und fragte ihn, warum er Paulina gegenüber so harsch gewesen war. Die Worte ›Omaschlüpfer‹ und ›Umstandsshirt‹ hallten in ihm wider. So schlimm, wie er es dargestellt hatte, sah sie doch gar nicht aus! Sie trug eben bequeme Sachen, das war alles. Trotzdem hatte er es ihr unter die Nase gerieben. Er war doch nicht mehr in der Mittelstufe!

Die einzige Erklärung, die ihm für sein Verhalten einfiel, war die, dass sie ihn auf seltsame Weise immer wieder reizte. Wäre sie nicht wie vom Hafer gestochen aufgesprungen, nur weil er sie ansprach, hätte sie nicht so überrascht nachgehakt, ob er wirklich für sie beide beim Bäcker eingekauft hatte, hätte er vermutlich nicht so unflätig reagiert.

Diese Frau gab ihm einfach das Gefühl, irgendwie … minderwertig zu sein!

Die Erkenntnis fuhr ihm derart in die Glieder, dass er die Tüte fallen ließ und sich erst einmal kurz an der Anrichte festhalten musste. Hinterließ er wirklich den Eindruck, dass er zu keinerlei Nettigkeiten fähig war? Aber warum?

Er dachte an Alana, mit der er sich am Abend treffen würde. Normalerweise hatte er nie Probleme im Umgang mit Frauen. Sie fanden ihn charmant, witzig und wortgewandt. Weshalb war das bei Paulina anders?

Nach einem tiefen Atemzug deckte er den Tisch. Er würde ihr beweisen, was für ein liebenswerter Kerl er war. Und sich selbst auch!

MIT FRISCH GEPUTZTEN Zähnen und einigen Spritzern kaltem Wasser im Gesicht, sah Paulinas Welt gleich ganz anders aus. Die widerspenstigen Locken hatte sie zu einem Pferdeschwanz zusammengebunden. Statt des Schlafanzugs trug sie nun Jeans und ein lila Sweatshirt. Alles in allem sah sie passabel und aufgeräumt aus, wie ihre Mutter es bezeichnen würde. Es sollte auch Patricks Ansprüchen genügen!

Dass er sie aber auch in ihrem alten, ausgeleierten Shorty sehen musste … Erneut verfluchte sie Mia, die ihr diesen Typen einfach vorgesetzt hatte. Mit ihrer besten Freundin als Mitbewohnerin war das Leben deutlich angenehmer und leichter gewesen! Mia besaß selbst ein verwaschenes Schlafshirt. Zusammen hatten sie über ihre Wohlfühlstücke gelacht, anstatt sich dafür schämen zu müssen.

Jetzt, mit einem *fremden* Mann im Haus, sah das anders aus. Das war ihr als Erstes durch den Kopf geschossen, als seine Stimme zu ihr durchgedrungen war. Deshalb war sie ja blitzschnell vom Sofa aufgestanden. Aber in Luft auflösen konnte sie sich nun mal nicht, auch wenn sie das in dem Moment am allerliebsten getan hätte.

Trotz alledem rechtfertigte es aber nicht Patricks verbale Seitenhiebe. Die Bezeichnung ›Omaschlüpfer‹!, hatte er verwendet. Dieser Idiot! So peinlich waren ihre Klamotten nun auch nicht gewesen! Sie hätte wirklich mehr Anstand von ihm erwartet.

Überhaupt! Was interessierte es ihn, wie sie rumlief und aussah?

Nun ja, er schlief scheinbar nackt. Vielleicht hätte er sie auch lieber im Evakostüm gesehen?

Was gingen ihr denn nun für Gedanken durch den Kopf? Als ob DER sich für SIE interessieren würde! Und ihr war er schließlich ebenso egal! Sie kannte ihn ja kaum.

Bevor sie weiter darüber sinnieren konnte, verließ sie ihr Zimmer.

»Ah, auch wieder da? Na, dann können wir endlich frühstücken«, meinte Patrick gutgelaunt.

Mit leicht geröteten Wangen nahm Paulina Platz und ließ ihren Blick über den schön gedeckten Tisch schweifen. Es war alles da, was man brauchte. Kaffee, Milch und Zucker, die Croissants, Butter und Marmelade. Außerdem hatte er den Adventskranz angezündet und den Teller mit ihren selbstgebackenen Plätzchen dazugestellt. Im Hintergrund dudelte leise das Radio.

Lächelnd hielt er ihr den Brotkorb hin. »Bitte. Bedien dich.«

»Du hast dich ja ganz schön ins Zeug gelegt«, stellte sie fest und angelte sich ein Hörnchen.

Er zuckte mit den Schultern. »Das ist doch gar nichts«, meinte er und rutschte auf seinem Stuhl herum.

Paulina hatte das Gefühl, als wolle er noch etwas sagen. Ob er sich wegen vorhin entschuldigen wollte? Doch es kam nichts. Stattdessen halbierte er geschäftig sein Croissant und bestrich es mit Marmelade.

Wieder flackerten Bilder ihres ersten Aufeinandertreffens durch ihren Kopf. Es war wirklich eine Verkettung unglücklicher Umstände gewesen. Und das schien sie beide zu verfolgen! Hätten sie sich auf eine andere Weise kennengelernt, würde sich der Umgang miteinander sicherlich nicht so seltsam kompliziert anfühlen.

»Im Hotel in Paris gab es jeden Morgen Croissants. Ausschließlich. Ich esse sie echt gern. Aber wenn man wochenlang nur das morgens serviert bekommt, geht der Geschmack daran irgendwann verloren«, riss Patrick sie aus ihren Gedanken.

»Du warst in Paris? Ich dachte, du hast einige Zeit in Amerika gelebt.«

»Das ist richtig. Aber ich war mal für ein größeres Projekt in Frankreich.«

»In Paris.«

»Genau.«

»Soll sehr schön dort sein. Ist die Stadt wirklich so romantisch wie immer behauptet wird?«

Patrick gluckste und Paulina bereute ihre Frage. Sie war auf eine unkenhafte Bemerkung gefasst. Überraschenderweise antwortete er in entspanntem Plauderton.

»Das kommt vermutlich auf das Auge des Betrachters

an. Ich war beruflich dort und nicht zum leidenschaftlichen Stelldichein.«

Hatte er ihr gerade zugezwinkert? Oder war das reine Einbildung gewesen?

Herzhaft biss er in sein Hörnchen.

Während sie ihm zusah, hörte sie sich sagen: »Das eine schließt das andere doch nicht aus. Ich bin sicher, du hast dich nicht lange allein dort gelangweilt.«

»Ach ja?« Seine linke Braue schoss nach oben. »Weshalb bist du dir da sicher?«

Warum nur hatte sie ihre Klappe nicht halten können? Jetzt kam sie in Erklärungsnot. Dabei ging sie sein Privatleben doch überhaupt nichts an!

Doch das Teufelchen in ihr hatte bereits die Oberhand übernommen. Was gut war, da sie prompt reagierte. Über die Qualität ihrer Antwort ließ sich allerdings streiten.

»Hm. Du machst auf mich den Eindruck, als wärst du so eine Art Liebling aller Frauen.«

Patrick begann zu husten und griff nach seiner Kaffeetasse.

»Verschluckt?«, fragte Paulina zuckersüß. Sie tippte darauf, mit ihrer Vermutung ins Schwarze getroffen zu haben, und aus einem ihr unerklärlichen Grund gefiel es ihr.

Er räusperte sich ein letztes Mal, dann lehnte er sich zurück und fixierte sie.

»Du kennst dich in solchen Dingen offenbar ziemlich gut aus. Gehörst du etwa heimlich zum Dr.-Sommer-Team der Bravo? Hängst du deshalb so viel am Handy, weil du den Teens die Welt erklärst?«

Was? Einen Moment rang sie nach Worten. Dann lachte sie auf.

»Das wäre durchaus eine Idee. Vielleicht sollte ich das mal probieren. Hast du zufällig Kontakte zur Bravo? Du bist doch aus der Medienbranche, oder?«, fragte sie interessiert.

Irritiert schaute er sie an. »Meinst du das jetzt im Ernst?«

»Ich weiß nicht. Vielleicht? Momentan bin ich auf der Suche nach dem Job, der meinem Dasein wieder einen Sinn gibt.«

»Ich dachte, du bist Konditorin?«

»Das schon. Und eine *ausgezeichnete* obendrein. Aber jetzt muss ich mich nach etwas Neuem umsehen«, stellte sie fest und drückte dabei ihr Croissant so fest, dass ein Klecks Erdbeermarmelade auf den Teller tropfte.

Patrick legte den Kopf schief. »Verstehe ich nicht. Hat man dich gefeuert?«

»Sowas in der Art«, murmelte sie, nahm mit dem Finger den Marmeladenklecks auf und lutschte ihn wenig damenhaft ab.

»Dann bist du doch nicht so gut, wie du behauptest?«

Paulina deutete auf den Plätzchenteller. »Die hab ich gestern gebacken. Hast du noch keine probiert?«

»Erwischt!« Patrick grinste. »Ich wusste nicht, ob ich das darf.«

»Du hast dich nicht getraut? Ernsthaft?« Jetzt war sie perplex. Für was für einen Hausdrachen hielt er sie denn?

»Ich dachte, du willst sie womöglich erst noch verzieren.«

»Ach so. Ja, eigentlich ist das Pflichtprogramm.« Bei dem Gedanken daran lächelte sie versonnen. »Aber du darfst dich ruhig schon bedienen, wenn du willst.«

»Okay.« Er angelte sich einen Schokokeks in Form eines Autos. »Soll das ein Sportwagen sein?«, fragte er.

»Wenn ich damit fertig bin, ist es ein roter Ferrari. Fast zu schade zum Essen.«

Eingehend betrachtete er ihn, obwohl bislang doch jeglicher Zuckerguss fehlte.

»Täusche ich mich, oder schindest du Zeit?«, meinte Paulina.

»Na ja, du hast mir eben gestanden, dass du gefeuert wurdest. Also verzeih mir bitte meine Skepsis.«

Fassungslos blinzelte sie ihn an. Eine lange Sekunde herrschte Totenstille im Raum.

Bis schließlich Patricks Mundwinkel zuckten und er losprustete.

»Dich kann man wirklich fabelhaft aufs Korn nehmen.«

Sie schnappte nach Luft.

Er setzte noch eins obendrauf. »Na dann. Sieht gut aus, aber schmeckt es auch?«

Paulina warf ihre Serviette nach ihm, da schob er sich den Keks schon in den Mund.

»Hmmm.« Er verdrehte entzückt die Augen.

»Du spielst doch nur!«, warf sie ihm vor.

»Nein. Ehrlich. Das ist … das schmeckt göttlich!«, gab er mampfend zurück.

Patrick sah ihr an, dass sie nicht wusste, ob sie ihm glauben sollte. Aber er meinte es wirklich ernst. Was auch immer sie für Zutaten verwendet hatte, es war eines der besten Plätzchen, das er je gegessen hatte.

Paulina quittierte seine Beteuerung mit einem Stirnrunzeln und entschied sich, das Thema zu wechseln.

»Du warst also einige Wochen in Frankreich und hast ein paar Jahre in Amerika gelebt. Was führt dich zurück nach Deutschland? Ich meine, du warst im Land der unbegrenzten Möglichkeiten. Dort, wo man vom Tellerwäscher zum Millionär werden kann. Ich schätze mal, das ist bei dir nicht eingetreten, sonst würdest du statt Mias Zimmer die Suite eines Nobelhotels mieten.«

»Interessante Schlussfolgerung. Nein, zum Millionär bin ich da drüben nicht geworden«, antwortete er lapidar. Er war zwar nicht stinkreich mit seinem Job geworden, aber sein Bankkonto war dennoch gut gefüllt.

»Bist du deshalb zurückgekommen?« Aufmerksam sah sie ihn an und rührte dabei in ihrer Kaffeetasse.

Patrick überlegte, wie viel er von sich offenbaren sollte. Es war verständlich, dass sie etwas mehr über ihn wissen wollte. Immerhin teilte sie ihre Wohnung mit ihm. Trotzdem verspürte er wenig Lust, über seinen letzten Arbeitgeber oder Natascha zu reden.

»Ich bin gekommen, weil mein bester Freund Elias demnächst heiratet«, erklärte er ausweichend.

»Dann ist das nur ein Urlaub?«

»Nein. Ich habe beschlossen dazubleiben. Ich weiß nur noch nicht, wohin genau es mich verschlagen wird. Ich sondiere gerade meine beruflichen Möglichkeiten.«

Paulina seufzte auf. »Und wie läuft es?«

Sie konnte ihn offenbar nicht schnell genug wieder loswerden! Seltsamerweise schürte das seinen Unmut.

»Keine Sorge, ich bleibe nur so lange, wie es sein muss!«

»Oh, tut mir leid. Das kam falsch rüber. Ich bin nur gerade auch auf der Suche.«

»Ach so. Stimmt. Du hast sowas erwähnt.« Jetzt kam er sich blöd vor. Um das dumpfe Gefühl niederzukämpfen, redete er schnell weiter. »Klar, du bist ja gekündigt worden.« Nun ja, diesen Fakt zu erwähnen, war ebenso wenig genial, rügte er sich innerlich selbst. Was war nur los mit ihm? Seit wann stellte er sich so an? »Willst du mir vielleicht erzählen, was dazu geführt hat?«, fragte er und hoffte, dass er zumindest damit einigermaßen wie der nette Kerl von nebenan wirkte.

Paulina schnalzte mit der Zunge. »Ich dachte, du hast dein Urteil darüber bereits gefällt. Bist du nicht davon ausgegangen, dass es an meinem nicht vorhandenen Können liegt?«

»Autsch!« Er verzog die Mundwinkel. »Okay, die Retourkutsche habe ich verdient«, gestand er ein.

Sie nickte leicht und ein Lächeln deutete sich an.

»Ich gebe zu, ich war voreilig. Und ungerecht!«

»So?« Sie stützte die Ellenbogen auf den Tisch und legte ihren Kopf auf die verschränkten Hände.

»Allerdings. Ich habe die Kekse probiert und was soll ich sagen … Ich lebe noch«, feixte er.

»Tja, leider.« Ihre Augen blitzten auf.

»Bin ich so schwer ertragbar? Sei nicht so streng, ich hab´s mit mir doch auch nicht immer leicht …«, hörte er sich selbst und fragte sich im gleichen Moment, was er da für einen Schwachsinn von sich gab.

Paulina prustete los. »Das glaube ich dir aufs Wort!«

Er zuckte mit den Achseln. »Du lenkst ab. Ich will wissen, was dich in die Klemme gebracht hat. Du hast doch nicht deinen Chef von der Polizei verhaften lassen?«

»Ha! Nein, der ist ja auch nicht in einer Nacht-und-Nebel-Aktion bei mir eingezogen.«

»Touché! Was ist dann vorgefallen?«

»Es gab einen kleinen Unfall in der Backstube …«, gestand sie und rückte nach und nach mit der ganzen leidvollen Geschichte heraus. Fast war er erstaunt, dass sie sich ihm tatsächlich öffnete. Bisher waren ihre Gespräche ein einziges Geplänkel gewesen. Dass sie ihm von sich erzählte, hob ihre ›Beziehung‹ auf eine neue Stufe.

Geduldig hörte er ihr zu und unterbrach sie nicht. Er merkte, wie schwer es ihr fiel, sich mit der Wahrheit konfrontiert zu sehen, aber auch, dass es ihr guttat, darüber zu sprechen.

»… jedenfalls brauche ich jetzt zwangsweise einen neuen Beruf«, endete sie.

»Hast du denn gar keine Ahnung, was in Frage käme?«

»Nicht so richtig. Aber das interessiert die vom Arbeitsamt nicht. Ist wahrscheinlich auch irgendwo verständlich. Die wollen nur, dass ich aus ihrer Statistik baldmöglichst verschwinde und wieder meinen Beitrag zum Bruttosozialprodukt leiste.«

Patrick konnte sich ein Glucksen nicht verkneifen. »Das klingt ziemlich verstaubt.«

»Mag sein. Ist aber so. Oder etwa nicht?«

»Schon. Das hilft dir jedoch auch nicht weiter.«

»Du sagst es.«

»Wie soll es dann weitergehen?«

»Ich habe Kontakt zu einem Raumausstatter. Vielleicht kann ich ein Praktikum dort machen und wer weiß … womöglich gefällt es mir.« Sie klang wenig überzeugt.

»Wichtig ist es, objektiv zu bleiben und nicht voreingenommen zu sein«, erklärte er weise.

»Tja, ich werde mich bemühen.« Sehnsüchtig guckte sie auf den Plätzchenteller und Patrick erkannte, dass ihr Blick nichts mit Kalorien und Gewicht zu tun hatte, dem üblichen Frauenthema. Ihm fiel ein, wie schlecht es ihr gestern ergangen war.

»Aber wenn es dir nun mal gesundheitlich derart zusetzt … Hilft dir das nicht, dich neu zu orientieren?«

Ein hohles Lachen entschwand ihrer Kehle. »Sollte es wohl. Die Krux ist nur, mein Verstand weiß das auch. Meinem Herzen ist es allerdings egal.«

Die Traurigkeit in ihrer Stimme ging ihm an die

Nieren. Er griff nach ihrer Hand und drückte sie. Sie zuckte kurz, ließ es aber geschehen.

»Diese innere Zerrissenheit kenne ich. Zumindest ein bisschen«, meinte er und dachte daran, wie es ihm damals ergangen war, als er gezwungen worden war, sich für oder gegen seinen Arbeitsplatz zu entscheiden. Damals hatte er Zuflucht bei seinen Kumpels gefunden. Die Woche am Murner See hatte ihm geholfen. Paulina hingegen schien niemanden zu haben. Mia war tausende von Kilometern weit weg und ansonsten hatte Paulina offenbar keinen. Jedenfalls hatte er von Treffen mit Freunden nichts mitbekommen, seitdem er da war. Dafür blinkte ihr Handy immer wieder auf. Ob sie ihr Sozialleben darüber kompensierte?

Patrick war nicht gegen die moderne Technik und Social Media – schon aus beruflichen Gründen nicht! –, aber er konnte kaum glauben, dass es Menschen gab, die sonst niemanden hatten. Vielleicht konnte er ihr ja ein Freund sein!

Der Vorstellung befriedigte ihn, und als hätte sie seine Gedanken gelesen, drückte Paulina seine Hand. Ein angenehmes Kribbeln durchlief ihn. Dann löste sie den Körperkontakt und Leere breitete sich in ihm aus.

Das wiederholte »Pling« ihres Handys beförderte ihn zurück in die Gegenwart. »Es ist auf jeden Fall gut, dass es dir heute wieder besser geht.«

»Ich muss ein fürchterliches Bild abgegeben haben.« Sie lächelte schief.

»Durchgeknallt würde es besser treffen.«

Gespielt empört schnappte sie nach Luft. Was auch immer er soeben verspürt hatte, war damit verflogen.

»Wahrscheinlich hast du recht«, meinte Paulina und knabberte an einem Butterplätzchen.

Verdattert sah er sie an. »Darfst du das denn überhaupt?«

»Was?«

Er deutete auf den Keks. »Die essen?«

Einen Moment schaute sie ebenso verwirrt zurück. Dann ging ihr ein Licht auf. »Ach, du meinst wegen des Bäckerasthmas? Keine Sorge. Mit meiner Ernährung hat das nichts zu tun. Zum Glück!«

»Du darfst also nur nicht mehr deiner Leidenschaft frönen.« Patrick nickte. »Aber warum hast du es dann gestern doch getan?«

Sie schluckte hart und Röte kroch über ihre Wangen. Einen Augenblick sah sie aus, als hätte er sie beim Klauen erwischt. Was seltsam war, schließlich hatte sie kein Verbrechen begangen. Wenn überhaupt, hatte sie nur sich selbst geschadet –

»Ach, ich weiß auch nicht. Vielleicht bin ich ein Fall für die ABS«, sagte sie auf einmal.

»ABS?«

»Die Anonymen Backsüchtigen«, brachte sie todernst hervor, aber ihre Mundwinkel zuckten.

»Ist das eine Selbsthilfegruppe? Gibt es die überhaupt?«

Jetzt brach es aus ihr heraus. Lachend schüttelte sie den Kopf. »Ich habe keine Ahnung.«

10

»*Hi, Leute. Paulina hier. Danke für eure Nachrichten. Ich weiß, ich habe gesagt, ich werde mich heute mit dem leidigen Thema Bewerbungen befassen. Aber mir ist vorhin was Lustiges eingefallen. Wie ihr ja wisst, ist das Backen mein Lebensinhalt ... zumindest war es das. Weil ich mich, wie ihr gesehen habt, hin und wieder einfach nicht zurückhalten kann, bin ich in einem Anfall von Selbstironie darauf gekommen, dass ich möglicherweise zu einer Selbsthilfegruppe gehen müsste. Hat jemand von euch schon mal von den ›Anonymen Backsüchtigen‹ gehört?« Sie gackerte in die Kamera. »Nein? Tja, das dachte ich mir. Aber es wäre der passende Verein für mich! Ihr wisst schon, um Fragen zu klären, wie: Was mache ich, wenn der Drang übermächtig wird? Wie kann ich mich ablenken? Ich meine, mir fällt da schon was ein. Das Übliche eben. Saufen, Rauchen oder tonnenweise Eiscreme löffeln. Aber wenn ich das mache, kann ich mich auch gleich bei den Weight Watchers und den AA's anmelden. Oder was meint ihr?« Sie gluckste erneut. »Ja, also, ihr seht, ich nehm es mit Humor. Das ist immer noch der beste Weg. Macht's gut. Bis bald. Eure Paulina.«*

Sie speiste das Video ins Netz ein und holte ihren Laptop hervor. Ihre Tagesaufgabe war, doofe Bewerbungen zu schreiben. Sie hatte keine Lust und schon viel zu viel Zeit vertrödelt! Überhaupt zogen die Tage ins Land, auch ohne, dass sie sie in der Backstube verbrachte. Die Erkenntnis überraschte sie. Noch vor ein paar Monaten hätte Paulina nicht geglaubt, dass sie ohne ihre erfüllende Arbeit leben könnte. Und trotzdem gelang es ihr.

Zu Anfang war es ihr schwergefallen. Aber da ihr Körper angeschlagen gewesen war, hatte sie sich erholen müssen und Mia hatte sich obendrein rührend um sie gekümmert. Dann war es ihr zunehmend besser gegangen, dafür musste sie die Hiobsbotschaft verkraften, dass ihre Freundin sie für einen Mann plus Südseeinsel verlassen wollte. Die Nachricht hatte ihre instabile Verfassung erneut ins Wanken gebracht.

Wieder hatte sie sich nicht vorstellen können, wie sie allein – ohne Ansprache! – zurechtkommen sollte. Sie hatte sich ausgemalt, wie ihr in den vier Wänden – die sie derzeit in der Regel vierundzwanzig Stunden umgaben – die Decke auf den Kopf fallen würde. Doch es war anders gekommen!

Patrick hatte alles verändert.

Der Satz waberte bedeutungsschwanger durch ihr Hirn. Ein Gefühl durchfuhr sie, das sie nicht ergründen wollte. Deshalb versuchte sie, pragmatisch zu denken.

Es stimmte. Langweilig war es seit seiner Anwesenheit nicht gewesen. Während sie sich zu Anfang noch nach allen Seiten umgesehen hatte, entspannte sie sich zunehmend in seiner Gegenwart. Manchmal hatte er den

Charme einer Distel. Sie dachte daran, dass er sie vorhin erst als *durchgeknallt* bezeichnet hatte. Aber er konnte auch wirklich nett sein! Zum Beispiel, als er ihre Hand gedrückt hatte. Sie hatte sein Mitgefühl gespürt, doch da war noch mehr. Ihre Haut hatte gebitzelt und ihr Herzschlag hatte sich kurzfristig erhöht. Da sie in diesem Moment nicht verärgert gewesen war, lag der Grund wohl woanders …

Sie wollte die unliebsamen Gedanken beiseiteschieben, doch so leicht ließen sie sich nicht verdrängen. Ein Schnappschuss von Patrick mit nacktem Oberkörper blitzte vor ihr auf. Das Grübchen, wenn er lachte, und diese tiefgründigen blaugrauen Augen!

Sie schloss ihre Lider und hoffte, damit die Bilder verscheuchen zu können, aber es half nichts.

Ist ja gut! Ich fand ihn von Anfang an heiß!, gestand sie sich zähneknirschend ein. Aber das ist irrelevant. Wir wohnen in einer WG. Er ist tabu! Sex würde nur Probleme mit sich bringen.

Sie stellte sich vor, wie es normalerweise ablief. Man lernte jemanden kennen und wenn die Chemie stimmte, verbrachte man vielleicht die Nacht miteinander. Spätestens zum Morgengrauen ging man getrennte Wege. Wie sollte das ablaufen, wenn man zusammenlebte?

Das funktionierte höchstens, insofern Gefühle im Spiel waren. Davon konnte jedoch keine Rede sein! Wieder dachte sie an Patrick. Sie kannten sich kaum. Sie fand Gefallen an dem verbalen Schlagabtausch mit ihm, das war aber schon alles. Okay, er entpuppte sich als zunehmend sympathischer, als ihr lieb war. Trotzdem war der Aufruhr in ihr rein hormonell bedingt, da war sie sich sicher.

Was machte sie sich überhaupt für Gedanken? Er

interessierte sich doch gar nicht für sie. Aber so hässlich war sie doch auch wieder nicht. Oder?

Sie griff nach dem Handspiegel und begutachtete sich. Als ihr bewusst wurde, was sie da tat, ließ sie ihn aufs Bett fallen.

Schluss jetzt mit diesem Humbug!, schalt sie sich selbst und versuchte, das Chaos in ihr zu unterdrücken. An irgendeiner Hirnwindung war sie hängen geblieben und falsch abgebogen. Sie konzentrierte sich.

Ihr Handy vibrierte.

Ach ja, richtig, Patrick hatte sie in gewisser Weise auch ihre neuen Kontakte in den sozialen Medien zu verdanken. Wäre er nicht gewesen, hätte sie niemals ein Video hochgeladen. Die Verkettung der unglücklichen Umstände ihres ersten Zusammentreffens war der Auslöser gewesen.

Sie tippte auf das Display und sah einige neue Nachrichten. Das ging ja schnell!

> @petra2579: Ich finde es klasse, dass du versuchst, es lustig zu sehen. Ich liebe schwarzen Humor! Und Lachen ist die beste Medizin.

> @!!coolie1: Ich bin Raucherin. Leider! Eine Selbsthilfegruppe habe ich dafür auch noch nicht gefunden.

> @myx16: Ich kann dich so gut verstehen! Das Leben ist echt nicht einfach. Ich bin Laienschauspielerin und habe im neuen Stück die Rolle der Julia bekommen. Allerdings soll mein Ex den Romeo spielen! Keine Ahnung, wie das wird.

Paulina gluckste bei der Vorstellung, wie Julia ihrem Romeo eins überzog, als der sie versuchte zu küssen. Es wäre immerhin eine Neuinterpretation des Stücks.

Sie las weiter.

@sukkoH befand sich offenbar in einer Vertrauenskrise, was bei seinem Job als Berater nicht hilfreich war. Wer glaubte schon jemandem, dessen Selbstvertrauen sichtlich instabil war?

@riTa! wollte dagegen immer noch wissen, was es mit Paulinas männlichem Nacktmodell in ihrem ersten Video auf sich hatte.

Sie seufzte. Öffentlich hatte sie sich dazu bisher nicht geäußert und eigentlich gehofft, dass diese ›Sache‹ alsbald nicht mehr der Rede wert wäre. Einige User waren diesbezüglich aber leider standhaft, so wie @riTa! Irgendwann musste sie Patrick wohl doch aufklären. Der Gedanke verursachte ihr Magenschmerzen. Sie hatten sich gerade angenähert und eine Art Friedenspakt geschlossen. Wenn sie ihm davon erzählte, würde das womöglich alles wieder ins Wanken bringen …

Paulina ließ ihren Blick über die weiteren Kommentare schweifen.

@blacky23: ABS kenn ich nur vom Auto!

@lila&to: Anonyme Backsüchtige find ich
klasse! Lol

Andere berichteten in knappen Sätzen von ihren Sorgen. Jeder schien so seine Probleme zu haben.

Dann überflog sie @OmaTrudes Beitrag.

@OmaTrudes: Du schindest Zeit.
Wolltest du nicht Bewerbungen
schreiben?

Ruckartig straffte Paulina die Schultern. Wenn sie es nicht besser wüsste, würde sie glauben, dass der Hinweis von ihrer Mutter gekommen war. Es wäre genau der Wortlaut, den sie verwenden würde.

Paulina biss sich auf die Lippe und legte ihr Handy zur Seite. Letztlich war es nicht nur die Wahrheit, sondern auch eine Erinnerung. Also schnappte sie sich ihren Laptop und ging ins Wohnzimmer. Sie war nur noch drei Schritte vom Esstisch entfernt, als Mias Tür aufging und Patrick herauskam. Ebenfalls mit dem Notebook unterm Arm.

»Hi. Du auch?«, fragte er grinsend.

»Sieht so aus«, antwortete sie zögernd und zeitgleich stellten sie ihre mobilen Rechner ab.

»Bewerbungen?«

»Jap.«

Synchron setzten sie sich.

»Zwei dumme, ein Gedanke«, feixte Patrick.

Paulina lächelte dünn. Als wären sie taktgesteuert, öffneten beide ihr Gerät. Argwöhnisch beobachtete sie ihrer beider Tun. Es war fast ein wenig unheimlich, alles parallel zu machen.

»Ist was?«, fragte Patrick und schaute sie an.

»Du greifst seitlich, um deinen Bildschirm aufzuklappen.«

»Jaaa —«

»Ich erledige das mit einem Handgriff, indem ich ihn frontal nach oben schiebe.«

»Okay, Sherlock. Und?«

»Nichts. Es ist nur interessant, wie unterschiedlich wir das machen.«

»Menschen sind vielfältig«, bestätigte er.

Sie atmete erleichtert auf. »Ja. Vor allem wir zwei.«

Seine Stirn legte sich in Falten. »Worum geht es hier? Ich habe das Gefühl, als hätte ich irgendwas verpasst.«

Oh ja, so erging es ihr auch. Sie wusste selbst nicht, was mit ihr los war. Warum um alles in der Welt wollte sie sich einreden, dass Patrick anders war als sie.

»Ähm, nein. Es war lediglich eine Beobachtung«, stotterte sie, während sie sich selbst versuchte zu verstehen. »Es ist ja nicht so, als wären wir seelenverwandt oder so –«

»Hm?« Patricks Brauen schossen in die Höhe.

Ach du große Güte! Hatte sie das eben laut gesagt? Offenbar, denn er fragte:

»Ist das irgend so ein Psychotest?«

Paulinas Mund wurde trocken. Sie rang nach einer passablen Erklärung.

»Öhm, ich habe kürzlich im Radio etwas darüber gehört. Einen Bericht über die Individualität von Männern und Frauen.« Das war glatt gelogen! Und Patrick sah aus, als würde er das ahnen. Konnte er in sie hineinschauen? Schnell sprach sie weiter. »Ich meine, sowas wie das Ausziehen von Pullovern.« Was redete sie denn da für einen Mist? Trotzdem umfassten ihre Hände den Saum ihres Pullis.

»Weißt du, Männer fassen sich in den Nacken und stülpen ihn von hinten nach vorn. Frauen hingegen ziehen ihn mit gekreuzten Armen von unten über den Kopf«, sagte sie, während sie andeutungsweise an ihrem Sweatshirt zupfte. Am liebsten hätte sie es tatsächlich ausgezogen. Unter Patricks starrem Blick wurde ihr zunehmend heißer. Da sie aber nichts, außer ihrem BH, darunter trug konnte sie sich gerade noch bremsen. Räuspernd ließ sie vom Stoff ab.

VERBLÜFFT GUCKTE PATRICK ZU, wie Paulina an ihrem Oberteil herumnestelte. Wollte sie etwa einen kleinen Striptease hinlegen? Wie paralysiert beobachtete er jede ihrer Bewegungen.

Als sie sich räuspernd wieder ihrem Laptop zuwandte, war er fast etwas enttäuscht. Zu gern hätte er gewusst, wie ihre Konturen darunter aussahen. Er stellte sich einen schwarzen Spitzen-BH vor, der sich von ihrer zarten Haut abhob. Wie sie sich wohl anfühlte und roch? Für einen Augenblick verlor er sich in der Vorstellung.

Dann piepste ihr Gerät und sie sprang auf.

»Akku leer«, murrte sie.

Blinzelnd sah er ihr nach, während sie das Ladekabel holen ging.

Es blieb ihm eine Minute Zeit, um sich zu sammeln.

Was war da gerade passiert? Er würde doch nichts mit seiner Mitbewohnerin anfangen!

Okay, sie war schon irgendwie süß, auf ihre Art! Sie war kess und meist um keine Antwort verlegen. Ihr Verhalten passte zu ihrem Wesen, diesem widerspenstigen Lockenkopf und ihren legeren Outfits. Aber sie war nun mal nicht sein Typ! Außerdem waren sie Freunde, wenn man das nach der kurzen Zeit so bezeichnen konnte.

Vielleicht lag sein Problem darin. Er war noch nie mit einer Frau einfach nur befreundet gewesen …

Schon war die Auszeit vorbei und Paulina stöpselte ihren Computer an. Die folgende Viertelstunde arbeiteten sie stillschweigend vor sich hin.

Patrick suchte in seiner Kontaktliste einige vielversprechende Unternehmen heraus, mit denen er schon zusammengearbeitet hatte. Da er dort überall jemanden kannte, rechnete er sich hier größere Chancen aus, dass einer von ihnen an seiner Person Interesse zeigen und ihn als neuen Mitarbeiter haben wollen würde.

Paulina hämmerte derweil auf ihre Tastatur ein.

»Du kannst Zehn-Finger-Schreiben?«, meinte er beeindruckt, weil ihre Finger nur so flogen.

Sie schaute auf. »Ja, wieso? Ist das so ungewöhnlich?«

»Nein. Ich dachte nur … Da du ja aus dem Handwerk kommst, also im Backen ein Ass bist, hatte ich das nicht erwartet.«

»Tja, ich stecke eben voller Überraschungen«, meinte sie erfreut.

»Das solltest du unbedingt in deiner Bewerbung mit angeben«, riet er ihr nickend.

»Eine gute Idee! Ich hätte es nicht erwähnt, weil es für mich selbstverständlich ist. Aber du hast recht, Außenstehende gehen davon wahrscheinlich nicht unbedingt aus. Danke für den Tipp.«

»Gern doch. Dafür sind Freunde da«, meinte er, zum Teil zu sich selbst. Wenn er es nur oft genug wiederholte, glaubte er es bald.

»Freunde? Sind wir das?«, sprach Paulina seine Gedanken aus.

»Was denn sonst?« Er zuckte mit den Schultern und lächelte schief.

»Hm.« Nachdenklich musterte sie ihn. »Ich weiß nicht. Wie Mia siehst du jedenfalls nicht aus.«

»Haha. Ich werde bestimmt auch nicht in eines ihrer Kleider schlüpfen, falls du das hoffst«, konterte er und sie brachen in schallendes Lachen aus.

Ihre Augen glitzerten und versprühten Lebensfreude. Wohlgefühl breitete sich in ihm aus. Ihre Blicke trafen sich und hielten einander fest. Plötzlich lag ein Knistern in der Luft, das fast greifbar war.

Es war schön und irritierend zugleich. Der Moment dauerte an und ihm ging durch den Kopf, dass er üblicherweise durch ein Summen ihres Handys unterbrochen wurde.

»Hast du deinen kleinen elektrischen Störenfried tatsächlich mal nicht bei dir?«, kam es auch schon aus seinem Mund.

»Was?« Sie zwinkerte.

»Dein Handy.«

»Es liegt in meinem Zimmer. Warum?«

DIE FRAGE WAR SELTSAM und gleichzeitig Paulinas Rettung. Um Haaresbreite wäre sie in seinen tiefgründigen Augen auf ewig versunken. Die kleinen Härchen in ihrem Nacken stellten sich alarmiert auf.

Das WG-Leben mit Patrick war wirklich gewöhnungsbedürftig! Grundsätzlich hatte sie kein Problem, mit Männern kameradschaftlich umzugehen. Aber er war nun mal nicht irgendein Mann. Sie teilten sich eine Wohnung. Und er war nicht Mia! Abgesehen von der Kleinigkeit der andersartigen Chromosomenverteilung hatte er eine Wirkung auf sie wie sonst kein anderer.

Das Wort ›Freunde‹ hallte in ihrem Kopf wider. Das könnten sie tatsächlich werden, dachte sie. Wenn da nur nicht dieses störende Kribbeln wäre …

»Nur so. Mir ist aufgefallen, dass du ziemlich viel zu Hause vor deinem Smartphone sitzt«, riss er sie aus ihren Gedanken.

Natürlich war ihm aufgefallen, dass es des Öfteren bimmelte. Ob sie ihm von ihrem Instagram-Kanal berichten sollte? Freunde erzählten sich solcherlei Sachen. Andererseits, wenn er ihn daraufhin selbst aufrufen sollte, um sich anzusehen, was sie dort so von sich gab, würde er zwangsläufig über die allererste Aufnahme stolpern und sich selbst darin wiederfinden.

Sie musste es ihm vorher irgendwie schonend beibringen. Aber wie? Sie hatte keine Ahnung, wie er darauf reagieren würde. Dazu kannte sie ihn zu wenig …

Sie beschloss, das Thema zu vertagen, bis sie sich einen Plan zurechtgelegt hatte.

»Das liegt an den derzeitigen Umständen. Meine angeknackste Rippe und die Jobsuche, du erinnerst dich?« Sie hörte selbst, wie schroff sie klang. Dabei war es gar nicht beabsichtigt gewesen. Angriff war seit jeher die beste Verteidigung … »Aber das ändert sich, sobald ich diese Bewerbungen verschickt habe«, erklärte sie etwas sanfter.

»Du weißt also nicht genau, was du künftig machen sollst, bist dir aber gleichzeitig sicher, dass du einen Job bekommst? Das nenne ich Kampfgeist.«

Sie zuckte mit den Schultern. »Heutzutage werden doch überall Leute gebraucht. Ich glaube kaum, dass ich leer ausgehe. Vielleicht ist es nicht der Traumjob, aber dann muss ich eben weitersuchen. Hast du etwa Bedenken, eine neue Stelle zu finden?«

»Ich? Nein.« Er lachte. »Über die Zeit habe ich einige Angebote erhalten. Ich denke, da ergibt sich auch jetzt noch was.«

»Na siehst du.«

»Hast du denn schon alle Unterlagen beisammen?«

»Allerdings. Ich drücke mich ja schon länger darum herum. Aber jetzt klicke ich auf ›Senden‹. Und weg ist Nummer zwei.«

»Dann wünsche ich dir viel Glück«, sagte Patrick und zwinkerte ihr verschwörerisch zu. In gewisser Weise saßen sie im selben Boot. Das verband, irgendwie.

Während sie noch weiterarbeiteten, schielte Paulina immer wieder zu ihm hinüber. Noch vorgestern hätte sie nicht gedacht, dass sie sich in seiner Gesellschaft so wohlfühlen würde. Als sich ihre Blicke zufällig trafen, schaute sie ertappt weg und stand auf.

Patrick dehnte sich indes nur lässig. Ob er auch so ein seltsames Gefühl verspürt hatte?

Blind starrte sie auf ihren Bildschirm, den sie eigentlich zuklappen wollte. Dann japste sie auf.

»Was ist?«, wollte Patrick wissen und erhob sich ebenfalls.

Sie beugte sich vor. »Ich habe schon eine Rückmeldung!« Laut Zeitstempel war die E-Mail bereits vor zehn Minuten eingegangen. Wäre sie nicht so abgelenkt gewesen, hätte sie es vermutlich früher bemerkt. Doch das erwähnte sie lieber nicht.

»Und?«, hakte er nach.

»Ich habe ein Vorstellungsgespräch!«, hauchte sie und dreht sich zu ihm um. Er stand ziemlich nahe neben ihr und seine Präsenz wurde ihr schlagartig bewusst.

Wie Flocken tanzten ihre Gedanken wild durcheinander.

»Wow! Das ging ja fix! Gratuliere!«, meinte Patrick und zog sie überschwänglich in den Arm.

Überrumpelt ließ sie es sich gefallen. Sie spürte die Stoppeln seines Dreitagebarts an ihrer Wange. Der Duft seines Duschgels waberte ihr in die Nase. Sein Brustkorb fühlte sich stark und seine Hand auf ihrem Rücken gut an. In ihrem Magen bitzelte es. Waren das Schmetterlinge?

Unmöglich! Die Umarmung war rein freundschaftlich. Denn das waren sie: Freunde! Das hatten sie doch eben erst geklärt. Diese Geste hätte ebenso gut von Mia kommen können. Und doch war es nicht vergleichbar …

11

*P*atrick ging zum wiederholten Male seine Unterlagen durch. Hatte er an alles gedacht und die wichtigen Punkte konkret herausgearbeitet?

Er wusste es nicht, obwohl er sie nun zum dritten Mal durchlas. Die Informationen kamen einfach nicht in seinem Gehirn an. Stattdessen spukte ihm Paulina durch den Kopf.

Nach seiner Gratulation war sie ziemlich schnell verschwunden. Um nicht zu sagen davongerannt. Dabei war er aufrichtig erfreut darüber gewesen, dass sie in dieser kurzen Zeit schon eine Einladung zu einem Vorstellungsgespräch erhalten hatte.

Dass er sie gedrückt hatte, mochte vielleicht etwas überzogen gewesen sein. Es war eine impulsive Handlung gewesen und rein kumpelhaft. War das denn verkehrt?

Nun ja, es hatte sich schon anders angefühlt, als wenn er beispielsweise Elias beglückwünscht hätte. Seinem Freund hätte er auf den Rücken geklopft, während er Paulina nur gehalten hatte. Vielleicht auch etwas länger als nötig. Aber sie hatte irgendwie nach Vanille geduftet und überhaupt …

Wahrscheinlich lag es an dem Weihnachtssong, der in dem Moment im Radio gespielt worden war, dass er so rührselig reagiert hatte, sagte er sich.

Sie waren Mitbewohner und Freunde, da war sowas doch ganz normal. Kein Grund, sich deswegen Gedanken zu machen. Bisher hatte er eben noch nie mit einer Frau einfach so zusammengelebt. Das war alles. Genau genommen war Natascha die Erste und Einzige, mit der er sich eine Wohnung geteilt hatte. Und sie hatten eine Beziehung geführt. Berührungen waren da nichts Außergewöhnliches.

Trotzdem war Paulina herzlicher, schoss es ihm durch den Kopf.

Im direkten Vergleich musste er zugeben, dass seine Exfreundin eher der kalte Typ gewesen war. Sie war extrem zielorientiert mit allem umgegangen, um nicht zu sagen verbissen. Sie hatte wie ein Spatz gegessen, was als Model in L.A. vermutlich unumgänglich war. Aber so, wie sie es mit ihrer Ernährung gehalten hatte, war sie auch menschlich eher flach gewesen. Tiefgründige Gespräche hatten sie schnell erschöpft und Humor war nur in Maßen vorhanden.

Warum nur, war ihm das nicht früher aufgefallen?

Paulina hingegen aß, was ihr schmeckte. Ja, sie lebte sogar für die süßen Köstlichkeiten. Wobei sie keineswegs dick war! Sie war demnach nicht selbst ihre beste Kundin als Konditorin gewesen. Sie hatte Kurven an den richtigen Stellen und war kein Knochengerüst. Das gefiel ihm. Ebenso wie ihr geistiges Wesen. Auch wenn sie sich gerade in einer Sinnkrise befand, war sie doch klug, witzig und wortgewandt. Sie konnte einstecken und austeilen gleichermaßen.

Beste Voraussetzungen also für ein kameradschaftliches Zusammenleben. Er durfte nur nicht zu genau hinsehen, dann merkte er gar nicht, dass sie dem anderen Geschlecht angehörte.

Der Radiomoderator teilte mit, dass es siebzehn Uhr war. Patrick riss die Augen auf. In zwei Stunden war er mit Alana verabredet.

Paulina durchwühlte ihren Kleiderschrank. Sie tat alles, nur um nicht darüber nachdenken zu müssen, was in ihr vorgegangen war, als sie Patrick so nahe gewesen war. Sie hätte ewig in dieser Umarmung verweilen können. Sie hatte sich so behütet gefühlt …

Was für ein Unsinn! Sie war eine unabhängige Frau. Noch nie hatte sie sich auf einen männlichen Beschützer verlassen oder war auf einen solchen angewiesen gewesen. Ihre Mutter vielleicht. Warum sonst würde sie immer wieder mit dem Thema Heirat anfangen?

Zum ersten Mal fragte sie sich, wie Elsas Leben wohl verlaufen wäre, hätte sie nicht ihren Ehemann und ihre Kinder gehabt. Die Familie war seit jeher ihr Inhalt gewesen. Es war das, was ihre Mom ausmachte. Seitdem sie und ihr Bruder Sven erwachsen geworden und ausgezogen waren, hatte sie ihr Interesse darauf verlagert, mit Beziehungsratschlägen zur Seite zu stehen.

Nun, Sven hatte sie erfolgreich unter die Haube gebracht. Paulina hingegen war diesbezüglich ihr Sorgenkind. Die gutgemeinten Tipps quollen ihr bereits zu den Ohren hinaus. Manchmal träumte sie sogar davon, wie ihre Mutter als Dozentin im Hörsaal ganz allein für sie einen philosophischen Vortrag hielt.

Abrupt schüttelte Paulina den Kopf. Sie liebte ihre Mutter, aber dass sie in ihren Augen offenbar erst komplett war, wenn sie einen Mann an ihrer Seite hatte, belastete die Beziehung doch beträchtlich. Vermutlich war es wirklich an der Zeit, dass ihr Bruder Elsa zur Oma machte.

Sie warf eine Hemdbluse sowie einen Pulli auf ihr Bett. Prüfend sah sie beides an. Die Bluse war mehr ein Hemd im Holzfällerstil. Im Sommer trug sie es manchmal als Jacke über einem T-Shirt, wenn es abends kühler wurde. Ob es für ein Vorstellungsgespräch taugte?

Ihr Blick wanderte weiter zu dem Feinstrickpulli. Er war rot und schlicht. Sie zog ihn zusammen mit ihrer grauen Skinnyjeans und den graublauen Boots an und betrachtete sich im Spiegel. Sie hatte nicht die geringste Ahnung, ob dieses Outfit für den Termin bei Herrn Weiler passend genug war. Der Raumausstatter hatte immerhin viel Kundenverkehr. Was würde so jemand optisch von ihr erwarten? Sie wollte keinesfalls ihre Chancen nur wegen ein paar Klamotten schmälern!

Andererseits hatte der Mann sofort geantwortet. Er musste sich demnach an sie erinnern. Also hatte sie doch schon einen Fuß in der Tür, oder nicht? Machte sie sich also zu viele Gedanken deswegen?

Als sie sich schwungvoll hin und her drehte, streifte sie den kleinen Tisch und stieß ihr Handy zu Boden. Sie hob es auf und hatte eine Idee.

»Hɪ, ihr Lieben, ich bin's wieder. Paulina. Heute brauche ich eure Hilfe. Eure Meinung ist gefragt! Ich kann es selbst kaum glauben, aber ich habe tatsächlich schon einen Gesprächstermin. Bei einem Raumausstatter. Ich weiß nicht genau, was mich bei dem Job dort erwartet oder ich mir das alles ganz falsch vorstelle, aber es ist immerhin eine erste Option. Ja, also jetzt kommt ihr ins Spiel. Was soll ich anziehen? Pulli und Jeans?« Sie hielt

die Kamera von sich weg und zeigte ihr Spiegelbild. »Oder lieber das ...«, fragte sie, nachdem sie die Aufnahme pausiert und sich flugs umgezogen hatte. »Ich freue mich auf eure Antworten. Habt einen schönen Sonntagabend. Tschüss.«

Sie veröffentlichte das Video und beschloss, sich ein Schaumbad zu gönnen. Immerhin war es der erste Advent. Traditionsgemäß verbrachten Mia und sie die vorweihnachtlichen Sonntagabende mit Wellness und einem romantischen Film. Ihre beste Freundin war zwar nicht da, doch deshalb musste sie damit ja nicht brechen.

Ein dampfender Dunstkreis empfing sie im Bad. Das Fenster war beschlagen und einhundert Prozent Luftfeuchtigkeit hing im Raum. Zwei Handtücher lagen auf dem Boden verstreut. Der war auch schon mal sauberer, dachte Paulina bei sich, als sie sich bückte, um die Frotteeware aufzuklauben. Der Stoff war nass, aber nicht klamm. Er war noch warm, Patrick musste die Tücher eben erst benutzt haben. Der Geruch des Duschgels, das er verwendete, haftete daran. Paulina erschnupperte es.

»Oh, du bist da? Die Unordnung tut mir leid. Ich wollte gerade aufräumen«, sagte er plötzlich hinter ihr.

Wie von der Tarantel gestochen, drehte sie sich um und ließ die Arme sinken.

»Ja, du könntest wirklich besser Ordnung halten. Du wohnst hier nicht allein! Andere Leute wollen auch die Räumlichkeiten nutzen«, blaffte sie ihn an. Sie fühlte sich ertappt, als ob sie etwas Verbotenes getan hätte. Wie zum Beispiel, in seiner Unterwäsche zu wühlen ... Ein Eingriff in seine Intimsphäre. Was es ja auch irgendwie war.

»Hey, ich hab mich doch entschuldigt.« Ergeben hob er die Hände.

Wie er da im Türrahmen stand, in seinen verwaschenen graublauen Jeans, dem dunkelblauen Henley-Hemd und dem noch feuchten verstrubbelten Haar, sah er schon verdammt heiß aus, schoss es Paulina durch den Kopf. Dass sie überhaupt sowas dachte, verärgerte sie noch mehr.

»Faule Ausreden«, zischte sie, bevor sie wusste, was sie sagte. »Hast du schon mal auf den Boden geguckt und in die Ecken? WG heißt, dass jeder seinen Teil zur Hausarbeit beiträgt. Oder glaubst du, nur weil ich Eierstöcke habe, ist das Putzen allein mein Part?«

»Öha! Komm mal wieder runter. Ich kümmere mich darum. Versprochen«, schoss er zurück und trat auf sie zu. Paulina hielt den Atem an. Was jetzt wohl passierte? Würde er sie schütteln? Verdient hätte es sie wahrscheinlich. Sie hatte wirklich über das Ziel hinausgeschossen. Warum führte sie sich auf wie die Oberzicke persönlich? Eigentlich wollte sie doch nur in der Badewanne entspannen …

Patrick nahm ihr die Frotteetücher aus der Hand und verschwand. Verdutzt schaute sie ihm nach.

DIE NÄCHSTEN TAGE plätscherten ohne weitere Berührungspunkte vor sich hin. Paulina hatte ihren Adventssonntag noch in Ruhe beschließen und einen kuschligen Sofa-Schnulzen-Abend verbringen können. Denn als sie deutlich erholter das Badezimmer wieder freigegeben hatte, war Patrick aus dem Haus gewesen.

Hätte sie das gewusst, wäre sie vermutlich nicht ganz so lang in der Wanne geblieben. Bis sie aus dem Wasser gestiegen war, war ihre Haut schrumpelig und aufgeweicht gewesen. Und das nur, weil sie versucht hatte, sich um eine weitere Begegnung mit ihm zu drücken. Die Liste ihrer unausgesprochenen Entschuldigungen wurde gefühlt immer länger. Aber sie konnte schließlich nichts dafür, dass er nicht mehr da gewesen war! Außerdem war der Kern ihrer Aussage, also das Putzen der Wohnung, richtig gewesen. Sie hätte es eben nur etwas freundlicher formulieren können.

Da sie ihn seitdem nur hin und wieder rumoren gehört, aber nicht gesehen hatte, war es ihr auch diesmal erspart geblieben, um Verzeihung bitten zu müssen. Trotzdem beschäftigte sie die aktuelle Situation. Das ›zwischenmenschliche Miteinander‹ mit Patrick war schön und anstrengend zugleich. Allerdings musste sie einräumen, dass es augenblicklich auch nicht gerade leicht war, mit ihr auszukommen.

Die Wahrheit war, dass sie selbst nicht wusste, was sie wollte! Das machte sie kirre. Grundsätzlich war sie ein geradliniger und zielstrebiger Mensch, doch das Bäckerasthma hatte ihr einen Strich durch die Rechnung gemacht. Alles war auf den Kopf gestellt worden und ihr fehlte nach wie vor ein Plan, wie und wo sie anfangen sollte, um wieder in eine stabile Normalität zurückzukehren. Dieses ›Abhängen‹ den ganzen Tag war einfach nicht ihr Ding. Zu viel Freizeit machte für sie das Leben nicht lebenswert. Sie konnte überhaupt nicht nachvollziehen, wie manche Leute damit glücklich werden konnten. Paulina brauchte einen Sinn, um morgens aufzustehen!

Nun, immerhin hatte sie erste Schritte in die richtige Richtung unternommen und einige Bewerbungen abgeschickt. Das Vorstellungsgespräch bei Herrn Weiler rückte bereits näher. Sie sollte sich freuen und dem Termin positiv entgegenblicken. Leider befürchtete sie, dass sie mit falschen Vorstellungen an die Sache rangegangen war.

Hatte sie ihren Instinkt, der sie bisher immer gut beraten hatte, verloren?

Wenigstens hatte sie nun ihre Community, mit der sie sich die Zeit vertreiben konnte. Inzwischen arbeitete sie die Videos etwas professioneller aus, war ihr aufgefallen. Sie achtete mehr auf die Kameraposition sowie das Licht und machte sich mehr Gedanken über den Inhalt der Beiträge. So hatte sie beschlossen, eine sogenannte Sorgen-Woche, wie sie sie heimlich getauft hatte, auszurufen. Seit Montagmorgen griff sie nach und nach die Themen aus den Rückmeldungen zu ihrem letzten Beitrag auf.

MONTAG, 9.30 UHR

»Herzlichen Dank, ihr Lieben, für euren Zuspruch und auch, dass ihr mir von euren Nöten berichtet habt. Es stimmt, jeder trägt sein Päckchen. Bei manchen ist es offensichtlich, bei anderen nicht. Trotzdem bleibt vermutlich niemand verschont. Es gibt da so einen schönen Spruch: Der Mensch plant und Gott lacht. Na ja, so oder so ähnlich lautet er. Bei der Erinnerung daran, dass ich nicht als Einzige Probleme habe, habe ich mich jedenfalls gleich besser gefühlt und deshalb möchte ich diese Woche auch eure Sorgen ansprechen. Es soll eine Art Gruppentherapiewoche werden. Was haltet ihr von gegenseitiger Hilfe und Unterstützung? Okay, womöglich ist es ein wenig so, als führe der Blinde den Blinden, schließlich sind wir alle keine Therapeuten. Aber ein bisschen gesunder Menschenverstand und Humor können manchmal schon helfen.

Beginnen möchte ich mit einer Zuschauerin, die mit ihrem Exfreund Romeo und Julia aufführen soll. Ich kann gut verstehen, dass die Vorstellung, mit ihm nach Shake-

speare-Manier Süßholz zu raspeln und sich küssen zu müssen, eine Flut an Bauchschmerzen bei dir verursacht. Wenn ich es richtig verstanden habe, hast du trotzdem vor, aufzutreten. Das finde ich toll. Lass dich nicht verjagen. Vielleicht geht es dir ja besser, wenn du vor deinem Auftritt eine Knoblauchknolle isst? Dann wird der anstehende Bühnenkuss sicherlich ein Erlebnis für deinen Ex.« Allein bei der Vorstellung musste Paulina in die Kamera kichern. *»Ansonsten sollen Yoga und diverse Atemübungen helfen, um Nervosität in den Griff zu bekommen. Aber ich schätze, das weißt du vermutlich bereits. Vielleicht hat jemand ja weitere hilfreiche Ideen? Bitte hinterlasst eure Tipps in den Kommentaren.«*

DIE RESONANZ ihrer Follower war sensationell. Paulina war ehrlich überrascht, anhand der vielen Ratschläge und Zusprüche. Hörte man doch oft von Hass und Hetze im Netz, war hier keine Spur davon zu erkennen. Vereinzelt ein flapsiger Kommentar, das war alles und damit konnte man umgehen, beziehungsweise ihn einfach so stehen lassen. Erfreut darüber, dass Hilfsbereitschaft und Gemeinschaftssinn noch existierten, trieb es Paulina an, weiterzumachen.

DIENSTAG, ELF UHR

»... heute möchte ich über Selbstvertrauen sprechen. Das Selbstwertgefühl ist für jeden von uns immens wichtig. Nur wenn wir die innere Kraft spüren können, strahlen wir sie auch nach außen hin aus. Das verleiht uns die Stärke, mit den unterschiedlichsten Situationen souverän umgehen zu können. Es ist also nur verständlich, dass eine Vertrauenskrise gerade für einen Job in beratender

Funktion kontraproduktiv ist. Ich kann hier nur raten, in sich hineinzuhören und nach der Ursache zu suchen. Ist etwas geschehen, das der Auslöser dafür sein könnte und deine Selbstsicherheit ins Straucheln gebracht hat?«

ERST ALS SIE das Video veröffentlicht und sich selbst noch einmal angesehen hatte, waren ihre eigenen Worte in ihr nachgeklungen. Seit wann war sie so weise geworden?, hatte sie sich gefragt. Aber noch mehr beschäftigte sie seitdem, warum es ihr derzeit so schwerfiel, ihr offensichtliches Wissen auf sich selbst anzuwenden?

Wenn sie bei ihrem Vorstellungsgespräch nur selbstbewusst genug auftrat, würde sie Herrn Weiler bestimmt eher überzeugen können, ihr eine Chance im neuen Berufsfeld zu geben. Stattdessen zitterte sie dem Gespräch regelrecht entgegen, von Selbstvertrauen fehlte jede Spur.

Dabei hatte sie einiges vorzuweisen. Seit Kindheit an war sie geschickt mit handwerklichen Gerätschaften umgegangen. Im Kunst- und Werkunterricht war sie immer die Klassenbeste gewesen, egal, in welcher Jahrgangsstufe. Sie hatte ein Auge fürs Detail, was ihr Bestnoten und viel Lob eingebracht hatte. Paulinas selbst hergestellte Geburtstags- und Weihnachtsgeschenke waren bei Freunden und Verwandten immer gern gesehen gewesen. Doch als die Zeit kam, sich zu entscheiden, war ihre Wahl auf das Backen gefallen. Es war nun einmal das, was sie von allem am allerliebsten tat. Seitdem hatte sie sich ausschließlich darauf konzentriert und die Werkbank ihres Vaters sträflich vernachlässigt. Sie wusste gar nicht, wann sie zuletzt etwas gebastelt hatte. Was womöglich eine der Ursachen ihrer Unsicherheit war …

. . .

Wie sich herausstellte, hatte @sukkoH, also der mit der Vertrauenskrise, unlängst für die Weihnachtsfeier der freiwilligen Feuerwehr den Einkauf übernehmen sollen. Die Einkaufsliste lautete: Gurken, Kohlrabi, Ciabatta, Paprika, Hummus. Leider wurde sie ihm telefonisch diktiert und so brachte er statt der orientalischen Spezialität einen Sack Humuserde aus dem Gartencenter mit. Er war zum Gespött der Mannschaft geworden und die Geschichte jetzt noch ein Dauerlacher.

Als sich Paulina die Ankunft in der Küche bildlich vorstellte, kam sie nicht umhin, selbst zu glucksen. Was für eine Peinlichkeit! Und doch so lustig!

»Humor ist, wenn man trotzdem lacht! Fehler passieren. Sieh es als eine Möglichkeit, daran zu wachsen. Über sich selbst lachen zu können, ist wirklich befreiend. Das habe ich nach meinem Backstuben-Eklat erkannt. Ihr wisst schon, als die Zimtsterne durch die Gegend gewirbelt sind und ich mit meiner angeknacksten Rippe bezahlt habe«, berichtete sie der Kamera in ihrem nächsten Post.

Genau das wollte sie sich künftig selbst mehr zu Herzen nehmen. Denn grundsätzlich war der Ratschlag richtig gut, fand sie. Sie sollte sich öfter zuhören! Ihr anderes ICH seufzte laut auf. Paulina konnte es ihm nicht verübeln. Wie bei den meisten Menschen war das Wissen da, nur in der Ausführung haperte es leider üblicherweise.

Die Gelegenheit, ihre neu gewonnene Selbsterkenntnis umzusetzen, bekam sie eine halbe Stunde später, als sie mit Patrick zusammentraf. Doch so richtig wollte das nicht funktionieren …

Er stand vor der Garderobe und nestelte an seiner Jacke herum. Gedanklich noch bei ihrer Community, pfiff Paulina aus ihrer Zimmertür und lief geradewegs in ihn hinein. Nur knapp vor ihm kam sie zum Stehen. Der Mindestabstand war deutlich unterschritten. Es hätte höchstens eine Kaffeetasse zwischen sie beide gepasst. Die kleinen Härchen in ihrem Nacken vibrierten und ihr Herz schlug sofort einen Takt schneller.

»Du schon wieder. Sag mal, hast du nichts zu tun? Such dir 'nen Job«, brach es aus ihr heraus, noch bevor sie ihre Worte hätte sorgfältig wählen können.

Patrick schenkte ihr einen Seitenblick, ließ sich jedoch nicht aus der Ruhe bringen.

»Auch schön, dich zu sehen«, meinte er relaxt und zog einen Zettel aus der Innentasche seines Parkas, dann wandte er sich ab und schlenderte in die Wohnküche.

In Paulina braute sich ein Sturm zusammen. Er ließ sie einfach so stehen? Und wie konnte er nur so entspannt reagieren, wo sie ihn doch ›schon wieder‹ angepflaumt hatte? Mit offenem Mund schaute sie ihm hinterher.

Warum war sie überhaupt so unfreundlich zu ihm? Hatte sie sich nicht eigentlich entschuldigen wollen, wegen ihrer letzten garstigen Bemerkung? Und was war mit ihren guten Vorsätzen, künftig alles mit Humor zu nehmen?

Die Fragen wirbelten in ihrem Kopf nur so umher, während sie ebenfalls ihren Weg ins Wohnzimmer fortsetzte.

Sie fand ihn an der Küchenzeile, wo er mit dem Mixer hantierte. Durch das Fenster fiel ein Sonnenstrahl herein und rückte ihn ins rechte Licht. Er sah irgendwie … zum Anbeißen aus, schoss es Paulina durch den Kopf und sie verharrte eine Sekunde in der Bewegung. Der Sturm in ihr verlagerte sich in die Magengegend und ihr wurde flau. Es war der Moment, als sie den Grund für ihre Übellaunigkeit erkannte. Bildfetzen flackerten vor ihr auf, wie er sie vor zwei Tagen im Arm gehalten hatte. Die Berührung ihrer Wangen und der dringende Wunsch, er würde sie küssen!

»Hast du noch mehr Beschwerden oder Bammel vor deinem Bewerbungsgespräch?«, fragte Patrick und katapultierte sie in die Gegenwart zurück. Ihre Lider zuckten, als sein Blick ihren traf. »Übrigens gut, dass ich dich treffe. Ich wollte dir mitteilen, dass morgen die Putzfrau kommt.«

»Putzfrau? Was für eine Putzfrau?«, echote sie. Es gab keine Putzfrau, die zum Saubermachen kam. Sowas konnten sie sich nicht leisten. Mia und sie erledigten das schon seit jeher selbst.

»Du hast dich zu Recht beschwert, dass ich mich nicht so am Haushalt beteilige, wie es sich gehört. Aber Wienern und Schrubben ist einfach nicht so mein Ding. Ich kann dir ein Bild aufhängen oder eine Lampe installieren. Kochen geht so, doch damit hat es sich auch. Deshalb habe ich mich entschlossen, jemanden kommen zu lassen, der das kann.«

»Du hast jemanden engagiert?« Ihre Stimme war einen Ton zu hoch, das merkte sie selbst.

»Das sagte ich doch.« Er drückte die Einschalttaste des Mixers und der bunte Inhalt zerfloss allmählich zu einem gelborangen Brei.

Wenigstens konnte er so ihr entsetztes Quieken nicht hören. Es würde eine Putzfrau kommen, die hier aufräumte und wischte. Das musste Paulina erst mal verdauen. Unwillkürlich schaute sie sich um.

Die Sofakissen waren zerknautscht. In der Ecke, zwischen den Weihnachtszweigen in der großen Vase und dem TV-Lowboard, fristete Mias Strickzeug sein Dasein. Das oberste Wollknäuel hatte inzwischen eine kleine Staubschicht angesetzt. Ihr Blick wanderte weiter zur Balkontür. Das Glas war bei genauer Betrachtung auch etwas verschmiert, aber für diese Jahreszeit durchaus tauglich. Der dünne Film schmälerte den Blick in die Ferne nicht. Draußen tanzten Flocken im Sonnenschein.

»Der erste Schnee«, hauchte sie, gerade als der Mixer verstummte. Abwesend betrachtete sie das Wetterschauspiel.

»Ja, es hat vorhin begonnen zu schneien, als ich Obst kaufen war. Willst du auch einen Smoothie?« Patrick holte ein Glas aus dem Schrank und goss sich ein, Paulina aber reagierte nicht.

Mit dem Rücken ihm zugewandt stand sie im Raum und starrte durch die Balkonfenster. Der helle Himmel mit den dicken weißen Wolken, dazu das Schneegestöber, umrahmte sie und brachte ihre Silhouette gestochen scharf zur Geltung. Es war, als existiere außer ihr nichts um sie herum. Ihr Haar trug sie offen, sodass ihr die Lockenpracht füllig über die Schultern fiel. Nicht zum ersten Mal fragte er sich, wie es sich anfühlen würde, hineinzulangen und mit den Fingern hindurchzuwuscheln. Da sie heute ein grüngeripptes, enggeschnittenes Langarmshirt über der schwarzen Jogginghose trug, kam er nicht umhin, ihre anmutige Taille zu bemerken. Er hatte sie bislang nur mit weiten Pullis gesehen. Nun bestätigte sich seine Vermutung, sie besaß eine tolle Figur. Aber das hatte er bereits am Sonntag ›erfühlt‹, als er sie unvermittelt umarmt hatte. Prompt spürte er ein Ziehen in der Lendengegend. Überstürzt schüttete er sich den Smoothie in die Kehle.

Er sollte nicht mit der Hose denken, wenn es um seine Mitbewohnerin ging! Warum er es dennoch neuerdings tat, war ihm sowieso unerklärlich. Sie war bissig – *nein kess*, sie verhielt sich immer wieder komisch –, *aber er kannte sie auch noch nicht besonders lange*, sie stellte Forderungen an ihn – *die jedoch berechtigt waren*, und sie brachte ihn zum Nachdenken – *was vermutlich nicht das Schlechteste war*. Er war immerhin Mitte dreißig und sollte endlich erwachsen werden.

Bisher war sein Leben ein einziges Volksfest gewesen. Er hatte es sich nie schlechtgehen lassen, genossen, was es zu genießen gab. Selbst während seiner Zeit in Amerika und der Liaison mit Natascha hatte er sich nie den Spaß nehmen lassen. Das war einer der Gründe, warum die Beziehung auch keinen echten Bestand gehabt hatte. Er war der Komiker gewesen, während sie von ihrem strengen Konzept nicht einen Millimeter abgewichen war.

Ja, wenn er so darüber nachsann, hatte er sich seit seiner Rückkehr nach Deutschland verändert. Vielleicht hatte der Prozess schon in den letzten Wochen seines Aufenthalts in den Staaten begonnen, vielleicht hatte aber auch Paulina ihren Teil dazu beigetragen. Dass sie ihn hatte verhaften lassen, war in jedem Fall – so seltsam es klang – ein kleiner Weckruf gewesen.

Als er sie damals auf der Couch hatte sitzen sehen, war er dennoch – wie üblich – nackt zur Dusche gelaufen. Er hätte umdrehen müssen! Doch ganz der Spaßvogel, hatte er es witzig gefunden, so wie er war, an ihr vorbeizuhuschen. Natürlich hatte er nicht ahnen können, dass sie bis dato von seiner Anwesenheit gar nichts wusste, doch das entschuldigte seinen Auftritt nicht. Jetzt im Nachhinein fragte er sich, was er sich dabei gedacht hatte. Nichts!

Dafür hatte er bei seinem Date, vorgestern mit Alana, viel zu lange überlegt. Es war ein netter Abend gewesen. Das Essen in der Pizzeria war ebenso gut wie der Wein dort und Alana hatte über jeden seiner Witze gelacht. Über ein mögliches Hochzeitsgeschenk für Elias und Annabell hatten sie natürlich auch gesprochen, aber Patrick fand keinen ihrer Tipps besonders aufregend. Doch dafür konnte Alana nichts. Er wollte seinem besten Freund einfach etwas Unvergessliches schenken …

Trotzdem hatten sie sich blendend unterhalten und so, wie sie ihn angelächelt hatte, hätte er vermutlich nur den nächsten Schritt tun müssen. Doch statt eine heiße Nacht mit ihr zu verbringen, hatte er sie, ganz der Gentleman, nach Hause gebracht und sich mit einem keuschen Gutenachtkuss verabschiedet. Über sein Verhalten war nicht nur Alana überrascht gewesen …

Ein penetranter Ton drang an sein Ohr. Er zuckte zusammen. Paulina fuhr herum und setzte sich in Bewegung.

»Ist das die Klingel?«, fragte er abfällig, als sie im Begriff war, die Wohnungstür zu öffnen. »Dieses grelle *ÄÄÄ* ist ja schrecklich!«

Draußen stand ein Paketbote und überreichte ihr einen großen Karton.

»Der ist für mich? Sind Sie sicher? Ich habe nichts bestellt«, sagte sie.

»Wenn Ihr Name Paulina Handschuh ist, ja. Bitte quittieren Sie hier.«

Sie stellte das Ungetüm im Flur ab und unterzeichnete den Empfang, dann hievte sie es zum Esstisch.

Neugierig betrachtete Patrick das XXL-Paket.

»Hast du Weihnachtsgeschenke im Internet geshoppt? Bekomme ich auch was?«, feixte er.

»Nein. Ich hab keine Ahnung, was da drin ist«, murmelte sie, dann sah sie auf. »Warum sollte ich dir was schenken? Schenkst du mir etwas?« Mit unergründlichem Blick schaute sie ihn an.

Er ging Patrick durch und durch. Um das Gefühl zu

überspielen, lachte er. »Ist meine Anwesenheit nicht schon Geschenk genug?«

»Welch wahre Worte!« Sie schob sich an ihm vorbei und zog eine Schere aus einem Schub. Mit gezückter Spitze kam sie zurück.

»Hey, so unerträglich bin ich doch auch wieder nicht!«

Sie grinste schief. »Das ist Ansichtssache.«

Das Paket kam von einem Modelabel. Aber der Absender sagte Paulina nichts. Sosehr ihr das Geplänkel mit Patrick auch gefiel, sie war zu neugierig, als dass sie sich darauf hätte konzentrieren können.

Was Klamotten betraf, war Paulina eher einfach gestrickt. Sie gehörte nicht zu den Konsumentinnen, die monatlich eine gewisse Summe dafür aufbrachten. Entsprechend übersichtlich war ihr Kleiderschrank sortiert. Sie gönnte sich selten etwas Neues, weil sie es schlichtweg nicht brauchte. In der Backstube schaute niemand darauf, was sie anhatte und zuhause, gab es nicht mal jemanden, der hätte gucken können.

Nun ja, bis vor kurzem zumindest. Sie schielte flüchtig zu Patrick hinüber. Seit er da war, achtete sie schon ein wenig mehr auf ihr Äußeres. Doch nur im Rahmen ihrer Möglichkeiten, sprich, sie kramte auch mal das heraus, was in den Untiefen ihres Schranks verborgen war.

Dass sie jetzt ein Paket geliefert bekam – noch dazu so ein riesiges! –, konnte im Grunde nur in Folge einer Verwechslung passiert sein. Vorsichtig durchtrennte sie das Plastikband und die Klebestreifen, die den Pappkarton für den Transport zusammengehalten hatten. Dann hob sie den Deckel ab.

Zum Vorschein kam Seidenpapier, auf dem ein Anschreiben lag.

Liebe Paulina,
durch Zufall sind wir auf Ihren Instagram-Kanal gestoßen und haben diesen mit Interesse verfolgt. Ihre gesundheitliche Lage und die Ihnen daraus entstandenen beruflichen Folgen bedauern wir sehr. Umso mehr freuen wir uns für Sie, dass Sie dabei sind, sich neu zu orientieren, und sich bereits Chancen ergeben haben.
Wir möchten Sie gern unterstützen und haben uns deshalb erlaubt, Ihnen eine kleine Outfitauswahl für Ihre anstehenden Gespräche zu schicken. Sie haben kürzlich erwähnt, dass Sie diesbezüglich nicht schlüssig sind, wie Sie sich kleiden möchten. Wir hoffen, die beiliegenden Stücke sagen Ihnen zu und treffen Ihren Geschmack. Selbstverständlich sind diese kostenfrei. Eine Rückgabe ist nicht nötig.
Wir freuen uns, wenn wir Sie demnächst darin auf Ihrem Kanal sehen können.

Mit freundlichen Grüßen
Look-to-you Design

Sprachlos starrte sie auf das Blatt Papier. Dann nahm sie aus den Augenwinkeln wahr, wie Patrick hinter ihr herumhampelte. Er war sichtlich ebenfalls neugierig. Eilig stopfte sie den Deckel wieder auf den Karton, klemmte ihn sich unter den Arm und steuerte ihr Zimmer an. Dabei fiel ihr Blick auf den Staubsauger in der Ecke. Ein Stück weiter befand sich das Schuhregal mit ihren verdreckten Sneakers, die seit ihrem letzten Besuch an der Alster darauf warteten, geputzt zu werden. Die getrockneten kleinen Erdkrümel waren inzwischen teilweise abgefallen und bildeten einen Halbkreis um die Sohle am Boden. Morgen kommt die Putzfrau, schoss es ihr durch den Kopf und sie drehte sich um.

»Wann sagtest du, kommt deine Reinigungsfee?«

»Am späten Vormittag.«

Paulina verzog das Gesicht. Sie hatte nur wenige Stunden, um sauber zu machen.

IMMER NOCH BAFF, überflog Paulina das Schreiben zum zweiten Mal. Sie saß auf ihrem Bett, neben ihr lag der riesige Karton. Ein Unternehmen hatte ihr tatsächlich Klamotten für ihre Vorstellungsgespräche geschickt. Und das nur, weil sie auf ihrem Kanal ihre beiden vorhandenen Outfits zur Auswahl vorgestellt hatte.

Wie des Öfteren in letzter Zeit wirbelten die Gedanken nur so durch ihren Kopf.

War ihre Garderobe derart out, um nicht zu sagen schrecklich? Was für eine grauenhafte Vorstellung! Oder hatte sie den Eindruck vermittelt, hilfsbedürftig zu sein? Das wäre ja noch viel schlimmer! Das war garantiert nicht ihre Absicht gewesen. Und wie kam diese Firma überhaupt an ihre Adresse?

Sie war kürzlich mal aufgefordert worden, ihre Daten anzugeben, als sie ihren Instagram-Kanal geöffnet hatte. Aber diese Auskünfte unterlagen doch dem Datenschutz! Oder etwa nicht?

Als ihr Handy klingelte, war sie derart durcheinander, dass sie fast vor Schreck vom Bett gefallen wäre. Dann erkannte sie Mias Nummer.

»Hey, du. Wie geht's dir denn?«, rief sie aufgeregt statt einer Begrüßung in die Sprechmuschel.

»Hi, bei mir ist alles bestens. Und bei dir?«

Wie sehr Paulina die fröhliche Stimme ihrer besten Freundin doch gefehlt hatte.

»Öhm, also, gerade ist was Komisches passiert …« Und noch ehe Mia ihre Abenteuergeschichten aus ›Oh, wie schön ist Panama‹ berichten konnte, sprudelten aus Paulina die neusten Entwicklungen ihres Internet-Daseins hervor.

»Du besitzt einen eigenen Instagram-Kanal?«, war Mias erste Frage, nachdem Paulina schließlich geendet hatte.

»Hatte ich dir das noch nicht erzählt?«

»Ähm, nein.«

»Okay, dann weißt du es jetzt.«

»Phu! Wow! Das hätte ich dir nicht zugetraut.«

»Warum? Wie meinst du das?« Paulina schielte auf das Telefon.

»Na ja, du bist üblicherweise mehr der Typus, der sich im Hintergrund wohler fühlt. Oder warum sonst hast du über Jahre hinweg im Hinterkämmerchen deine Konditorinnenfreuden ausgelebt? Aber hey. Ich finde es klasse, dass du jetzt neue Wege gehst! Dich was traust und sogar zur Influencerin mutiert bist. Das ist echt irre«, kreischte ihre Freundin.

Während Paulina das Handy unwillkürlich etwas vom Ohr weghielt, um nicht einen Hörsturz zu erleiden, fragte sie sich, ob Mias Aussage ein Kompliment gewesen sein sollte. Es hatte so geklungen, aber irgendwie auch nicht.

Sie wollte nachhaken, fand aber anderes wichtiger.

»Ich bin doch keine Influencerin«, stellte sie richtig.

»O-kay«, meinte ihre Freundin gedehnt. »Aber wenn du nur ein kleines Licht am Instagram-Himmel bist, warum bekommst du dann von einem Modemacher Klamotten geschickt?«

Das war eine interessante Frage. »Das weiß ich auch nicht.«

»Wie viele schauen denn deinen Kanal? Das muss sich doch für die lohnen.«

»Ich hab schon länger nicht auf die Zahlen geschaut. Mir geht's mehr um den persönlichen Kontakt.«

»Aha. Das passt zu dir.« Mia klang amüsiert.

»Dann glaubst du nicht, dass die einfach nur Mitleid mit mir haben wegen meiner faden Sachen?«, brachte sie ihre Überlegungen von vorhin zum Ausdruck. Doch in dem Moment, als sie es laut aussprach, war ihr selbst klar, wie unwahrscheinlich das war.

Prompt brach Mia in Gelächter aus, was Paulina störte. »Du wieder! Die wollen, dass du für sie Werbung machst. Deshalb schicken sie dir ihre Kleidungsstücke. Ich würde an deiner Stelle mal prüfen, wie viele Follower du hast. Es müssen mehrere tausende sein.«

Paulina konnte sich das nicht vorstellen, war aber auf keine weiteren Diskussionen aus. Sie hatte schon genug enthüllt, mit dem Ergebnis, dass sie sich plötzlich etwas dumm und naiv fühlte. Außerdem kam es ihr vor, als stochere Mia in ihrer Privatsphäre herum. Was wirklich dumm war! Schließlich handelte es sich um einen öffentlichen Kanal, über den sie sprachen, und Mia war ihre beste Freundin, die wahrscheinlich alles von ihr wusste – immerhin kannten sie sich seit Ewigkeiten und wohnten seit Jahren zusammen.

Also wechselte sie das Thema und hörte sich ebenso interessiert wie geduldig Mias Erlebnisse aus der sonnigen Ferne an.

Als sie eine halbe Stunde später das Telefonat beendete, schwebten ihre Finger über dem Handydisplay. Hatte sie in den vergangenen Tagen die App zu ihrem Kanal sozusagen blind aufgerufen, war ihr jetzt auf einmal mulmig.

Was würde sie sehen, wenn sie einen genauen Blick auf ihre Followerzahlen warf?

Mit zusammengekniffenen Augen tippte sie auf ›Öffnen‹. Blinzelnd drehte sie den Kopf zur Seite, um nicht hinschauen zu müssen. Was erwartete sie?

Paulina war sich nicht sicher, auf welches Ergebnis sie mehr hoffte. Würden ihr tatsächlich viele folgen, bedeutete das Erfolg. Gleichzeitig aber auch, dass viele sie dabei beobachteten, wie sie sich ›zum Affen‹ machte, wie sie es spaßhalber für sich benannte.

Zögerlich schielte sie auf den kleinen Bildschirm in ihrer Hand. Ihre Pupillen versuchten, die Anzahl zu entziffern. Es gelang ihr nicht. Die Zahl, die sie erfasste, konnte nicht stimmen. Der Augenblick der Wahrheit war gekommen.

Notgedrungen schaute sie genauer hin und fiel fast in Ohnmacht. Mia sollte recht behalten. Eine horrende Anzahl stach ihr gestochen scharf entgegen. Gut zwanzigtausend Leute hatten ihren Kanal abonniert. Das war doch unmöglich! Wann war das geschehen? So lange trieb sie sich in den sozialen Medien doch noch gar nicht herum.

Wieder sah sie auf ihren Account, aber an der Summe änderte sich nichts.

Paulina blieb im wahrsten Sinne des Wortes die Spucke weg. So viele Leute fanden die Erzählungen aus ihrem Leben spannend?

Sie überflog die neusten Kommentare.

Von ihrer Natürlichkeit war die Rede, man könne sich mit ihr identifizieren.

War das gut? Oder eher schlecht? Ihre Hände begannen zu zittern, das Mobiltelefon glitt ihr aus den

Fingern und landete neben dem Paket auf ihrem Bett. Paulinas Blick blieb an dem Karton haften.

Nun ja, sie war es dieser Firma immerhin wert, dass sie ihr Sachen schenkte. Das war doch mal was.

In ihrem Leben hatte sie schon an so manchen Gewinnspielen teilgenommen, doch nie etwas gewonnen. Jetzt bekam sie Geschenke frei Haus. Das war echt … irre!

Sie sollte endlich nachschauen, was man ihr eigentlich geschickt hatte. Aber sie konnte sich nicht überwinden. Stattdessen saß sie reglos da. Sie musste das alles erst mal verarbeiten.

Sie war über Nacht zur Influencerin geworden. Dabei war das gar nicht ihre Absicht gewesen! Sie hatte einfach nur auf unkonventionelle Weise ein paar Kontakte knüpfen wollen. Und jetzt … Während andere wahrscheinlich zielstrebig und mit viel Ehrgeiz versuchten, einen gewinnbringenden Blog aufzubauen, war sie nebenbei dazu gekommen, ähnlich wie die Jungfrau zum Kind. Es war unfassbar!

Eine ins Schloss fallende Tür riss sie aus ihrer Versteinerung. *Patrick!*, waberte es durch ihre Gedanken. Sie sollte ihm die Neuigkeit mitteilen. Ihre Erfolgsgeschichte hatte schließlich mit dem ersten Video begonnen. An dem er – in mehrfacher Hinsicht – nicht unbeteiligt gewesen war! Paulina erhob sich wie in Trance und schaute halbherzig in den Flur. Er war verwaist, so wie die restliche Wohnung.

Sie atmete auf. Wenn er nicht da war, konnte sie kaum mit ihm reden. Sie hatte eine weitere Galgenfrist bekommen!

Draußen wirbelten nach wie vor die Flocken. Es musste windig sein, so wie sie umherstoben, dachte sie, während sie durch das Balkonfenster in das Halbdunkel starrte. Der Anblick reflektierte ihr aktuelles Inneres.

Dann sah sie ihr Spiegelbild in der leicht verschmutzten Scheibe. *Die Putzfrau!*, fiel ihr siedend heiß ein, und plötzlich wusste sie, was sie tun würde.

Es war kurz vor Mitternacht, als Paulina ausgepowert und verschwitzt aufs Sofa sank. So viele Stunden am Stück hatte sie noch nie damit verbracht, zu putzen und zu wienern. Dafür glänzte jetzt alles. Die Küchenzeile blinkte und selbst die Edelstahlteile waren fleckenfrei. Nirgendwo war ein Krümel Staub zu finden, der Boden sah wie geleckt aus. Sogar die Fenster hatte sie poliert. Sie konnte nur hoffen, dass sie auch streifenfrei geworden waren. In der nächtlichen Dunkelheit war das nicht so gut zu erkennen gewesen.

Ja, Paulina war regelrecht zum Putzteufel mutiert. Einmal angefangen, hatte sie sich nicht mehr bremsen können. Endlich hatte sie eine Aufgabe gefunden, die sie am Nachdenken gehindert hatte. Zumindest größtenteils. Zwischendurch waren ihr schon stichpunktartige Fetzen durch den Kopf gegangen. Aber dank der körperlichen Betätigung konnte sie die meist schnell verscheuchen und je sauberer alles wurde, desto klarer wurde gefühlt auch ihre Sicht auf die Dinge.

Was machte es schon, wenn so viele Menschen an dem, was sie mitzuteilen hatte, interessiert waren? Für sie bedeutete das eigentlich kein Unterschied. Und was das Kleiderpaket betraf, so hatte dieses Modelabel auf Eigeninitiative gehandelt. Sie baten lediglich freundlich darum, ob sie die Klamotten bei ihrem nächsten Video zeigen würde. Wenn sie ihr gefielen, wollte sie ihnen den

Gefallen tun. Dazu musste sie sich die Teile aber erst mal ansehen. Doch das hatte Zeit bis morgen.

Gähnend schob sich Paulina ein paar lose Haarsträhnen hinters Ohr, die sich aus dem Pferdeschwanz gelöst hatten. Für heute hatte sie genug getan. Sie wollte nur noch fix unter die Dusche springen und dann das Licht ausmachen.

Wo Patrick den ganzen Abend und die halbe Nacht wohl steckte? Für ihre Putzaktion war es ihr jedenfalls mehr als recht gewesen, dass er mit Abwesenheit geglänzt hatte. Trotzdem fragte sie sich, wo er sich so rumtrieb. Hatte er vielleicht ein Date? Die Vorstellung löste ein beklemmendes Gefühl in ihr aus.

Sie schüttelte sich und schlurfte ins Bad. Doch als der Wasserstrahl in der Kabine auf sie niederprasselte, erinnerte sie sich unwillkürlich an Patricks Adoniskörper, den sie an ihrem ersten Morgen seines Auftauchens hatte bewundern dürfen. Er war genau hier gestanden …

Seufzend schloss sie die Augen. Nein, es lag nicht daran, dass sie ihn so unglaublich sexy fand oder etwas für ihn empfinden würde. Es war einfach schon zu lange her, dass sie sich mit jemandem verabredet hatte. Sie würde das ändern! Dann verschwanden diese Gedanken an Patrick sicherlich wie von selbst.

Paulina schlief wohlverdient den Schlaf der Gerechten, nachdem sie bis in die Puppen geschrubbt hatte. Erst die Türglocke weckte sie am späten Vormittag. Murrend rollte sie zur Seite und zog sich die Bettdecke über die Ohren. Leider hörte das Klingeln nicht auf. Erschöpft schlug sie die Augen auf und fragte sich, warum ihr Mitbewohner diesen Lärm nicht beendete.

Die Antwort war leicht. Er war nicht da! Das stellte sie

wenige Minuten später fest, als sie in ihrem Bademantel dem Störenfried öffnete und einer stämmigen Frau, geschätzt in den Fünfzigern, gegenüberstand.

»Guten Tag!«, sagte die mit Nachdruck in der Stimme. »Sie brauchen also eine Putzfrau.« Während Paulina müde blinzelte, wanderte der prüfende Blick der Unbekannten an ihr herab. »Na, das glaube ich gern«, murmelte die Dame, als sie mit ihrer Bestandsaufnahme fertig war.

Unwillkürlich schielte Paulina an sich herab. Der lila Bademantel hatte sicherlich schon bessere Tage gehabt. Sie besaß ihn seit Jahren und trug ihn nur selten, weshalb sie ihn nach wie vor für tauglich befand. Aber in Kombination mit Paulinas zerknittertem Gesichtsausdruck, musste sie darin im Auge ihrer Betrachterin wohl ziemlich schäbig wirken. Das sagte ihr zumindest der abschätzige Blick der Frau.

Diese steckte in einer ordentlichen blauen Jeans, über die sie einen hellgrauen Kurzmantel trug, der mit einem passenden breiten Gürtel in Form gerückt war. Der leicht wellige Kurzhaarschnitt der Dame saß so perfekt, dass vermutlich kein Härchen sich erlauben würde querzuschießen, selbst wenn es noch so stürmte oder schneite.

Prompt wanderten Paulinas Hände zu ihrer eigenen Mähne. Wie befürchtet, erfühlte sie das übliche Durcheinander, das sie jeden Morgen nach dem Aufstehen erwartete. Sie musste auf der rechten Seite geschlafen haben, da ihr Haar dort plattgedrückt war. Links dagegen schienen sich alle Strähnen, die ihr Kopf zu bieten hatte, aufgeplustert zu haben. Eine Frisur konnte man das nur schwerlich nennen.

»Hm, es ist bereits zehn Uhr dreißig. Haben Sie vergessen, dass ich komme?«, sagte ihr Gegenüber und hob einen Stoffbeutel an, aus dem so etwas wie ein Staubwedel herausragte. Obwohl es sich nur um eine unscheinbare Jutetasche handelte, hatte Paulina das Gefühl, als hätte die Frau ihre Waffe gezückt.

Endlich fiel bei Paulina der Groschen!

Das war Patricks Putzfrau, die da vor ihr stand. Sie wollte Einlass in ihre Wohnung, um in ihrer Privatsphäre herumzuramschen. Dem ersten Eindruck nach zu urteilen, würde sich die Dame nicht zurückhalten und sie garantiert mit Ratschlägen wie Vorhaltungen bombardieren. Oh nein! Nur über ihre Leiche! Sie musste das verhindern, um jeden Preis.

Also warf sie noch einen Blick auf die Putzfee und beglückwünschte sich dafür, dass sie die Putzarbeiten letzte Nacht selbst erledigt hatte.

»Ach ja. Einen Moment, bitte«, hauchte sie und erntete eine streng gerunzelte Stirn dafür. Unbeeindruckt ließ Paulina sie stehen und eilte zu ihrer Handtasche. Schnell zog sie ein paar Scheine hervor, bevor sie der Frau erneut gegenübertrat.

»Hier. Das ist für Sie«, sagte sie und drückte ihr das Geld in die Hand.

Überrumpelt schlossen sich die Finger der Frau darum.

»Aber … ich hab doch noch gar nicht –«

»Doch, doch. Sie haben wunderbare Arbeit geleistet«, unterbrach Paulina sie heftig nickend. »Vielen Dank! Ich wünsche Ihnen noch einen schönen Tag.«

»Aber … Was?!«, hörte sie den wiederholten Einwand, da schlug Paulina ihr jedoch schon die Tür vor der Nase zu. Aus dem Blickwinkel nahm sie nur noch wahr, wie Frau Riedel ins Treppenhaus trat.

Während Paulina sich erst mal gegen das Türblatt lehnte und tief durchatmete, hörte sie die Nachbarin mit der perplexen Putzfrau reden. Sollten sie doch! *Ist der Ruf erst ruiniert, lebt es sich ganz ungeniert!*, dachte sie und schnappte nach Luft. Ihr Blutdruck war vermutlich in schwindelerregende Höhen geschossen, was sicherlich nicht gesund war. So von null auf hundert, kurz nach dem Aufstehen. Immerhin war sie jetzt wach!

Sie stieß sich ab und spazierte ins Wohnzimmer. Helligkeit durchflutete den Raum. Alles strahlte, obwohl die Sonne kaum die Wolkendecke am Himmel durchdrang. Die Scheiben waren streifenfrei sauber! Paulina drehte sich zufrieden einmal um die eigene Achse. Sie hatte sich wirklich selbst übertroffen! Ihre Aussage gegenüber der Putzfrau stimmte also insofern durchaus, dass sie etwas vollbracht hatte. Allein die Aussicht, dass jemand Fremdes ihren Dreck wegräumen sollte, hatte sie zu dieser Meisterleistung veranlasst. Wie viel hatte sie der Frau eigentlich bezahlt? Egal, nur das Ergebnis zählte!

Alles roch frisch nach Zitrone, dann musste sie niesen.

»Wow! Da hat sich jemand aber richtig ins Zeug gelegt«, rief Patrick und schaute sich in der Wohnung um.

»Allerdings. Toll, nicht wahr?«, antwortete Paulina und klang selbstzufrieden.

Natürlich, sie hatte ihren Willen bekommen. Wer letztlich sauber machte, war schließlich nicht wichtig.

Aber auch er selbst verspürte einen Hauch von Stolz. Was für eine Perle er da gefunden hatte! Das musste ihm erst mal jemand nachmachen.

»Die Frau ist ja der Hammer! Das hat sie alles in …«, er warf einen Blick auf seine Armbanduhr, »… knapp drei Stunden geleistet?«

»Hm, so kann man das eigentlich nicht sagen«, murmelte Paulina, die am Sofa lümmelte.

»Das Ergebnis spricht doch für sich. Wie lange war sie denn da?«

»Vielleicht fünf Minuten?«

Er trat auf Paulina zu. »Wie meinst du das? Sowas schafft man doch nicht im Vorbeigehen.«

»Hat sie auch nicht. Das war ich.« Sie nuschelte so leise, dass er sie kaum hörte.

Misstrauisch beäugte er sie. »Wie bitte? Ich hab verstanden, dass DU das alles sauber gemacht hast. Aber das ergibt keinen Sinn …«

Statt einer Antwort bekam er von Paulina ein trötendes Schnäuzgeräusch zu hören.

»Bist du krank?«

»Quatsch, ich hab mich höchstens gestern Nacht beim Fensterputzen etwas verkühlt.« Sie steckte ihr Taschentuch in die Strickjacke, die sie trug, und schaute zu ihm auf.

Ein Glanz lag auf ihren Pupillen, der ihm kurzzeitig den Atem raubte. Es war nicht das erste Mal, dass das passierte, und war der Grund, weshalb er sich etwas rargemacht hatte … Dann drang ihre Satzaussage zu ihm durch.

»Du hast was gemacht? Fenster geputzt???«

Paulina erhob sich und drängte sich an ihm vorbei. »Ja, sie hatten es nötig.«

Perplex schaute er ihr nach. »Moment. Du putzt die Scheiben und nicht nur das. Du hast auch alles andere hier auf Hochglanz gebracht?« Er vollführte eine allumfassende Handbewegung. »Und das, obwohl ich dir gesagt habe, dass ich für heute extra jemanden dafür engagiert habe?« Er war fassungslos.

Sie drehte sich zu ihm um. »Das stimmt. Aber so, wie du das sagst, klingt es irgendwie verrückt.«

»Ist es das nicht?«

»Na ja, vielleicht ein bisschen«, räumte sie ein und ihr Gesichtsausdruck nahm grüblerische Züge an.

»Schön, dass wir uns da halbwegs einig sind. Warum um alles in der Welt, hast du das getan?«

»Ich kann doch nicht jemanden in meine verdreckte Wohnung lassen.«

»Also erstens: So dreckig war sie gar nicht. Und zweitens ist das doch die Aufgabe einer Putzfrau.«

»Das weiß ich. Trotzdem … Die Vorstellung … So bin ich einfach nicht erzogen worden.«

»Und was hast du ihr dann gesagt, als sie heute vor der Tür stand? Sie ist doch gekommen, oder?«

»Hm, sie war pünktlich um halb elf da. Ich habe ihr geöffnet, ihr selbstverständlich ihren Lohn in die Hand gedrückt und mich für die Arbeit bedankt.« Paulina zuckte mit den Schultern.

»Das glaube ich nicht.« Patrick schüttelte den Kopf, musste aber unwillentlich grinsen. »Du bist wirklich eine Nummer für sich.«

Ihre Mundwinkel begannen ebenfalls zu zucken. »Tja, ich hab's auch nicht immer leicht mit mir«, gebrauchte sie lachend seine Worte von neulich.

Es war die verrückteste Erklärung, die er je gehört hatte. Flüchtig schoss ihm Natascha durch den Kopf, die ohne mit der Wimper zu zucken ihre Putzfrau herumkommandiert hatte. Wieder stellte er fest, dass Paulina aus komplett anderem Holz geschnitzt war, was ihm sehr sympathisch war. Er selbst war in einfachen Verhältnissen aufgewachsen, aber während seines Aufenthalts in Amerika schien er sich verändert zu haben, das wurde ihm plötzlich klar.

Mit dem Erfolg kam das Geld, und sein Faible für schöne Frauen trieb ihn in die glamouröse Modelwelt. Irgendwann in dieser Zeit war er offenbar anspruchsvoll sowie überheblich geworden. Das Wort ›Snob‹ blinkte in Großbuchstaben jäh in seinem Kopf auf. Unwillkürlich schüttelte er ihn. Nein! Wenn er sich auch dahingehend entwickelt haben mochte, wollte er so nicht sein!

Sein entrückter Blick wurde wieder klar und fixierte Paulina. Sie war bodenständig und besaß Wertvorstellungen. Das gefiel ihm. Obendrein übte sie eine fast magische Anziehungskraft auf ihn aus, so wie sie dastand und über sich selbst lachte. Das war eine schätzenswerte Gabe.

Ihre Wangen hatten eine rosige Farbe angenommen, und es kam ihm vor, als würden ihre winterbedingten schwach ausgeprägten Sommersprossen fröhlich auf und ab hüpfen. Dazu die freche Stupsnase, die das perfekte Pendant zu ihrer Lockenpracht bildete. Nicht zu vergessen, diese grünen Augen, die vor Lachen bereits tränten und damit wie ein tiefschimmernder See wirkten.

Ohne zu merken, wie es geschehen war, stand er auf einmal vor ihr, hob die Hand und fuhr ihr sanft mit dem Daumen über den Wangenknochen. Dunkel fragte er sich, wie es wäre, sie zu küssen. Und dann tat er es einfach.

Kurz bevor sich ihre Lippen trafen, wurde Paulina still. Schon bei seiner ersten leichten Berührung begann ihr Köper zu kribbeln. Als sein Finger über ihre Züge strich, hinterließ er eine heiße Spur, die sie bis in ihre Eingeweide spürte. Ihre Hormone vollführten einen Freudentanz. Ihr Verstand aber gebot ihr Einhalt.

Er war ein Frauentyp und ihr Mitbewohner! Sie bedeutete ihm nichts. Dass er sie früher oder später küssen wollen würde, lag vermutlich in seiner Natur. Sie wollte kein Betthäschen sein, mit dem er sich vergnügte, solange es ihm gefiel. Nur um eines Morgens aufzuwachen und festzustellen, dass er so schnell verschwunden war, wie er aufgetaucht war.

Der Duft seines Aftershaves kroch ihr in die Nase und vernebelte ihr die Sinne. Sie unterdrückte ein leises Seufzen. Sie wollte ihm ausweichen und sich in Sicherheit bringen, aber der Ausdruck in seinen Augen ließ sie dahinschmelzen. Er neigte den Kopf und sie erhaschte einen letzten Blick in ein flüchtiges – siegesgewisses? – Lächeln. Dann fühlte sie seinen Mund auf ihrem. Seine Lippen waren überraschend weich und überhaupt nicht fordernd. Es glich fast mehr einem flüchtigen Kontakt und in ihr begehrte etwas auf. Paulinas Vorbehalte waren passé. Sie hatte ganz vergessen, wie wunderbar sich das anfühlte.

Noch ehe sie sich bewusst war, was sie tat, übernahm sie die Führung. Ihre Arme schlangen sich um ihn, während sie ihren Mund öffnete und ihm Einlass gewährte. Ohne zu zögern, kam er ihrer Aufforderung nach, zog sie fester an sich und ließ seine Zunge dabei weder vorpreschen, noch schüchtern zu ihrer gleiten. Das Aufeinandertreffen war wie ein kleiner elektrischer Schlag, der ein loderndes Feuer in ihr entfachte, das sich weiter in ihr ausbreitete, als der Kuss heftiger wurde und ihre Zungen einen wilden Tanz begannen. Sie krallte ihre Finger in seinen muskulösen Rücken und wollte das Gefühl festhalten. Sie vergaß, zu atmen, und kostete jede Sekunde dieses Zungenspiels aus. Erst als ihre Lungen brannten, löste sie sich von ihm, um widerwillig nach Luft zu ringen.

Allmählich kam sie wieder zu Verstand. Auch Patrick schnaufte schwer, bemerkte sie.

Paulina sah in sein wunderbares Gesicht und blieb an seinen Lippen hängen. Es hätten Minuten als auch Stunden gewesen sein können, als sie diese auf ihren gespürt hatte. Der Kuss hatte ihr jegliches Zeitgefühl geraubt und doch wollte sie mehr davon. Erging es ihm ebenso? Sie suchte seine Augen.

Als sie sie fand, lag darin ein unergründlicher Ausdruck, den sie nicht deuten konnte. Plötzlich wusste sie nicht mehr, wohin sie schauen sollte, und guckte schnell zu Boden.

Einerseits war Patrick froh, dass Paulina von ihm Abstand genommen hatte, bevor sie bemerken konnte, wie sehr sein Körper auf sie reagierte. Darüber war er selbst überrascht. Natürlich war mit seiner ›Männlichkeit‹ alles in Ordnung! Aber dass ein einzelner Kuss eine derartige Wirkung in ihm auslöste, war ihm so noch nicht untergekommen. Weshalb er es andererseits auch mehr als bedauerte. Wenn es eine Bestätigung brauchte, dass er kein Märchenprinz war, dann hatte er diese gerade bekommen. Er war ein Mann, der mehr als keusche Küsse austauschen wollte! Zumindest signalisierten ihm das seine Hormone …

Er musste aufhören, mit seiner Hose zu denken!, sagte er sich wiederholt und sein Blick traf Paulinas. Hatte sich zwischen ihnen etwas verändert? Ihr Zusammenleben hatte sich relativ gut entwickelt. Er hoffte, dass er das mit seiner Kurzschlusshandlung nicht zerstört hatte.

Prompt schaute sie weg, und in seinem Hals bildete sich ein Kloß.

»Tut mir leid. Das hätte nicht passieren dürfen«, brachte er dennoch rau hervor.

Von unten herauf guckte sie ihn an.

»Du entschuldigst dich?« In Zeitlupentempo hob Paulina den Kopf. »Wofür? Für diesen lächerlichen Kuss? Ist ja nicht so, als wäre der besonders gewesen.«

Das war eine glatte Lüge! Es war der beste, den sie je bekommen hatte. Der perfekte Kuss! In ihr vibrierte immer noch alles. Sie schwebte gefühlt einen Zentimeter über dem Boden.

Zum Glück sah er das aber nicht. Im Gegenteil. Er bat sie um Verzeihung! Offenbar hatte das, was zwischen ihnen geschehen war, nicht im Ansatz die gleiche Wirkung auf ihn wie auf sie. Als ihr das bewusst wurde, landete sie unsanft auf dem Boden der Tatsachen.

Patrick glaubte, sich verhört zu haben. War das wirklich ihre ehrliche Meinung? Paulinas Worte fühlten sich an wie ein Tritt in den Magen.

»Gut, dann hätten wir das ja geklärt«, stellte er monoton fest.

»Was?«

»Na, dass nicht das Geringste zwischen uns knistert.«

»Knistert? Nein, keine Spur.« Sie lachte scheps auf. »Außerdem ging es dir doch sowieso nur um Sex. Das brauchst du erst gar nicht leugnen.« Sie spießte ihn mit ihrem Blick geradezu auf.

Patricks Brauen schossen in die Höhe. Das stimmte doch gar nicht! Andererseits hatte sein Körper durchaus eine andere Sprache gesprochen. Aber da sie es erwähnte, lieferte sie ihm die ideale Ausrede. Lieber stand er als Weiberheld da, als gefühlsduselig zu werden!

»Mag sein«, räumte er deshalb ein. Dann überlegte er sich, warum er eigentlich die ganze Verantwortung allein übernehmen sollte. Es war ja schließlich nicht so gewesen, als hätte er sie zu diesem Kuss gedrängt. Er hatte zwar den Anfang gemacht, doch es war Paulina gewesen, die Fahrt in die Sache gebracht hatte.

»Du hast vollkommen recht. Zwischen uns beiden geht es rein nur um Sex«, stellte er klar und beobachtete ihre Reaktion genau.

»Was???« Paulinas Kiefer fiel nach unten und Patrick unterdrückte ein Grinsen.

Na bitte, ging doch. Ihre hohle Anmerkung hatte sich für sie zu einem Eigentor entwickelt. Er war gespannt, wie sie sich da wieder herauswinden wollte.

»Das tut es absolut nicht!«, krähte sie und rang sichtlich um Beherrschung. Hatte er etwa einen Nerv getroffen und sie der Kuss doch nicht so kaltgelassen, wie sie behauptete?

»Ach nein?«

»Nein! Wir wohnen miteinander in einer WG. Da steht Sex überhaupt nicht zur Debatte. Der verkompliziert doch alles nur.«

»Aha. Und worum geht's dann?«, fragte er süffisant.

»Um Freundschaft?«

»Freundschaft? Ich weiß nicht. Mögen wir einander überhaupt?«

Empört fuchtelte sie mit den Händen. »Na ja, immerhin offenbar so viel, dass du mich geküsst hast.«

»Womit wir wieder beim Sex wären —«

»Pha!!!« Ihre Augen traten leicht hervor. Ihr süßer Mund öffnete sich und schloss sich wieder. Dann machte sie auf dem Absatz kehrt und stolzierte davon.

13

Völlig verwirrt sank Paulina auf ihr Bett. Sie hatte keine Ahnung, worüber sie eben gesprochen hatten! Irgendwann hatte sie den Faden verloren. Hatte sie etwa gerade Sex mit Patrick zugestimmt? Nein, hatte sie nicht. Was für ein unmoralisches Angebot! Aber sie hatte ihm Kontra gegeben! Nur, glücklich fühlte sie sich trotzdem nicht.

Sie musste den Schlagabtausch noch einmal gedanklich Revue passieren lassen. Doch sie spürte noch immer die Nachwirkungen dieses unglaublichen Kusses, was ihr das Denken ziemlich schwer machte.

Er hatte behauptet, dass sich zwischen ihnen ALLES um Sex drehte. Wie kam er darauf? Tat es das wirklich?

Nun, ihre Bekanntschaft hatte damit begonnen, dass Patrick nackt hinter ihr vorbeigeflitzt war … Als Nächstes fiel ihr ›das große Plätzchenbacken‹ ein. Aber dass sie hierbei geradezu in eine Backorgie verfallen war, hatte abgesehen von dem Begriff ›Orgie‹ nicht viel mit Sex zu tun gehabt. Auch wenn das Gefühl, Teig zu kneten, eine unglaubliche Befriedigung in ihr ausgelöst hatte.

Die Erinnerungsfetzen purzelten wild durcheinander.

So hatte das keinen Sinn! Sie wollte nicht mehr nachdenken. Also schnappte sie sich den Karton von Look-to-you Design und besah sich endlich die zugeschickten Klamotten.

Sie zog einen dunkelgrünen kurzärmligen Jumpsuit mit Knopfleiste hervor. Es folgte eine dunkelblaue weite Hose, wie sie derzeit in Mode gekommen war. Passend dazu lag ein enggeschnittenes Langarmshirt in Wickeloptik und herzförmigem Ausschnitt in Hellblau bei. Ganz unten lag noch ein dunkelrotes Strickkleid mit ausgestelltem Rock.

Wow! Das sollte alles ihr gehören? Fast ehrfürchtig drapierte Paulina ein Stück neben das andere. Dann zückte sie ihr Handy und startete eine Aufnahme.

»Hi! Paulina hier. In wenigen Tagen ist es so weit und ich habe mein erstes Vorstellungsgespräch. Ich hatte euch hierzu zwei Outfits gezeigt und um eure Entscheidungshilfe gebeten. Ihr erinnert euch?

Stellt euch meine Überraschung vor, als wenig später der Postbote geklingelt und mir dieses Paket von Look-to-you Design überreicht hat.

Kennt ihr die Marke? Ich bin begeistert! Seht doch mal, welche Kleidungsstücke mir jetzt zur Auswahl stehen.« Sie schwenkte die Kamera von dem Karton hinüber zu den Anziehsachen, dann drückte sie auf ›Aufnahmepause‹ und schlüpfte in den Overall. Er passte wie angegossen. Paulina war beeindruckt. Wer auch immer bei der Designerfirma die Wahl ihrer ›Geschenke‹ übernommen hatte, besaß ein gutes Auge bezüglich ihrer Konfektionsgröße, ebenso für den Stil, der Paulina stand.

Leicht übermütig drehte sie sich vor dem Spiegel hin und her, filmte sich, und streifte das nächste Ensemble

über. Nachdem sie schließlich auch noch das Kleid anpro-
biert und vorgeführt hatte, fragte sie ihre Zuschauer,
ebenso wie beim letzten Mal, nach ihrer Meinung.

GANZE ZWEI TAGE WAREN VERGANGEN, in denen Patrick
und Paulina nebeneinander her gelebt hatten, ohne großartig miteinander in Kontakt zu treten. Jedes Mal, wenn
sie sich über den Weg liefen, räumte einer von ihnen – wie
in stiller Absprache – das Feld. Dieses Arrangement war
praktikabel und doch fühlte es sich komisch für
Patrick an.

Er mochte Paulina und verfluchte sich selbst. Warum
nur hatte er sie unbedingt küssen müssen? Nicht, dass er
das grundsätzlich bereute! Seine kesse Mitbewohnerin
mochte ein Buch mit sieben Siegeln für ihn sein, doch
küssen konnte sie! Sogar heute erinnerte er sich noch klar
und deutlich, wie sie schmeckte und sich anfühlte. Das
war zugegebenermaßen nicht allzu häufig der Fall und
vermutlich war genau das sein Problem. Tief in seinen
Eingeweiden wünschte er sich nichts mehr, als es zu
wiederholen.

Allerdings war das überhaupt keine gute Idee. Man
sah ja, was dabei herauskam …

Als er sie zum ersten Mal gesehen hatte, dachte er, sie
wäre eigentümlich, hysterisch und ein wenig durchgeknallt. Aber dann hatten sie Fortschritte gemacht und
Patrick sah Licht am Ende des Tunnels. Er fing an, sich in
ihrer Gegenwart wohlzufühlen, und freute sich über
gemeinsame Essen und die Gespräche mit ihr. Hatte er in
den ersten Tagen seine Entscheidung, Mias Zimmer zu
mieten, noch bereut, war er irgendwann zu der Einsicht
gekommen, dass das Leben mit Paulina gar nicht so

schlecht war. Je besser sie sich kennengelernt hatten, desto besser harmonierten sie in ihrem Zusammenleben. Paulina war es da wohl ähnlich ergangen, zumindest hatte es den Anschein auf ihn gemacht. Bis zu diesem unsäglichen Kuss …

Dass der sie so kaltgelassen hatte, wie sie behauptet hatte, glaubte er ihr jedenfalls nicht. Sie hatte durchaus auf seine Liebkosungen reagiert. Wäre sie wie ein Brett in seinen Armen gelegen, wäre ihm das bestimmt nicht entgangen! Wie sie allerdings nun zueinander standen, konnte er nicht sagen. Er wurde einfach nicht schlau aus ihr.

Das änderte aber nichts daran, dass er sie für eine tolle Frau hielt. Eine Kämpfernatur, der das Universum in letzter Zeit leider nicht gut mitgespielt hatte. Umso mehr bewunderte er sie für ihren Ehrgeiz, auch unter den neuen Umständen alles zu meistern. Andere wären vielleicht in dumpfes Brüten verfallen und hätten mutlos die Wand angestarrt. Paulina aber suchte nach Wegen und Möglichkeiten.

Das war auch der Grund dafür gewesen, dass er auf die Idee gekommen war, eine Putzfrau zu engagieren. Er selbst war in solchen Sachen einfach nicht besonders gut und seine Mitbewohnerin forderte zu Recht ein, dass er seinen Beitrag leistete. Mit einer Putzfrau würde er also nicht nur sein Dilemma aus der Welt schaffen, sondern ihr auch Arbeitszeit abnehmen, die sie in ihre Vorbereitungen für die anstehenden Vorstellungsgespräche investieren konnte. Das zumindest war sein Plan gewesen! Wie hätte er ahnen können, dass es in Paulina das genaue Gegenteil auslösen würde?

Bei dem Gedanken daran, wie sie im wahrsten Sinn des Wortes durch die Wohnung gefegt war, stahl sich ein schiefes Lächeln auf sein Gesicht. Zu gern hätte er dabei

›Mäuschen‹ gespielt. Dass er in dieser Nacht nicht da war, war Zufall gewesen. Es hatte sich kurzfristig ein Bewerbungsgespräch in Köln ergeben, weshalb er auf Grund der Entfernung dort übernachtet hatte.

Ja, beruflich sah es bei ihm nicht schlecht aus. Er hatte inzwischen sowohl Angebote der Fernsehindustrie als auch aus der Werbebranche. Die Kontakte, die er in den vergangenen Jahren geknüpft hatte, zahlten sich jetzt aus. Demnächst stand noch ein Termin in München an, den er aber mit der Hochzeit von Elias und Annabell verbinden wollte. Da hatte er sowieso einen längeren Besuch in der Heimat eingeplant. Ein paar Tage mit seinem alten Herrn unter einem Dach zu verbringen, würde er schon aushalten. Zumindest hoffte er das.

Seit seinem Weggang nach Amerika war das Verhältnis zu seinem Vater unterkühlt. Nach dem plötzlichen Tod seiner Mutter war der Kontakt eigentlich komplett eingeschlafen. Aber vielleicht war jetzt ja auch in dieser Beziehung der Zeitpunkt eines Neuanfangs gekommen …

»Wie viel Uhr ist es?«, unterbrach Paulina seine Gedanken. Mit Elan pfiff sie um die Ecke und hüpfte dabei auf einem Bein, weil sie während des Laufens versuchte, ihre Stiefeletten anzuziehen.

Patrick, der eigentlich gerade dabei war, Obst für einen Smoothie zu schnippeln, sah auf.

»Wow!«, war alles, was er herausbrachte. Die zwei Kiwis, mit denen er bei seinen Grübeleien gespielt hatte, glitten ihm aus der Hand und hüpften aufmüpfig über die Arbeitsplatte. Paulinas Anblick raubte ihm schier den Atem.

»Du siehst fantastisch aus!«, sagte er. Und es stimmte. Sie trug ein dunkelrotes Wollkleid, dessen Farbe schon fast in Lila mündete. Das Oberteil schmiegte sich kokett an ihren Busen und die Taille, wirkte aber dennoch nicht aufdringlich. Der schwingende Rock verlieh dem Ganzen etwas verspielt Weibliches und brachte ihre wunderschönen Beine zur Geltung. Die schwarzen Stiefeletten mit dem Blockabsatz taten, jetzt da sie in beiden Schuhen steckte, ihr Übriges. Sein Blick wanderte zurück nach oben. Die Lockenpracht hatte Paulina zu einem lockeren Zopf zusammengesteckt, sodass die baumelnden Goldohrringe durch ihr rotbraunes Haar zur Geltung kamen und die Aufmerksamkeit des Betrachters auf sich zogen. Aber niemals hätte Patrick ihre strahlenden Augen übersehen können, die wie üblich nur dezent geschminkt waren.

»Danke. Aber das beantwortet meine Frage nicht. Wie spät ist es?«, sagte sie und drehte sich im Halbkreis zur Wanduhr, sodass ihr Rock leicht hin und her schwang.

Patrick verspürte eine aufkommende Hitze, wandte sich ab und sah auf die Digitalanzeige am Herd. »Es ist vierzehn Uhr siebenunddreißig«, erklärte er hochkonzentriert.

»Gut, dann habe ich noch ein paar Minuten.«

»Du hast gleich den Termin bei dem Raumausstatter?« Obwohl es wie eine Frage klang, war es keine. Patrick wusste genau, dass das heute war.

»Das hast du dir gemerkt?« Sie wandte sich ihm wieder zu und musterte ihn.

Statt zu antworten, schaute er sie aber nur an. Er konnte sich kaum von ihrem umwerfenden Anblick lösen.

»Was ist?«, fragte sie und schaute an sich hinunter. »Sehe ich so schrecklich aus? Zu feminin, oder?«

»Nein. Überhaupt nicht. Es ist nur … Ich habe dich noch nie in einem Kleid gesehen.« Eilig sammelte er seine Kiwis wieder ein. *Jetzt nur nicht das Falsche sagen!*, befahl er sich. Er war froh, dass sie endlich wieder normal miteinander redeten. Das wollte er keinesfalls kaputt machen, indem er ihr honigsüße Komplimente machte. Auch wenn er das gern würde, weil es die Wahrheit war!

»Hm. Ich trage auch selten welche«, gestand sie und strich sich den Rock glatt.

»Das solltest du ändern. Es steht dir. Du könntest die Models in L.A. jederzeit in den Schatten stellen!«

»Du kennst Models aus L.A.?«

»Ich habe sogar mit einem zusammengelebt. Hatte ich das nicht erwähnt?«

»Ähm, nein.« Ihre Lider flatterten und eine unangenehme Pause entstand.

PAULINAS NERVEN WAREN zum Zerreißen gespannt. In zwanzig Minuten musste sie los. Wie das bevorstehende Gespräch mit Herrn Weiler wohl verlaufen würde? In ihrem Kopf herrschte gähnende Leere, sie hatte keine Ahnung, was sie ihm sagen wollte. Alles, was sie sich zurechtgelegt hatte, schien wie weggeblasen.

Obendrein stand sie nun auch noch Patrick gegenüber, der sie zusätzlich verunsicherte. Sie trug so selten Kleider, dass selbst seine kleine Anspielung sie aus dem Konzept brachte. Die Frau, die ihr vor wenigen Minuten im Spiegel entgegengeschaut hatte, konnte sich zwar sehen lassen, aber sie kannte sie nicht. Und wenn sie sich in ihren Klamotten nicht wohlfühlte, wirkte sich das auf ihr Verhalten aus. Das wusste sie aus Erfahrung. Weshalb sie am liebsten in Jeans und Shirt rumlief, aber darin würde sie bei dem anstehenden Termin ebenfalls nicht entspannt auftreten können. Weil es nicht passend war für diesen Anlass! Selbst Patricks Kompliment, sie könne es mit einem Model aufnehmen, half ihr nicht weiter, und dass er sie mit so einem ganz speziellen Blick bedachte, ebenso wenig. Ihre Knie wurden weich und sosehr sie sich auch dagegen wehrte, sie schmeckte gedanklich seine Lippen. Nur allmählich sickerte die Neuigkeit zu ihr durch, dass er mit einem Model liiert gewesen war …

In den vergangenen zwei Tagen hatte sie sich wie in einem Kokon eingeigelt, nur um nicht über ihn nachdenken zu müssen. Sie hatte sich auf ihren Blog konzentriert, Videos verfasst, Entwürfe abgespeichert und mit einigen Leuten hin und her geschrieben. Als sie drohte in den Leerlauf zu kommen, hatte sie begonnen, Fotos von ihren besten Kreationen während ihrer Kontitorinnenlaufbahn herauszusuchen und die Rezepte dazu aufzuschreiben. Sie hatte sich überlegt, auch darüber demnächst einige Beiträge zu bringen. Ihre Live-Aufnahme vom Plätzchenbacken war schließlich gut angekommen und das nicht nur, weil daraufhin viele ihr Mitgefühl bezüglich des Bäckerasthmas bekundet hatten.

Dann hatte sich Marek gemeldet, der ihren Kanal offenbar abonniert hatte. Er hatte schwer beeindruckt geklungen von ihrem neuen Talent als Influencerin. Obwohl sich Paulina geschmeichelt gefühlt hatte, war ihre Reaktion verhalten ausgefallen.

Mit der Bezeichnung ›Influencerin‹ konnte sie sich noch immer nicht richtig identifizieren und was das ›Talent‹ betraf, diesbezüglich war sie ohnehin am Zweifeln. Was machte sie denn schon? Sie nahm ein paar Filmchen auf und gab sich nicht anders, als sie war.

»Machst du Witze?«, hatte Marek gesagt, als sie ihm genau das erklärt hatte. »Du bist ein echtes Naturtalent. Es macht richtig Spaß, dir zuzuschauen. Du kommst absolut sympathisch rüber. Man hat sofort das Gefühl, als würde man dich schon ewig kennen.«

»Das tust du ja auch seit Jahren«, hatte sie eingeworfen und Marek damit zum Lachen gebracht.

»Das stimmt. Aber ich spreche auch nicht nur von mir. Meine Freunde und Kolleginnen haben mir das erzählt. Ich gebe die Rückmeldung hiermit nur weiter.«

»Du bist demnach nur der Bote?«, hatte Paulina wenig überzeugt geknurrt.

»Jap. Also erschieß mich nicht!«

»Du meinst, weil du scheinbar jedem meinen Kanal zeigst, um zu verkünden, dass du mich persönlich kennst?«, hatte sie geschlussfolgert.

»So ungefähr. Aber sieh mal, das ist doch ein dickes Kompliment. Oder glaubst du, ich würde zugeben, dass wir befreundet sind, wenn ich mich für dich schämen müsste?«

Das war ein stichhaltiges Argument gewesen.

»Übrigens rufe ich genau deshalb auch an. Weil wir befreundet sind. Ich komme über die Weihnachtstage nach Hause und würde mich gern mit dir treffen.«

»Oh. Warum?«, hatte Paulina überrascht geantwortet und war sich im gleichen Moment bewusst geworden, wie blöd sich ihre Nachfrage hatte anhören müssen.

Marek hatte erneut gelacht. »Du hast dich nicht verändert, Paulina«, hatte er festgestellt, woraufhin sie sich gefragt hatte, ob das nun gut oder schlecht war. »Ich habe einfach an einen netten Abend gedacht. Ein bisschen was essen und quatschen.«

Sie hatte vage zugesagt, war sich aber auch im Nachhinein nicht sicher, ob er sie somit zu einem Date eingeladen hatte …

Mia, mit der sie ebenfalls ausführlich telefoniert hatte, war durchaus dieser Meinung, was Paulina wiederum ein flaues Gefühl in der Magengegend bereitet hatte. Weshalb sie dann ebenso schnell das Thema gewechselt hatte.

Wenn sich ihre beste Freundin erst mal an der Vorstellung einer entstehenden Romanze festgebissen hatte, konnte sie schwer erträglich werden. Aber glücklicherweise hatte Mia selbst eine neue Liebe gefunden, von der sie Paulina nur allzu gern berichten wollte. Die Liebe zu Kindern. Neben ihrer Arbeit in Panama hatte sie ein SOS Kinderdorf besucht und ihr Herz an die kleinen Racker dort vor Ort verloren. Deshalb verbrachte sie nun jede ihrer wertvollen Minuten an Freizeit in besagtem Camp.

»Und was sagt Jan dazu?«, hatte Paulina wissen wollen.

»Der ist genauso hin und weg von den Kids wie ich. Du müsstest ihn mal sehen, wie toll er mit den Kleinen umgehen kann. Er wird bestimmt mal ein großartiger Vater«, hatte ihre Freundin daraufhin geschwärmt und Paulinas Magendrücken damit verstärkt.

In ihren Ohren klang das sehr nach baldiger Familienplanung. Sie kannte ihre Freundin lange genug, um sich ausmalen zu können, wie schmerzlich die ihre neu entdeckte Kinderliebe vermissen würde, sobald sie in einigen Monaten wieder zurück in ihrem wahren Alltagsleben hierin Hamburg war.

Da Paulina dieser Ausblick ebenso wenig beflügelt hatte – immerhin betrafen Mias Zukunftspläne auch ihr Zusammenleben –, hatte sie sich lieber erneut in ihre virtuelle Welt zurückgezogen. Dahin, wo die Leute nette Kommentare hinterließen, und sie einfach sie selbst sein konnte, ohne sich mit den äußeren Einflüssen auf ihr Leben auseinandersetzen zu müssen.

Nun ja, abgesehen von den verschiedenen Firmen, die sie neuerdings mit Anfragen bombardierten. Dass sie die Klamotten von Look-to-you Design online vorgeführt hatte, war offenbar anderen Unternehmen nicht entgangen. Sie konnte kaum glauben, dass sie derart in den

Fokus gerückt war und jetzt sogar Werbeverträge angeboten bekam. Dabei handelte es sich nicht nur um Kleidung, die sie zeigen sollte, es waren auch andere Sparten an ihr interessiert. Bücher, Deko, Pflegeprodukte. Sie war angeblich ein Allroundtalent und sprach eine breite Masse mit ihren Beiträgen an. Vielleicht tat sie das. Ihre Followerzahlen stiegen immerhin stetig.

Inzwischen war es zu einer Selbstverständlichkeit geworden, eben mal einen Blick auf ihren Account zu werfen, um zu sehen, was sich dort tat. Je mehr Rückmeldungen sie bekam, desto produktiver wurde sie in ihren Beiträgen. So postete sie schnell mal eine kurze Videobotschaft in ihrer Story oder teilte einen Schnappschuss von einer schönen Weihnachtsdekoration, einem Bummel über den Wochenmarkt oder von der Auslage der nahegelegenen Bäckerei. Für sie war das reiner Zeitvertreib und Ablenkung eben … Nun bot man ihr dafür sogar Geld. Die Welt war verrückt!

Das Schnurren des Mixers ließ sie zusammenfahren. Ihr Blick huschte zur Uhr. Wie lange hatte sie gedankenversunken dagestanden? Ihr stand der wichtigste Termin seit Wochen bevor und sie sinnierte über Tiefgründigkeiten? Das fehlte ihr gerade noch, zu spät zu kommen!

»Musst du nicht los?«, fragte auch Patrick.

Allerdings! In den letzten Monaten war sie nur so dahin gedümpelt, ihr Lebenskompass hatte einfach nicht mehr richtig funktioniert. Heute bekam sie die Chance, endlich wieder in die Spur zu kommen. Eine Aufgabe und ein geregeltes Einkommen zu haben. Ihr Gespür sagte ihr, dass ihr diese Tätigkeit tatsächlich gefallen könnte. Weshalb sie jetzt zu Herrn Weiler marschieren würde, um ihm zu sagen, dass sie eine hervorragende Assistentin abgeben würde. Die Beste, die er je gehabt hatte, weil …

»Ich wünsche dir viel Glück«, murmelte Patrick plötzlich nahe an ihrem Ohr, schon spürte sie einen flüchtigen Kuss von ihm auf der Wange.

In Paulinas Kopf wiederholte sich das Wort »weil … weil … weil« wie in einer Endlosschleife, gleichzeitig überlegte sie, wie er ihr hatte so nahe kommen können, ohne dass sie es bemerkt hatte.

Bis sie zu einer Reaktion fähig war, war er bereits an ihr vorbeigeschlendert. Verstohlen sah sie ihm nach. Sein Gang war geschmeidig wie der eines Tigers, während er relaxt von seinem Smoothie trank. Als er sein Zimmer betrat, brach sich das Licht, und seine Statur wirkte für einen Augenblick wie ein schemenhafter Schatten. Ein Schatten, der sie nachts in ihren Träumen heimsuchte … Prompt wurde Paulina heiß und sie schnappte nach Luft.

Sie musste hier verschwinden.

Ja, und zwar schleunigst! Du hast einen Termin, erinnerte sie ihr Unterbewusstsein.

Richtig! Da war noch was …

14

Patrick schleppte zwei voll bepackte Tüten die Treppe hinauf. Der Altbau war wunderschön, aber manchmal vermisste er den Fahrstuhl, den es in neueren Gebäuden üblicherweise gab. So wie jetzt. Die Einkäufe waren schwer und er hatte ernsthafte Bedenken, dass die Plastiktüten reißen könnten und die zwei Weinflaschen, die er neben den Zutaten für das Abendessen besorgt hatte, dabei zu Bruch gingen.

Ob er Paulina mit einem frisch gekochten Rahmgeschnetzelten überraschen und damit ihre Sympathie zu ihm aufrechterhalten konnte? Er hoffte es!

Zum hundertsten Mal fragte er sich, was in ihn gefahren war, als er ihr den Kuss auf die Wange gedrückt hatte. Er wusste doch, dass sich seit ihrer letzten körperlichen Interaktion – um es mal so auszudrücken – eine Distanz zwischen ihnen aufgebaut hatte. Gerade deshalb hatte er unbedingt weitere Annäherungen vermeiden wollen. Doch stattdessen tat er genau das Gegenteil, kaum dass sich die Lage wieder entspannt hatte.

Aber sie hatte so umwerfend in dem Kleid ausgesehen, und seine guten Wünsche für ihr Vorstellungsgespräch waren durch und durch ehrenhaft gewesen. Er hätte ebenso seiner Schwester ein Küsschen geben können …

Ach was! Wem machte er da was vor? Innerlich rollte er selbst über seine fadenscheinige Erklärung mit den Augen. Zwar hatte er keine Schwester, aber er konnte sich nicht vorstellen, dass diese Art von Gefühlen, die Paulina in ihm weckte, unter Geschwistern üblich war. Zumindest sollten sie das nicht!

Was ihn zu dem Schluss brachte, dass er scharf auf sie war. Vielleicht sollte er mit ihr ins Bett gehen, damit das endlich aufhörte? Momentan ertappte er sich immer wieder bei der Frage: Was wäre, wenn? Wie sie reagieren würde, wenn er sie hier oder dort berühren könnte. Wie sich ihre nackte Haut auf seiner anfühlen würde … Aktuell war sie die verbotene Frucht, aber wenn er sie erfolgreich verführte, wüsste er es und würde vermutlich das Interesse schnell wieder verlieren.

Das Gewicht der Einkäufe wog immer schwerer in seinen Händen und erinnerte ihn an sein Vorhaben, ein Abendessen zu kochen. Ein Plan reifte in ihm heran. Für seine berufliche Neuorientierung und das Sondieren der Angebote, die ihm mittlerweile vorlagen, brauchte er einen freien Kopf. Den hatte er nicht, wenn Paulina ständig in seinen Gedanken auftauchte.

Sein Fuß blieb an etwas hängen, sodass er ins Straucheln geriet. Schwankend setzte er die Plastikbeutel am Boden ab und erkannte dabei das Hindernis, das ihn um Haaresbreite zu Fall gebracht hätte. Vor der Wohnungstür lagen zwei Pakete verstreut, adressiert an seine Mitbewohnerin.

Brummend stapelte er sie wieder aufeinander. Für seinen Geschmack bestellte Paulina etwas zu häufig im Internet.

Als er sich erhob, stand Frau Riedel schräg hinter ihm.

»Hallo, Patrick, alles in Ordnung mit Ihnen? Ich dachte schon, Sie purzeln gleich mit einer Rolle rückwärts die Treppe hinab.«

»Danke, ich bin okay.«

»Das ist gut. Es wäre nicht schön, wenn Sie sich verletzt hätten. Besonders da ich Sie um einen kleinen Nachbarschaftsdienst bitten wollte.« Breit lächelnd sah sie ihm zu, wie er in seiner Jackentasche nach dem Schlüssel suchte.

Ach, daher weht der Wind, dachte Patrick und zog den Bund mit Mias Herzchenanhänger hervor.

»Sie sind wirklich ein ganz Lieber. Das habe ich von Anfang an gemerkt. Ein Mann mit dem Herzen nicht nur am rechten Fleck, sondern auch einer, der sich nicht scheut, es offen zur Schau zu tragen, wie ich sehe.« Glucksend deutete sie auf den Schlüsselbund.

»Oh, das ist nicht meiner. Sondern —« Mias, wollte er sagen, doch Frau Riedel fiel ihm ins Wort.

»Das ist doch kein Grund, sich zu schämen. Ich finde Sie nett, und hilfsbereit sind Sie auch. Eigenschaften, die heutzutage durchaus schätzenswert sind! Deshalb wollte ich Ihr Angebot auch gern annehmen und Sie fragen, ob Sie mir bei Gelegenheit behilflich wären und meinen Christbaum aufstellen würden? Sonst haben Paulina und Mia mir immer geholfen, aber Paulina hat ja diese angeknackste Rippe und Mia ist nicht da. Sie meinten doch neulich, dass Sie handwerklich nicht ganz unbegabt wären?«

»Ähm, ja. Kein Problem.«

»Schön! Dann besorgen Sie mir bitte eine Tanne. Ich bezahle sie natürlich!« Die ältere Frau strahlte. »Verbringen Sie und Paulina die Weihnachtstage gemeinsam? Wissen Sie, ich bin ja so froh, dass Sie übergangsweise bei ihr eingezogen sind. Das arme Mädchen. Erst bekommt sie diese Krankheit, sodass sie nicht mehr arbeiten kann – was hat sie das Backen doch geliebt! Ich vermisse ihre Plätzchen über die Maßen! –, und dann verreist Mia auch noch über so lange Zeit. Ich hatte wirklich Sorge, sie könnte in so eine Art Loch fallen. Aber durch Sie hat sie nun wenigstens etwas Gesellschaft und ist nicht so allein.«

Patricks graue Zellen begannen zu arbeiten. War Paulina wirklich ein Mensch, um den man sich Sorgen machen musste? Er hatte eigentlich nicht den Eindruck. Seiner Meinung nach hatte sie alles im Griff. Natürlich war ihre Situation derzeit nicht einfach, aber erwischte das nicht jeden einmal? Er selbst war in einer ähnlichen Lage und musste wieder neu anfangen. Deshalb fiel man doch nicht gleich in ein Loch, so wie Frau Riedel es bezeichnete. Er dachte an Paulinas kesses Mundwerk und an ihr Geplapper, das er immer wieder durch ihre Zimmertür hörte. Sie schien keineswegs einsam zu sein. Andererseits konnte der Schein auch trügen …

Als er den Schlüssel ins Schloss stecken wollte, stieß er mit dem Fuß erneut gegen Paulinas Paketpost.

»Ich fahre über die Feiertage zu meiner Familie nach Bayern. Aber sagen Sie mal, Frau Riedel, hat Paulina schon immer so viel bestellt?«

Die ältere Dame folgte seinem Blick zu Boden. »Ich kann mich nicht erinnern.«

Ein Geistesblitz schoss ihm durch den Kopf. War Paulina vielleicht tatsächlich mit den aktuellen Umständen überfordert und kompensierte das mit Onlineshopping?

»Ich schätze mal, das sind Weihnachtseinkäufe. Ihr jungen Leute macht doch heutzutage alles nur noch übers Internet, oder?«, mutmaßte die Nachbarin in seine Überlegungen hinein.

Patrick dachte kurz darüber nach und nickte. »Ja, Sie haben wahrscheinlich recht.«

DAS GESPRÄCH mit Frau Riedel verfolgte Patrick noch eine Weile. Wieder einmal wurde ihm klar, dass Paulina undurchschaubar für ihn war. Die Nachbarin hingegen konnte er nach dem wenigen Geplauder schon ganz gut einschätzen. Sie war freundlich und um ihre Mitmenschen bemüht. Eine nette Zeitgenossin, aber ein klein wenig neugierig. Nun ja, auf diese Weise hatte er zumindest auch ein bisschen etwas erfahren. Zum Beispiel über Paulinas neuentdeckte Kaufgewohnheiten. Paulina musste einen ansehnlichen Familien- und Bekanntenkreis haben, wenn sie so viele Geschenke brauchte. Warum nur verbrachte sie dann die meiste Zeit hier in der Wohnung? Zeit zum Bummeln, Shoppen und Kaffeeklatsch hatte sie momentan doch weiß Gott genug … Letztlich ging ihn das aber überhaupt nichts an. Sie war erwachsen, ebenso wie er.

Sein Termin in Köln kam ihm in den Sinn. Der Job dort reizte ihn sehr. Als er gegangen war, hatte er bereits eine vage Zusage bekommen. Ob Paulina bei ihrem Vorstellungsgespräch ebenso schnell Erfolg hatte wie er bei seinem? Seine Augen glitten zur Uhr. Wenn das Essen fertig sein sollte, sobald sie nach Hause kam, musste er einen Zahn zulegen. Eilig zog er zwei Töpfe hervor, die er mit Wasser befüllte. Einer war für die Spätzle, der andere, um den Brokkoli zu blanchieren. Dann schnippelte er geschwind die frischen Champignons, während er das Fleisch anbriet.

Bevor er eine Entscheidung bezüglich seiner beruflichen Neuorientierung treffen konnte, musste er sowieso erst alle Möglichkeiten ausschöpfen. Nächste Woche war er in München eingeladen. Mal sehen, was ihm dort geboten wurde.

Er freute sich schon darauf, endlich wieder in die Heimat zu kommen und das Trio, Elias, Andy und Markus, zu treffen. Er war gespannt, was sich seine Kumpels für Elias' Junggesellenabschied hatten einfallen lassen. Hoffentlich hatten sie an die Torte gedacht, aus der eines dieser leicht bekleideten Mädchen hüpfte … Das würde ein Wiedersehen! Patrick konnte nur hoffen, dass sie bis zum Hochzeitstag, an Silvester, wieder nüchtern und topfit sein würden, sonst stünde der Start in die Ehe sicherlich unter keinem guten Stern. Feuerwerk hin oder her.

Annabells Bild beschwor sich vor seinem inneren Auge herauf. Sie hatte sich wohl seit jeher eine Winterhochzeit gewünscht. Ob tatsächlich Schnee liegen würde, stand nicht in ihrer Macht, aber was alles andere betraf … Sicherlich wäre sie nicht sonderlich erfreut, wenn Bräutigam und Trauzeugen ihren großen Tag vermasseln würden. Wobei damit eigentlich nicht zu rechnen war. Denn im Grunde war er, Patrick, der Einzige, der gern über die Stränge schlug. Aber seltsamerweise verspürte er nicht die Lust darauf wie früher. Er horchte in sich hinein. War der ›Ricky‹ von einst etwa verschwunden?

Heißer Dampf vernebelte seinen Blick. Das Wasser in den Töpfen sprudelte, und Patrick runzelte die Stirn. Er stand hier in der Küche und kochte für eine Frau, mit der er nicht mal etwas hatte. Das sagte wohl so einiges …

»Das riecht ja herrlich«, rief Paulina und betrat schnurstracks das Wohnzimmer.

Patrick war dabei, den Tisch zu decken. Verblüfft

schaute sie ihm zu. Auf einer weißen Decke waren Teller und Besteck sowie Gläser angeordnet. Sogar eine kunstvoll gefaltete Serviette war auf beiden Plätzen hindrapiert. Der Adventskranz war an die Wand gerückt, aber die Kerzen brannten. Die Tischmitte hatte er mit einigen ihrer Holzsternchen dekoriert, die Paulina eigentlich am Sideboard um das Rentier samt Miniaturbaum verstreut hatte. Dazu dudelten im Hintergrund moderne Weihnachtslieder.

»Was ist denn hier los? Also Geburtstag habe ich nicht«, erklärte sie und zupfte sich den Wollschal vom Hals.

Er drehte sich um und strahlte sie an. »Na, wie ist es gelaufen?«

»Ähm … Meinst du mein Gespräch mit Herrn Weiler?«

»Klar, was sonst? Hast du den Job?«

Paulina wiegte den Kopf. »Na ja, irgendwie schon. Ich darf als Praktikantin kommen. Er will sehen, wie es läuft.«

»Das klingt … doch toll.« Patricks Antwort kam stockend und drückte damit unvermittelt ihre eigenen gemischten Gefühle aus. Aber was hatte sie erwartet? Sie war nun mal keine gelernte Raumausstatterin.

»Mag sein«, murmelte sie deshalb nur und schälte sich auf dem Weg zur Garderobe aus dem Mantel. Dafür hatte das Kleid Eindruck gemacht, dachte sie bei sich, als sie ihr Spiegelbild im Flur sah. Weiler hatte sie angeguckt, als begegne er ihr zum ersten Mal. »Sie sehen hinreißend aus«, hatte er gesäuselt, »ganz anders als in Ihrer Bäckerkluft. Oh, bitte verzeihen Sie. Das sollte keineswegs abwertend klingen.« Woraufhin Paulina nur gelächelt hatte.

Patrick holte sie in die Gegenwart zurück.

»Setz dich doch. Das Essen wird gleich serviert. Es

gibt Züricher Geschnetzeltes mit Spätzle und dazu Brokkoli«, forderte er sie auf.

Paulina gehorchte und beobachtete, wie er geschäftig mit zwei Porzellanschüsseln hantierte.

»Nun, was ist der Anlass?«, fragte sie, als er sich endlich zu ihr gesellte.

»Hm. Einfach so.«

Mit hochgezogener Augenbraue sah sie ihn an, was ihn dazu veranlasste, weitere Erklärungen abzugeben.

»Ich dachte, es gibt vielleicht einen Grund, zu feiern. Außerdem war es in den vergangenen Tagen etwas holprig zwischen uns. Ich wollte mit dem Essen so eine Art Friedensangebot machen.«

»Aha.« Dass er sich deswegen so viel Mühe gab?

Sicherlich, sie hatten schon des Öfteren zusammen gegessen und sogar mit- oder füreinander gekocht. Aber dieser schön gedeckte Tisch wich doch deutlich von der üblichen ›Normalität‹ ab. Aus den Augenwinkeln musterte sie ihn.

Er war gerade dabei, einen Korkenzieher in eine Weinflasche zu drehen, um sie zu öffnen. Die Muskeln an seinen Oberarmen spannten sich unwillkürlich an. Das weiße Rippshirt, das er trug, konnte dies nicht verbergen. Aus dem Lautsprecher trällerte (un)passenderweise die Liedzeile »Mommy's kissing Santa Claus!«. In Paulinas Magen flatterte ein Schmetterling. Prompt frage sie sich, ob er sich derart ins Zeug warf, weil er Hintergedanken hatte. Oder war da der Wunsch Vater des Gedankens?

Ihre Skepsis zerstreute sich sofort, als er ihre Gläser füllte, ihr eines zuschob und sagte: »Also ich finde, eine Praktikumsstelle ist durchaus ein Grund zur Freude. Darauf stoßen wir jetzt an. Und dann erzählst du mir in allen Einzelheiten, wie es gelaufen ist.«

Der kühle Weißwein rann ihre Kehle hinab, und

Paulina schimpfte sich selbst einen Narren, weil sie gedacht hatte, dass Patrick sie womöglich verführen wollte. Nichts dergleichen hatte er im Sinn! Flüchtig fragte sie sich, ob sie nun erleichtert oder enttäuscht war. Dann war es Zeit, das Weinglas abzustellen. Ansonsten müsste sie es in einem Zug leeren. Sie sammelte ihre Gedanken und rief sich ihr Treffen mit Herrn Weiler ins Gedächtnis.

»Na ja, zuerst hat er mich gefragt, ob ich mich wohl selbstständig machen würde und zu ihm käme, um Aufträge für meine eigene Konditorei an Land zu ziehen.«

»Was?« Ungläubig starrte Patrick sie an.

Paulina nickte. »Er hat meine Bitte um einen Gesprächstermin wohl nur überflogen und meine Erwähnung, dass ich mich beruflich neu orientieren möchte, falsch interpretiert«, erklärte sie leicht gequält. Denn genau das hatte sie eigentlich irgendwann vorgehabt. Dass dieser Traum geplatzt war, bedrückte sie nach wie vor. Doch dann riss sie sich zusammen und brachte sogar mühsam ein Lächeln zustande. »Im ersten Moment war dieses Missverständnis schon irgendwie komisch. Aber ich habe es natürlich richtiggestellt. Und ohne diese Falschannahme hätte ich wahrscheinlich den heutigen Termin nicht mal bekommen. Also: *Ce sera.*« Sie vollführte eine wegwerfende Handbewegung.

Patrick grinste. »Immer das Positive sehen. Das gefällt mir an dir.«

Das unerwartete Kompliment ließ Paulina leicht erröten. Schnell nippte sie erneut am Wein, damit es so wirkte, als wäre es dem Alkohol geschuldet.

»Ja und dann?«, drängte Patrick sie weiterzuerzählen.

Sie zuckte leicht mit den Schultern. »Ich habe ihm die Parallelen meines bisherigen Jobs als Konditorin und die eines Raumausstatters erklärt. Grundvoraussetzungen sind in beiden Berufen handwerkliches Geschick plus eine gehörige Portion Kreativität samt gestalterischem Talent. Ich bringe also alles Notwendige mit und wenn er von meinen Torten derart begeistert ist, sollte er sich mal ansehen, was ich in seinem Tätigkeitsbereich alles bewerkstelligen könnte. Zugegeben, er musste erst mal darüber nachdenken, aber ich habe derweil erzählt, wie gut ich im Nähen bin und dass ich früher nur selbstgemachte Deko verschenkt habe und sogar gefragt wurde, ob ich Auftragsarbeiten machen würde. Weißt du, als Raumausstatter muss man wohl auch mal selbst Hand an Stoffe legen, um sie in die gewünschte Form zu bringen. Tja, und dann hat er mir das Praktikum angeboten.«

»Klasse! Er hatte im Grunde gar keine andere Wahl«, folgerte Patrick mit leuchtenden Augen. Er klebte förmlich an ihren Lippen, was sie etwas nervös machte.

»Na ja, die hatte er schon. Aber ich freue mich, dass ich ihn überzeugen konnte, mir zumindest eine Chance zu geben.«

»Ich bin sicher, du warst großartig. Selbstbewusst und willensstark, dazu deine schlagenden Argumente! Er wäre dumm gewesen, sich eine Mitarbeiterin wie dich entgehen zu lassen.«

Seine Begeisterung schien echt zu sein und er sah aus, als würde er sich aufrichtig für sie freuen. Paulina konnte keine Spur von gespieltem Überschwang entdecken. Ein warmes Gefühl breitete sich in ihr aus.

»Danke. Dann kann ich nur hoffen, dass ich auch das Beste draus machen werde.«

»Ganz bestimmt. Du schaffst das.« Er drückte unwillkürlich ihre Hand. Ein Bitzeln zog sich ihren Arm empor. Verlegen lächelte sie. Als sich ihre Blicke trafen, ließ er sie schnell los und griff nach seinem Besteck.

»Und wie ist die Lage aktuell bei dir?«, fragte sie,

während sie aßen. »Liegen dir dank deiner Kontakte schon Stellenangebote vor?«

»Ich kann nicht klagen. Es sind in der Tat ein paar Unternehmen an mir interessiert.«

»Dann trittst du bald einen neuen Job an?«

»Sieht ganz so aus. In spätestens ein paar Wochen bist du mich los«, meinte er augenzwinkernd.

Paulina nickte behäbig und rang sich ein Lächeln ab. Die Vorstellung, dass Patrick demnächst ausziehen würde, hätte sie glücklich machen sollen. Dann hätte sie ihre Wohnung endlich für sich. Doch stattdessen spürte sie Bedauern in sich aufsteigen.

»Aber ein bisschen dauert es noch«, sagte er, als hätte er ihre Gedanken gelesen. »Ich bin mir noch nicht schlüssig, wohin es mich künftig verschlagen soll.«

»Dann bleibst du nicht in Hamburg?« Sie guckte zum Fenster, als würde ihnen von dort aus die ganze Stadt zu Füßen liegen. Was natürlich Quatsch war. Trotzdem war es angenehmer, als ihm bei seiner Antwort direkt ins Gesicht zu sehen.

»Vermutlich nicht. Hier bietet sich zwar auch eine Möglichkeit für mich, aber …« Er ließ den Restsatz in der Luft hängen.

Paulinas Neugier zwang sie nun doch, ihn anzuschauen. Er stocherte in den Resten auf seinem Teller herum und sie begriff, dass er mit den Gedanken plötzlich ganz weit weg war.

»Aber die Antwort kennt nur der Brokkoli?«, half sie ihm deshalb auf die Sprünge.

»Hm?« Abwesend blickte er auf. Als ihre Frage zu ihm durchdrang, lachte er schließlich los. »Ja, vielleicht. Nein, im Ernst. Ich möchte erst noch die Lage in München sondieren, bevor ich mich entscheide.«

»München«, echote sie und dachte bei sich, dass die Metropole einige Stunden entfernt lag.

»Jap. Es hat sich ergeben, dass ich mich vorstellen kann, wenn ich über die Weihnachtsfeiertage dort bin.«

»Oh!«, hauchte Paulina überrascht. Aus einem unerfindlichen Grund war sie davon ausgegangen, dass sie das Christfest zusammen verbringen würden.

»Ich war auch positiv überrascht, dass das zwischen den Jahren klappt. So kann ich drei Fliegen mit einer Klappe schlagen. Die Feiertage, das Vorstellungsgespräch und abschließend auf der Silvesterhochzeit Party machen bis zum Abwinken.« Sein breites Grinsen zeugte davon, wie zufrieden er mit sich und der Welt war.

»Das klingt fabelhaft!«

»Ich würde auch sagen, dass es läuft«, bestätigte er.

Bildfetzen, wie er auf der Hochzeit die Damenwelt aufmischte, tauchten vor Paulinas innerem Auge auf. Ob er tanzen konnte? Falls ja, würde er wahrscheinlich mit einer hübschen Frau nach der anderen übers Parkett wirbeln.

Vielleicht dachte er gerade dasselbe, denn seine Augen leuchteten auf.

Sie wollte ihn nach seiner Begleitung fragen, ließ es aber und stopfte sich stattdessen die letzte Gabel voll Spätzle in den Mund. Was ging es sie an, wie Patrick lebte?

Die kleinen Teiglinge blieben an ihrem Gaumen kleben.

»Weißt du, was mir da gerade einfällt? Wenn die Tage unserer Wohngemeinschaft gezählt sind, bedeutet das doch gleichermaßen, dass das kein Hindernis mehr ist, was uns zwei betrifft.« Er strahlte sie an, als hätte er gerade den Stein der Weisen entdeckt.

Paulina schluckte. Der Teigklumpen in ihrem Mund

bewegte sich nur zäh in Richtung Speiseröhre. Gleichzeitig wirbelte die Botschaft wie ein Tornado durch ihren Kopf. Gewissermaßen hatte er recht. Sie könnten also … an und für sich … Allein bei der Vorstellung begann ihr Herz zu hämmern.

Unsinn!, plärrte die Stimme ihrer Vernunft.

Dass er sie ansah wie der Wolf das Kaninchen, machte die Situation irgendwie noch heikler. Jetzt wippte er auch noch aufreizend mit den Brauen. Ihr Mund wurde noch trockener. Um Zeit zu gewinnen, stürzte sie sich den Inhalt ihres halbvollen Weinglases in den Rachen. Ein großer Fehler! Prompt verschluckte sie sich. Die widerspenstigen Spätzle hatten wohl die falsche Abzweigung genommen. Sie hüstelte. Es half nicht. Ihr Gesicht lief puterrot an, und sie schoss vom Stuhl hoch. Röchelnd klopfte sie sich auf die Brust.

Plötzlich stand Patrick vor ihr und zwang sie zu einer halben Umdrehung. Hechelnd ließ sie es geschehen, dann schob er seine Arme von hinten unter ihre. Als seine Hände unterhalb ihres Busens angelangten, rang sie nicht nur wegen der Spätzle nach Luft. Obwohl sie weiterhin vom Reizhusten geschüttelt wurde, reagierten ihre Hormone instinktiv. Ihre Brustwarzen stellten sich auf und scherten sich einen Dreck darum, dass sie sich kurz vorm Erstickungstod befand. Diese selbstsüchtigen kleinen Biester!

»Was … tust … du … da?«, japste sie.

Mit einem groben Ruck wurde ihr Brustkorb zusammengequetscht. Ihre Augäpfel traten unschön hervor und ihr Mund öffnete sich, um nach Luft zu schnappen, gleichzeitig spürte sie den Spätzleklumpen auf der Zunge und schluckte ihn endgültig hinunter. Der Druck ließ nach und Paulina wurde sanft auf ihren Füßen abgestellt. Sie hatte gar nicht mitbekommen, dass Patrick sie hochgehoben hatte.

»Besser?«, sagte er nahe an ihrem Ohr.

Sie überlegte. Die Atemnot war weg, kein Husten mehr. Vorsichtig nickte sie.

Patrick trat um sie herum, ohne sie richtig loszulassen.

»Das war der Heimlichgriff.« Spitzbübisch grinste er sie an, zog sie näher zu sich und klopfte leicht auf ihren Rücken.

Unwillkürlich runzelte sie die Stirn. »Du meinst, du hast die Gelegenheit genutzt, mir heimlich an den Busen zu fassen?« Warum ausgerechnet diese Antwort aus ihrem Mund kam, wusste sie selbst nicht.

»Das war ein Akt purer Hilfsbereitschaft«, murmelte er und ging dazu über, ihr sanft übers Kreuz zu streichen.

Paulinas noch geschärfte Sinne nahmen jede seiner Berührungen doppelt verstärkt wahr. Es kribbelte bis in ihre Zehenspitzen. Wohlig schmiegte sie sich für eine Sekunde an ihn und legte etwas erschöpft ihr Kinn auf seiner Schulter ab.

Dann wanderte seine Hand weiter hinab zu ihren Lendenwirbeln, bis sie flüchtig ihren Po berührten. Es fühlte sich gut an. Zu gut! Sie spürte ein süßes Ziehen in ihrem Unterleib. Ihre Finger gruben sich leicht in seine Schulterblätter. Ihr innerlicher Kampf von vorhin ging in die zweite Runde.

Sie waren Freunde und Mitbewohner. Beides aber nicht mehr lange. Bald würde jeder wieder seine eigenen Wege gehen. Es wäre nur Sex. Eine Art One-Night-Stand. Doch dafür war sie eigentlich nicht der Typ. Gefühl gehörte für sie dazu! Andererseits hatte sie durchaus Gefühle für Patrick entwickelt. Das war also sprichwörtlich *ein Grund, aber kein Hindernis*. Wenn sie dem allerdings nachgab, würde er ihr das Herz brechen. Das war so sicher wie das Amen in der Kirche.

Sein Dreitagebart streifte an ihrer Wange entlang. Gleich würde er sie küssen!

Ihr Herz klopfte. Ruckartig riss sie den Kopf zurück, dabei fiel ihr Blick auf zwei Kartons, die am Couchtisch standen.

Fahrig deutete sie darauf. »Die waren noch nicht da, als ich gegangen bin. Was ist da drin?«, fragte sie Mister Groß, Muskulös und Lecker.

Etwas widerwillig schaute er in die angegebene Richtung.

»Woher soll ich das wissen? Sind für dich. Mal wieder …« Sein Tonfall klang dumpf. Ihr Ablenkungsmanöver war ihm nicht entgangen.

Immer noch eng an eng, starrten sie sich an und die Anspannung zwischen ihnen nahm zu. Unwilligkeit vermischte sich mit erotisierendem Knistern zu einer explosiven Mischung. Sie taxierten sich wie zwei Raubkatzen. Nur die kleinste Regung würde als Auslöser genügen. Das Abwarten, wer den ersten Schritt tat, war die reinste Folter. Es war, als würde die Luft vibrieren. Oder bollerte die Heizung nur auf Hochtouren?

Paulina hielt es nicht mehr aus. Sie wollte sich lösen und zum Heizkörper stürzen, doch stattdessen trafen sich ihre Lippen.

Es war, als wäre eine Bombe detoniert. Schlagartig vergaß sie alles um sich herum. Ihre Zungen trafen sich und begannen sofort einen wilden Tanz, als könnte weder Patrick noch sie genug bekommen. Seine Hände vergruben sich in ihren Haaren und ein wohliger Schauer fuhr ihr den Nacken hinab. In ihrem Unterleib brach Feuer aus. Sie wusste, dass es zu spät war, Einhalt zu gebieten. Ihr Körper reagierte mit einer Vehemenz auf ihn, die sie vorher noch nie verspürt hatte.

Ihre Hände entwickelten ein Eigenleben und wanderten wendig über seinen Rücken bis hinunter zu seinem Hosenbund, glitten unter sein Shirt, wo sich ihre Daumen Zentimeter für Zentimeter am Gürtel entlang einen Weg nach vorn suchten.

Als sie bei den Streifen feiner Härchen ankam, die von seinem Bauchnabel senkrecht abwärts führten, löste sich sein Mund von ihrem. Ein tiefes Keuchen entschwand seiner Kehle, bevor seine Lippen den empfindlichen Fleck hinter ihrem Ohrläppchen fanden und mit kleinen, heißen Küssen bedeckten. Paulina hatte das Gefühl, als würde sie auf der Stelle verglühen.

Seufzend zupfte sie an seinem Shirt und schob ihn fahrig von sich. Während er sich seines Oberteils entledigte, schlüpfte sie mit einer eleganten Bewegung aus ihrem Kleid.

Patrick schnappte nach Luft, als sein Blick auf ihren roten Spitzen-BH und das passende Höschen fiel. Ein Lächeln umspielte ihre Lippen. Wie gut, dass sie sich für ihr Vorstellungsgespräch von oben bis unten schick gemacht hatte. So war heute auch das bisschen Stoff darunter durchaus hübsch anzuschauen. Allerdings vermutlich nicht lange. Schon fuhr Patrick mit den Fingerspitzen die Konturen ihres Büstenhalters entlang, über den Träger hinauf bis zu ihrem Schlüsselbein. Die Härchen in ihrem Nacken erbebten und sie drängte sich an ihn.

Erneut fanden sich ihre Münder, und bis der Kuss endete, hatte er geschickt den Verschluss ihres BHs geöffnet. Als er einen Schritt zurücktrat, rutschte er ihr sexy von den Schultern und fiel zu Boden.

Sein Blick blieb an ihren keck aufgerichteten Brustwarzen hängen und seine Pupillen funkelten gefährlich.

Vorfreudig zog sich Paulinas Magen zusammen, aber als er sie berühren wollte, drehte sie sich geschickt zur Seite. Bis er sich versah, war sie hinter ihm und schmiegte sich an seinen Rücken. Seine Haut fühlte sich warm und weich an. Sie schlang die Arme um ihn. Reizte ihn aufs Neue, indem sie noch einmal mit den Fingern über den schmalen Härchenpfad strich, der von seinem Bauchnabel hinab führte.

Sie hörte, wie er um Beherrschung rang. Betont langsam nestelte sie am Knopf seiner Jeans.

»Du machst mich verrückt«, zischte er leise und umgriff ihre Handgelenke.

Aber Paulina war noch nicht bereit, ihm die Führung wieder zu überlassen.

»Das war von Anfang an mein Plan«, erklärte sie glucksend und hielt in der Bewegung inne. In Blitzgeschwindigkeit flitzten Bildfetzen von ihrer ersten Begegnung, die mit Gefängnis endete, vor ihrem inneren Auge vorbei. Ihr Gehirn spulte zurück und blieb bei der ›Duschszene‹ hängen.

»Die ganze Zeit über habe ich mich gefragt, wie es sich anfühlt, deine nackte Haut zu berühren. Du hast einen bleibenden ersten Eindruck hinterlassen. Weißt du das? Es ist äußerst selten, dass ich urplötzlich einen attraktiven Mann in meiner Dusche finde«, gestand sie.

»Das will ich hoffen. Ich bin eben etwas Besonderes«, stieß er hervor.

»Oh ja, allerdings.«

»Und, wie fühlt es sich an?«, raunte er und strich ihr über die Innenseite ihres Unterarms. Ihre Finger zuckten und sein Jeansknopf sprang auf.

»Hervorragend.«

»Aha. Und jetzt, da du es weißt, sollen wir es hier enden lassen?«

»Was? Bestimmt nicht! Ich gebe mich doch nicht mit der Vorspeise zufrieden. Ich will das ganze Paket«, flüsterte sie und küsste seine Schultern, während ihre Hände millimeterweise in die heiße Tiefe glitten.

»Das ist Folter«, knurrte Patrick.

»Ach ja?« Zufrieden rieb sie ihren Busen an seinem Rücken.

»Allerdings. Ich leide Todesqualen«, beschwerte er sich gepresst.

Sie glaubte ihm aufs Wort. Das, was sich da ihren Handflächen entgegenbog, war hart und prall gefüllt. Trotzdem rang sie um Fassung.

»Niemand hat gesagt, es wäre einfach, mich zu kriegen«, säuselte sie.

»Na, das wollen wir doch mal sehen«, raunte er, dann wirbelte er herum, packte sie und stopfte ihr kesses Mundwerk mit einem zügellosen Kuss.

Er raubte ihr die Sinne und als er von ihr abließ, griff sie um Halt suchend nach der Tischplatte. Derweil fiel Patrick auf die Knie, umfasste ihre Taille und rollte in süßer Pein ihre Feinstrumpfhose Stück für Stück nach unten.

15

Es war noch dunkel, als Patrick aus Paulinas Bett kroch. Da er vorher noch nie in ihrem Zimmer gewesen war, stieß er in der Finsternis prompt mit dem Zeh gegen ihren Sessel und riss ihr kleines Handystativ von der Kommode. Mit schmerzverzerrtem Gesicht jaulte er gedanklich auf, gab aber keinen Ton von sich. Paulina bekam von alledem nichts mit, sie schlief tief und fest. Einen Moment betrachtete er ihre Silhouette.

Was für eine stürmische Nacht das doch gewesen war. Seine Mitbewohnerin war eine regelrechte Wildkatze. Das hatte er nicht erwartet, doch es passte zu ihr. Jetzt, im Nachhinein, fragte er sich, warum er überrascht gewesen war. Sie war eine starke Frau, er hätte es also ahnen können. Ein Lächeln umspielte sein Gesicht.

Sie hatte ihm einiges abverlangt, er ihr aber auch. Er wusste nicht, wann sie endlich eingeschlafen waren. Einmal angefangen, hatten sie die Finger nicht mehr voneinander lassen können. Es war wie ein Sog gewesen. Nach kurzen Verschnaufpausen waren sie erneut übereinander hergefallen. Einmal sogar in der Dusche! Es war der beste Sex, den er je erlebt hatte. Und Patrick hatte da durchaus so einige Erfahrungen …

Die Erkenntnis setzte ihm irgendwie zu. Er wandte sich ab und schlich hinaus. Leise schloss er die Tür und atmete im Flur erst mal tief durch. Ihm wurde klar, dass er ein Problem hatte. Obwohl er erst vor wenigen Stunden mit ihr geschlafen hatte, wollte er jetzt schon mehr davon. Das war doch verrückt!

Sein Weg führte ihn ins Bad, wo er sich trotz der frühen Morgenstunden – eigentlich noch Schlafenszeit – kaltes Wasser ins Gesicht spritzte.

Sein Plan war gewesen, Paulina zu verführen. Nun, der Teil zumindest war aufgegangen. Doch das Ergebnis war verheerend. Denn sein Ziel, sich danach nicht mehr mit der Frage quälen zu müssen, wie *es* wäre, und sich damit dieser sexuellen Spannungen zu entledigen, war in weite Ferne gerückt. Genau das Gegenteil war passiert! Jetzt, da er wusste, wie es war, konnte er sich nicht vorstellen, sie nie wieder berühren zu dürfen.

Frustriert warf er einen Blick in den Spiegel, dann schlurfte er zu seinem Zimmer.

PAULINA SCHLUG die Augen auf und rekelte sich wohlig. Erste Sonnenstrahlen fielen durch das Fenster herein. Es versprach ein schöner Tag zu werden. In ihrem Kopf spulte sich die letzte Nacht im Schnelldurchlauf ab. Für eine Sekunde fragte sie sich, ob das tatsächlich passiert war. Dann sah sie die zerwühlten Bettlaken. Sie hatte es nicht geträumt. Allein beim Gedanken fuhr sie sich mit der Zunge über die Lippen. Mit etwas Fantasie konnte sie Patrick noch immer schmecken. Paulina kuschelte sich in die Federn. Was für eine Nacht das gewesen war. Der reinste Marathon! So viel Sport hatte sie schon lange nicht mehr getrieben. Das letzte Mal war tatsächlich schon länger her, aber sie konnte sich nicht erinnern, dass einer ihrer Lover sie derart in Ekstase gebracht hatte. Nicht, dass es besonders viele gewesen waren, aber Patrick … oh, là, là!

Ihr Handy gab einen Ton von sich. Breit grinsend warf sie einen Blick darauf.

Einige ihrer Follower wollten wissen, wie ihr Vorstellungsgespräch verlaufen war. Die Nachrichten katapultierten sie zurück in den Alltag und sofort fragte sie sich, wie der jetzt wohl aussehen würde.

Sie hatte mit Patrick geschlafen! Auch wenn er nun nicht mehr neben ihr lag, war er doch höchstwahrscheinlich irgendwo in der Wohnung. Jeder andere wäre nach Hause gegangen, was beiden Seiten Zeit verschafft hätte, darüber nachzudenken, wie es weitergehen sollte. Ob man sich besser kennenlernen wollte oder doch lieber eigene Wege ging.

Aber Patrick war nicht irgendwer, sondern ihr Mitbewohner. Ergo würde sie ihm zwangsläufig in Kürze begegnen. Nur, wie sollte sie sich verhalten? Ihm ein Guten-Morgen-Küsschen auf die Wange drücken und sagen, was für eine fabelhafte Nacht es gewesen war? Oder so tun, als wäre nichts passiert?

Würde sie sich für die erste Option entscheiden und er sich dagegen für die zweite, wäre das nicht nur oberpeinlich, sondern auch extrem verletzend für sie. Denn eigentlich wollte sie genau das, in seine starken Arme fallen und auf Wolke sieben schweben.

Doch wie stand er dazu???

Was für ein Dilemma! Genau deshalb hatte sie um jeden Preis vermeiden wollen, mit Patrick auf Tuchfühlung zu gehen. Grundsätze gab es eben nicht umsonst.

Man sollte sie nicht brechen! Aber gestern hatte er sie in einem schwachen Moment erwischt. Die Anziehungskraft war einfach zu groß gewesen und der Wein hatte bestimmt auch seinen Teil dazu beigetragen.

Paulina rutschte tiefer in die Kissen. Am liebsten würde sie sich dort auf ewig verstecken. Doch das ging wohl kaum. Sie musste den Tatsachen in die Augen sehen, wie auch immer die aussehen würden. Das Herz wurde ihr schwer.

Vielleich sollte sie heute ausnahmsweise zum Frühstück statt Kaffee gleich mit Weißwein weitermachen. Gestern Abend jedenfalls hatte sie die ganze Sache für eine gute Idee gehalten. Der hochprozentige Traubensaft würde ihr womöglich auch heute helfen, die Dinge entspannter zu sehen …

Sie wälzte sich herum und drückte ihr Gesicht ins Kopfkissen. Es roch nach ihm. Sie sog den Geruch in sich auf. Egal, wie es sich entwickeln sollte, sie bereute keine Sekunde!

Nachdem sie sich mit der Morgentoilette absichtlich viel Zeit gelassen hatte, weil sie Patrick in der Küche hatte rumoren hören, nahm sie schließlich all ihren Mut zusammen und lugte um die Ecke. Endlich war es still geworden, was sie vermuten ließ, dass er sich in sein Zimmer zurückgezogen hatte. Zumindest hoffte sie das. Eine kleine Galgenfrist, bis sie etwas im Magen hatte, wäre wünschenswert, hatte sie doch noch immer keine Ahnung, wie sie auf ihn reagieren sollte.

Da weit und breit nichts von ihm zu sehen war, wagte sie einen ersten Schritt in den Flur. Erst jetzt bemerkte sie, dass sie vor lauter Anspannung den Atem angehalten hatte. Leise schnaufte sie tief durch, um dann an der Wand den Gang entlangzuschleichen. Prompt blieb sie mit ihrer Strickjacke an Mias Regenschirm hängen, der seinen angestammten Platz neben der Garderobe hatte. Unwirsch befreite sie sich und tappte weiter. Wie ein Indianer, der sich anpirschte, schoss es ihr durch den Kopf.

Würde ihre Freundin sie so sehen, sie würde in schallendes Gelächter ausbrechen. Vermutlich zurecht. Sie kam sich ja selbst blöd vor! Aber was tat man nicht alles, wenn man sich vor etwas herumdrücken wollte?

Auf Zehenspitzen zuckelte sie um die Ecke. Der Heilige Gral – die Kaffeemaschine – rückte in greifbare Nähe. Für den Bruchteil einer Sekunde schloss sie die Augen und konnte den Duft des schwarzen Gebräus im Geiste schon riechen. Ja, das war es, was sie jetzt brauchte. Danach würde sicher alles nur noch halb so tragisch sein, alles würde sich finden. Doch diese Minuten blieben ihr nicht …

»Hoppla!« Starke Hände packten sie an den Armen, während ihre Nase gegen Patricks Brustkorb stieß.

Paulinas Lider schnellten hoch. Ihr Blick fiel auf schwarzen Sweatstoff. Automatisch trat sie einen Schritt zurück, um etwas Abstand zu gewinnen.

»Na, auch schon wach?«, fragte er.

»Hm.« Statt ihn anzuschauen, stierte sie auf seinen Hoodie. Er stand ihm perfekt und brachte sein breites Kreuz noch mehr zum Vorschein. Seine Präsenz war gigantisch. Bildfetzen ihrer heißen Liebesnacht flackerten vor ihrem inneren Auge auf.

»Eine Dame vom Jobcenter hat angerufen und wollte dich sprechen«, plapperte er weiter.

»Hm-hm.«

Seine Stimme klang gutgelaunt. Paulina überlegte, ob sie womöglich einen Hauch zu fröhlich war. Tat er nun so, als ob zwischen ihnen nie etwas vorgefallen wäre? Oder interpretierte sie das falsch? Na ja, eigentlich interpretierte sie gar nichts. Sie wusste im Moment ja nicht mal, wo vorn und hinten war. Einen Gute-Morgen-Kuss hatte er ihr jedenfalls nicht gegeben. Hätte er doch nur, dann wäre die Sache für sie klar …

»Du scheinst ja nicht sonderlich interessiert. Geht es dir gut?«, wollte Patrick nun wissen.

»Hmm.« Paulina nickte und hob endlich den Kopf, nur um festzustellen, dass er sie nachdenklich musterte. Okay, sie war dran. Sie musste den Mund aufkriegen und etwas sagen! »Ja, alles bestens. Es ist nur …« Nicht fähig, seinem Blick standzuhalten, schaute sie an ihm vorbei. Auf der Spülmaschine stand das dreckige Geschirr von gestern, ebenso die Weinflasche samt den Gläsern. Da kam ihr eine Idee. »Es ist nur die Nachwirkung vom Wein«, würgte sie hervor. Es war gelogen, aber immerhin eine Erklärung für ihre Wortkargheit. Mit viel Glück könnte sie damit durchkommen und die Lage erst mal sondieren …

»Was? Du hast einen Kater?«

Paulina zuckte mit den Schultern und setzte ihren Weg zur Kaffeemaschine fort.

»Du willst mir jetzt aber nicht weismachen, dass du dich an nichts mehr erinnerst. Oder?« Patricks Ton tropfte fast vor Ungläubigkeit.

So weit hatte sie noch gar nicht gedacht. Aber … für den Fall, dass sie so tun wollten, als wäre nichts geschehen … wäre es dann nicht die perfekte Lösung?

Doch Patrick überriss diese Möglichkeit entweder nicht, oder er wollte sich damit nicht zufriedengeben.

»Oder?«, hakte er nach und ein kleines Fünkchen Hoffnung glomm in ihr auf.

Sie brachte die Maschine zum Laufen und drehte sich langsam um.

Er stand da und war sichtlich perplex. Es war seinem Gesicht abzulesen, dass er nicht wusste, wie er damit umgehen sollte.

Ein Anflug von Erleichterung durchflutete sie. Wenigstens ging es nicht nur ihr so.

Dann schaltete sich ihre Vernunft ein. *Seit wann bist du so ein Biest?*, fragte sie und Paulina überfielen Gewissensbisse. Sie war erwachsen und sollte sich auch so verhalten. Für Spielchen hatte sie bisher nichts übriggehabt und wollte jetzt nicht damit anfangen. Was war denn überhaupt so schlimm? Sie hatten eine unsagbare Nacht miteinander verbracht. Jetzt ging das Leben weiter. Kein Grund, ein Drama daraus zu machen!

Sie öffnete den Mund und suchte nach den passenden Worten. Gerade als sie zu einem klärenden Gespräch ansetzen wollte, schellte es dreimal hintereinander. Dann klapperte es, die Wohnungstür wurde aufgerissen, flog krachend ins Schloss und Paulinas Mutter segelte wie ein Wirbelwind herein.

»Hallöchen!«, trällerte sie und bremste kurz vor Patricks Füßen ab. »Oh-ho! Wer sind Sie denn?« Mit verzückten Augen begutachtete sie Patrick von oben bis unten. Dann wandte sie sich ihrer Tochter zu. »Paulina, ich wusste ja nicht, dass du Besuch hast. Ich hoffe, ich störe nicht?«

Hmpf. Paulina starrte Elsa über ihre Tasse hinweg an. Warum war sie hier? Und stellte diese unmöglichen Fragen? Noch dazu mit diesem Blick, als hätte sie ein Sahnetörtchen vor der Nase?

Nun ja, sie schielte zu ihrem Mitbewohner, der ganz offenbar so eine Wirkung auf Frauen ausübte. Selbst die Nachbarin Frau Riedel hatte ihn schon als ›Schnittchen‹ bezeichnet, fiel ihr ein. Er war aber ja auch ein Augenschmaus, dazu dieses charmante Lächeln im Gesicht, sodass ihm keiner etwas abschlagen konnte. Ganz voran Paulina nicht. Unwillkürlich dachte sie an letzte Nacht. Holla, die Waldfee!

»Guten Tag. Ich bin Patrick Weber, Paulinas Mitbewohner«, stellte er sich indes selbst vor und streckte Elsa die Hand entgegen.

Diese schüttelte sie – hocherfreut, wie es Paulina schien. »Stimmt ja! Elsa Handschuh, Paulinas Mutter.«

Paulina runzelte die Stirn. War es tatsächlich möglich, dass ihre Ma den neuen männlichen Mitbewohner vergessen hatte? Sowas passierte ihrer Ma in eintausend Jahren doch nicht!

Aber bevor sie sich weiter mit dieser Frage beschäftigen konnte, fixierte Elsa erneut ihre Tochter. »Das ist also dein neuer Mitbewohner. Du hast mir ja gar nicht erzählt, wie gutaussehend und noch dazu höflich der junge Mann ist.«

»Hab ich nicht?« Paulina stellte ihre Kaffeetasse ab. Okay, auf Patricks Aussehen war sie, bei ihrem Telefonat, absichtlich nicht weiter eingegangen. Hätte ihre Mutter es gewusst, hätte sie sie nur mit Fragen gelöchert und mit Flirttipps bombardiert. Was die ›Höflichkeit‹ betraf, nun darüber ließ sich sowieso streiten …

»Nein. Daran würde ich mich doch erinnern.«

»Tja, dann weißt du es jetzt.«

»Demnach haben Sie Mias Zimmer übernommen?« Natürlich wollte ihre Mutter nun mehr Informationen.

»Ja, aber nur vorübergehend. Anfang des neuen Jahres werde ich weiterziehen«, sagte Patrick, und Paulina verspürte einen unangenehmen Stich im Brustkorb.

»Ach so?«, antwortete ihre Mutter ebenfalls mit Bedauern.

Patrick lachte. »Ich bin derzeit auf Jobsuche, aber es haben sich schon vielversprechende Angebote aufgetan.«

»Dann verbringen Sie momentan also sehr viel Zeit mit meiner Tochter?« Elsa warf Paulina einen vielsagenden Blick zu.

Wie peinlich! Sie merkte, wie ihr die Röte emporkroch.

Patrick überging die Anspielung glücklicherweise. »Paulina hat gestern auch eine Zusage bekommen«, erklärte er und spielte ihr so geschickt den Ball zu.

»Wirklich?«

»Hm-hm. Ich werde im Januar ein Praktikum bei dem Raumausstatter machen, von dem ich dir erzählt habe.«

»Oh, wie nett …« Die Stimme ihrer Mutter ließ keinen Zweifel daran, was sie von einer Praktikantenstelle hielt.

»Sag mal, was treibt dich eigentlich her? Du hast mir nicht gesagt, dass du vorbeikommen willst«, wechselte sie das Thema.

»Das war eine spontane Entscheidung. Ich bin heute früh aufgewacht und dachte, dass mir ein paar Tage in der Stadt guttun würden. Es ist immerhin Weihnachtszeit. Ich muss noch einige Einkäufe erledigen und wollte ein wenig Zeit mit dir verbringen.«

Erst jetzt bemerkte Paulina die prall gefüllte Reisetasche zu den Füßen ihrer Mutter. Der Tag wurde ja immer besser!

»Aber da Mias Zimmer besetzt ist …« Ihre Mutter sah sich im Raum um.

… *wird daraus wohl nichts*, vollendete Paulinas Gehirn den Satz derweil. Sie merkte, wie sie innerlich aufatmete. Sie liebte ihre Ma, aber sie konnte auch ziemlich anstrengend sein.

»… schlafe ich am besten auf dem Sofa«, schnatterte Elsa jedoch weiter.

»Ähm …« Sie spürte Patricks Blick auf sich.

Mit der Situation vollkommen überfordert, goss sie

sich, statt einer Antwort, noch einmal Kaffee ein. Vielleicht war ja doch alles nur ein verrückter Traum. Wie hoch standen schließlich die Chancen, dass sie zuerst den besten Sex ever erlebte, um gleich im Anschluss ihre Mutter als Gouvernante am Sofa sitzen zu haben? Wie stellte die sich das eigentlich vor? Wollte sie sich tatsächlich Patrick im Nachthemd präsentieren, dazu die olle Schlafmaske, die sie immer trug? Paulina konnte es sich beim besten Willen nicht vorstellen. Das passte so gar nicht zu ihrer Mutter.

Die schien es jedoch ernst zu meinen. Beschwingt glitt sie aus ihrer Winterjacke.

»Ich stelle meine Sachen einstweilen mal in den Flur. Lasst euch nur nicht von mir stören.« Schon räumte sie alles an seinen Platz. »Ist noch etwas Kaffee übrig?«, fragte sie dann und wandte sich aufs Neue Patrick zu. »Dann erzählen Sie doch mal, Patrick. Wie sind Sie überhaupt zu Mias Zimmer gekommen?«

»Das war purer Zufall. Mia ist die Cousine meines Freundes Elias, der demnächst heiratet —«

»Oh, eine Hochzeit! Hast du gehört, Schätzchen?«, jubilierte Elsa und warf Paulina einen Seitenblick zu, als sie den gewünschten Kaffee servierte. Ihr entging nicht, wie Patrick leise gluckste.

Paulina bekam Kopfschmerzen. Die Auswirkungen des Weingenusses vom Vorabend mochten vorgeschoben gewesen sein, ihre Mutter aber war deutlich hochprozentiger! Sie brauchte dringend etwas Ruhe.

»Mir fällt gerade ein, dass ich mich ja im Jobcenter melden sollte«, kam es ihr glücklicherweise in den Sinn. »Das mach ich eben. Ihr entschuldigt mich?«

Damit überließ sie Patrick seinem Schicksal und verschwand.

· · ·

PAULINA HATTE ES NICHT EILIG, ins Wohnzimmer zurückzukehren. Nachdem sie ihren Anruf erledigt hatte, befasste sie sich ausgiebig mit ihrem Instagram-Account. Sie drehte ein kleines Video und berichtete von ihrem Vorstellungsgespräch, um die inzwischen eingetrudelten Nachfragen zu beantworten. Zum Schluss dankte sie nochmals Look-to-you Design für das tolle Outfit, das seinen Teil zum Erfolg des Gespräches beigetragen hatte. Dabei erinnerte sie sich, dass sie weitere Päckchen erhalten hatte, obwohl sie nichts bestellt hatte.

Dankbar für die Ablenkung öffnete sie sie. Im kleinen Karton verbarg sich ein Unterhaltungsroman, zusammen mit einer Karte, auf der stand, dass man ihr das Buch geschickt habe, um sie für ein paar Stunden vom schnöden Alltag zu entführen. Man hoffe, die Geschichte gefiele ihr und man würde sich freuen, wenn sie eine Rezension abgeben würde.

Auf dem Cover befand sich ein Haus am Meer, umgeben von einer schönen Landschaft. Es traf durchaus Paulinas Geschmack. Wahrscheinlich hatte sie in einem ihrer Beiträge einmal erwähnt, dass sie gern las, wenn sich die Gelegenheit bot.

Sie legte es beiseite und schaute in das größere Paket. Zuerst hatte sie nur Füllmaterial in der Hand, dann zog sie etwas hervor, das in Polsterfolie eingewickelt war. Es war klobig und nicht gerade leicht. Neugierig rupfte sie an der Verpackung.

Nach und nach kam Porzellan zum Vorschein. Zwei hellblaue Tassen mit passenden Tellern, dazu zwei Müsli-schalen. Es handelte sich um ein Frühstücksservice von einer der Firmen, die sie bereits angeschrieben hatten, ob sie nicht für sie werben wollte. Als kleinen Anreiz hatte man ihr eine Auswahl ihrer Produkte geschickt, damit sie sich ein besseres Bild machen konnte.

Staunend betrachtete sie die Stücke im Winterdesign, wie sie nun erkannte. Feine weiße Schneeflocken befanden sich auf sämtlichen Teilen. Sie wirkten mehr anmutig und filigran als kitschig. Paulina war sofort hingerissen. Sie stellte sich vor, wie ein paar Zimtsterne auf den Tellern lagen und einen farblichen Kontrast zur Geschirrfarbe bildeten.

Noch während des Anklopfens rauschte ihre Mutter herein.

»Da bist du!« Wo sollte sie sonst sein? »Sag mal, versteckst du dich vor mir?«

Um Haaresbreite hätte Paulina die Schale fallen lassen. Nun krampften sich ihre Finger darum.

»Natürlich nicht! Ich hatte nur zu tun«, verteidigte sie sich leicht schuldbewusst. »Außerdem hattest du doch Gesellschaft. Ich gehe jede Wette ein, dass du Patrick wie eine Zitrone ausgequetscht hast und inzwischen seine ganze Lebensgeschichte kennst.«

»Das hört sich ja an, als wäre ich die Inquisition persönlich«, schnappte Elsa, und Paulina musste ungewollt grinsen.

»Also eine gewisse Ähnlichkeit ist da wohl nicht abzusprechen, findest du nicht?« Vor allem, wenn es um potentielle Ehemänner ging, war ihre Mutter kaum zu bremsen.

Der arme Patrick! Aber er hatte es offenbar überlebt. Allerdings befand er sich jetzt wohl auf der Flucht. Denn sie hörte, wie er die Wohnung verließ. Ob sie ihn je wiedersah?

Ihre Mutter zog indes eine Schnute. »Was treibst du denn eigentlich die ganze Zeit? Dein neuer *Mitbewohner*«, sie ließ das Wort absichtlich auf der Zunge zergehen, »hat mir erzählt, dass du dich oft stundenlang hier drin verbarrikadierst und vorhin haben wir dich auch reden hören.

Patrick sagt, dass du des Öfteren Selbstgespräche führst. Schätzchen, ich muss mir doch keine Sorgen um dich machen?« Sie trat auf Paulina zu und legte ihr mitfühlend die Hand auf die Schulter.

Es dauerte eine Sekunde, bis sie das Gehörte verarbeitet hatte. Dann lachte sie laut auf und schüttelte mit dem Kopf. »Absolut nicht. Ich habe nur ein neues Hobby«, erklärte sie ihrer Ma, die sie mit sorgenvoller Mine ansah.

»Und welches?« Elsa lugte an ihr vorbei und entdeckte das Kaffeegeschirr. »Oh, wie hübsch!«

»Finde ich auch. Ich habe mir eben überlegt, wie ich es perfekt in Szene setzen kann, um ein tolles Foto davon zu machen. Das ist nämlich mein neues Hobby.«

»Und dabei sprichst du mit dir selbst?« Mit hochgezogenen Augenbrauen musterte Elsa ihre Tochter kritisch.

»Nein. Ich drehe auch kleine Videos. Für Instagram. Da habe ich neuerdings einen Kanal, der ziemlich gut ankommt«, erklärte sie stolz.

»Instagram? Ist das nicht diese App, auf der die Leute andauern Bilder von ihrem Essen zeigen?«

Paulina gluckste. »Manchmal vielleicht. Aber das ist bei weitem nicht alles. Es geht um ganz verschiedene Dinge. Landschaften und Urlaubsbilder, Musik, Bücher, Dekorationen, Mode, Sport, was du willst.«

»Aha.« Ihre Mutter schien wenig überzeugt.

»Soll ich es dir mal zeigen?«, fragte sie und tippte auf ihr Handy. »Hier, das ist meine Seite.«

16

Der Vorteil von Elsa Handschuhs Anwesenheit war, dass Patrick und Paulina keine Möglichkeit für ein privates Gespräch blieb. Seit zwei Tagen war sie da und es war, als hätte ihre gemeinsame Nacht nie stattgefunden. Wären da nicht diese Blicke, die sie ihm immer wieder zuwarf, wenn sie sich unbeobachtet zu fühlen schien …

Sie gingen Patrick durch und durch, auch wenn er stets bemüht war, sich nichts anmerken zu lassen. Dann überkam ihn regelmäßig ein Drang, sie sich einfach zu schnappen und an sich zu reißen. Ihren Hals und hübschen Mund mit Küssen zu bedecken, bis sie dahinschmolz wie Wachs in seinen Händen.

So wie jetzt gerade. Auf dem Weg ins Badezimmer war er an ihr vorbeigelaufen. Der Duft ihres Parfüms sprang ihm in die Nase und ihre fröhlich hüpfenden Locken forderten ihn geradezu auf, Dummheiten zu machen. Sie steckte in ihrem Lieblingspullover, einem unförmigen selbstgestrickten Ding, das bunt geringelt war. Leider wusste er nur zu gut, was sich darunter verbarg.

Ein wohlgeformter Körper, mit empfindlichen Stellen da und dort …

Flugs bog er ab und studierte die weißen Kacheln im Bad. Er musste diese wiederkehrenden Gedanken loswerden! Es war eine einmalige Sache gewesen und dabei sollte es bleiben. Es war besser so! In drei Tagen würde er nach München aufbrechen und die nächsten beiden Wochen dortbleiben. Das verschaffte ihm hoffentlich den notwendigen Abstand, um wieder klar denken zu können. Er musste sich auf sein Bewerbungsgespräch konzentrieren und sobald er sich entschieden hatte, würde er sowieso ausziehen.

Paulina verdiente etwas Besseres, als nur ein Betthäschen zu sein. Das war ihm klar geworden, seit Mama Handschuh hier ihr Unwesen trieb.

Die Frau steckte voller Power, das war nicht zu übersehen. Sie besaß aber auch Werte, die sie an ihre Tochter weitergegeben hatte. Und die kleinen Verkupplungsversuche, die sie immer wieder startete, hatten ihm verdeutlicht, wie wichtig geordnete Verhältnisse für diese Familie waren.

Natürlich schämte sich Paulina manchmal für die Vorgehensweisen ihrer Mutter, das war unverkennbar. Zum Beispiel wenn Elsa sie bat, ein paar Dinge im Supermarkt zu besorgen, und Patrick fragte, ob er ihr nicht tragen helfen solle.

Doch es war eindeutig, dass Paulina von dem Wunsch nach einer soliden Beziehung geprägt war. Mama Handschuh war seit dreißig Jahren verheiratet, wie sie nicht müde wurde zu erwähnen, und selbst Paulinas jüngerer Bruder hatte sich bereits in den Hafen der Ehe begeben.

Dagegen war das, was Patrick Paulina bieten konnte, lediglich ein Abenteuer. Nicht mehr und nicht weniger. Darauf war sie im Grunde aber nicht aus.

Weshalb er gefälligst die Finger von ihr lassen sollte!

Wenn sie nur nicht permanent vor ihm rumstolzieren und ihn daran erinnern würde, wie toll sie sich anfühlte …

Frustriert fuhr er sich durch die Haare, bis ihm aus dem Spiegel ein Struwwelpeter entgegenblickte. Vielleicht sollte er kalt duschen! Oder nach draußen gehen. Aktuell herrschten Minusgarde, dazu die kalte Alsterluft, das könnte sein hitziges Gemüt auch abkühlen. Auspowern wäre nicht schlecht … Und so beschloss er, laufen zu gehen.

PAULINA KAM SOEBEN vom Kontrollbesuch ihres behandelnden Arztes. Er war sehr zufrieden mit ihr. Die angeknackste Rippe sah gut aus und das Bäckerasthma war praktisch nicht mehr existent. Nun bummelte sie über den Weihnachtsmarkt und knipste Fotos. Sie wurde immer besser darin, einzelne Dinge in Szene zu setzen. Ihre Instagram-Posts fanden weiterhin zunehmend regen Anklang. Das freute und bestärkte sie. In dieser turbulenten Vorweihnachtszeit war ihr Dasein als Influencerin wie eine eigene kleine Welt für sie geworden. Deshalb hatte sie sich auch entschlossen, das Angebot des Haushalts- und Dekorationsherstellers anzunehmen und für ihn etwas Werbung zu machen. Das hübsche Frühstücksgeschirr hatte sie überzeugt. Ab sofort war sie also Markenbotschafterin! So lautete wohl die Bezeichnung dafür.

Ein ungläubiges Lächeln stahl sich auf ihr Gesicht. Wie sich das alles in dieser kurzen Zeit so entwickelt hatte … Dabei hatte es ungewollt, im Chaos begonnen und Patrick war in gewisser Weise sogar beteiligt daran.

Wie immer bei diesem Gedanken zog sich ihr Magen flüchtig zusammen. Obwohl ihr erster Post gefühlt schon ewig her zu sein schien, trudelten ab und zu immer noch Nachfragen nach dem nackten Kerl bei ihr ein. Tja, Erotik verkaufte sich eben! Irgendwann würde sie vielleicht doch eine knappe Stellungnahme abgeben müssen ... Das bedeutete aber auch, dass sie Patrick von der Existenz des Videos in Kenntnis setzen musste, wovor ihr graute. Ihr fehlten dazu schlicht die Worte. Wie sollte man diese bescheuerte Aktion denn auch halbwegs vernünftig erklären?

Nun ja, durch die Anwesenheit ihrer Mutter neuerdings blieb ihnen sowieso nur wenig Privatsphäre. Was in gewisser Weise gut war, so hatten sich Paulinas Bedenken, wie es nach der gemeinsamen Nacht zwischen ihnen weitergehen sollte, praktisch in Luft aufgelöst. Alles war wie immer, sodass sie sich manchmal fragte, ob es überhaupt passiert war ...

Ihre Gedanken blieben bei ihrer Mutter hängen. Wiederholt überlegte sie, was mit ihrer Ma los war. Sie war noch nie für einen längeren Besuch bei ihr gewesen. Jedes Mal war sie am gleichen Tag wieder heimgefahren. Selbst als Paulinas Rippe frisch lädiert war, hatte sie nur auf eine Stippvisite vorbeigeschaut. Möglicherweise – ja sogar ganz bestimmt – wäre sie länger geblieben, wenn Paulina sie darum gebeten hätte. Doch das hatte sie nicht und ihre Mutter hatte in den letzten Jahren gelernt – wenn auch zähneknirschend –, dass ihre Kinder erwachsen waren und ihren Freiraum brauchten. Es war ein harter Prozess gewesen, der letztlich jedoch mit Erfolg gekrönt war. Sollte das plötzlich alles vergessen sein?

Paulina beschlich das dumpfe Gefühl, dass da irgendwas im Busch war. Aber jedes Mal, wenn sie versuchte, sie darauf anzusprechen, wechselte Elsa geschickt das Thema und redete von Weihnachtseinkäufen. Allerdings war sie dafür äußerst wenig auf Shoppingtour, kochte und bügelte aber wie ein Weltmeister, vom Putzen mal ganz abgesehen. Die Wohnung war wie geleckt und keimfrei. Man hätte vom Boden essen können.

Patricks Idee, eine Putzfrau zu engagieren, kam ihr in den Sinn. Völlig unnötig, wenn man Elsa Handschuh dahatte! Ob sie ihrer Mutter vielleicht vorschlagen sollte, sich als bezahlte Reinigungskraft die Zeit zu vertreiben? Sie schien jedenfalls in dieser Arbeit aufzugehen. Und heute Morgen hatte sie ihr stolz eine Plastikflasche unter die Nase gehalten und strahlend erklärt, wie supergut das Zeug darin doch selbst den hartnäckigsten Fleck wegzauberte. Und dann hatte sie sie doch tatsächlich gefragt, ob das nicht einen Beitrag auf ihrem Instagram-Kanal wert wäre. Selbst jetzt war Paulina noch baff, anhand dieser Idee. Bislang hatte sich Elsa nie für die sozialen Medien interessiert. Hatte nicht einmal genau gewusst, worum es sich dabei handelte. Doch Paulinas Kanal schien sie wirklich zu begeistern.

Gelächter drang an ihr Ohr und Glühweinduft in ihre Nase. Paulina war am angesagtesten Getränkestand des Marktes angekommen. Rings um die aufgestellten Tische, neben dem Ausschank, standen Grüppchen verteilt, lachten und unterhielten sich.

Die Kirchturmuhr schlug fünfmal. Feierabendzeit.

Sie schoss ein paar Bilder und nahm dabei absichtlich den Baum im Hintergrund, mit der schön dekorierten Lichterkette, ins Visier. Falls sie die Bilder posten würde, wären die Personen davor gemäß Datenschutz nur verschwommen sichtbar. Zufrieden betrachtete sie ihre Schnappschüsse des bunten Treibens. Sie sahen winterlich und romantisch aus, aber auch nach jeder Menge Spaß. Für einen Moment überlegte sie, sich selbst eine Tasse Glühwein zu gönnen, doch allein trinken, machte einsam. So lautete schon die alte Weisheit. Ihr Blick blieb an zwei jungen Frauen hängen, die schnatternd lachend zusammenstanden. Plötzlich vermisste sie Mia.

Sie wollte sich gerade abwenden, als ihr jemand auf die Schulter tippte. Paulina drehte sich um und fand sich Patrick gegenüber.

»Hi«, sagte er und strich sich übers leicht verschwitzte Haar. Seine Wangen waren gerötet und aus seinem Mund drangen weiße Wölkchen. Er atmete schwerer als sonst und steckte in Sportklamotten.

»Hi.« Perplex schluckte sie. Ihn hier zu treffen, damit hatte sie überhaupt nicht gerechnet.

»Ich war gerade eine Runde joggen und bin auf dem Rückweg.«

»Okay.«

»Und du? Bist du hier verabredet?«, fragte er und sah ihr tief in die Augen.

»Ich? Nein!«, antwortete sie so vehement, als wäre das was Verbotenes.

Patrick hob die Brauen, und Paulina schüttelte unmerklich den Kopf über sich selbst. Sie führte sich auf wie eine Dreizehnjährige! So kam es ihr in dem Moment jedenfalls vor. Er hatte sie schließlich nicht des Diebstahls am Süßwarenstand bezichtigt. Aber seine Frage hatte initiiert, dass sie womöglich ein Date haben könnte, wurde ihr klar. Nur warum war es ihr so wichtig, das zu verneinen? Patrick und sie verband nichts. Sie war frei wie ein Vogel und sollte vermutlich wirklich endlich mal wieder ausgehen. Ihre Verabredung mit Marek schoss ihr durch den Kopf, die war gleich nach Weihnachten …

Sie ertappte sich dabei, wie sie auf einen der umstehenden Tannenbäume starrte, während Patrick sie stillschweigend betrachtete. Siedend heiß fiel ihr ein, dass sie noch nicht mal einen Baum zum Schmücken daheim hatten.

»Ich komme gerade von einem Arzttermin und bin auf dem Weg zum Christbaumverkauf«, nahm sie das Gespräch auf – glücklich darüber, eine Erklärung gefunden zu haben.

»Du willst einen Baum kaufen und ihn allein nach Hause schleppen?« Er schaute geradewegs auf ihren Busen. Von dem allerdings durch die dicke Winterjacke nicht viel zu sehen war. Trotzdem wurde Paulina sofort heiß. »Hat dir der Arzt das denn erlaubt?«, fragte er und ihr wurde klar, dass er an ihre verletzte Rippe dachte.

»Öhm, alles bestens.«

»Das ist schön zu hören. Aber da ich nun schon mal hier bin, was hältst du davon, wenn ich mitkomme und dir tragen helfe?« Er lächelte sie verschmitzt an.

»Du hast Angst vor meiner Mutter. Gib´s zu.«

Er zuckte mit den Schultern. »Vielleicht ein wenig. Ich schätze, sie würde mir ohne Gewissensbisse die Ohren lang ziehen und mir dann einen Vortrag halten, wie man sich als Gentleman benimmt.«

»Da liegst du vermutlich richtig.« Paulina lachte. »Du hast sie in den wenigen Tagen ziemlich gut einschätzen gelernt. Tut mir leid, dass sie dich ebenso bemuttert wie mich. Das kann ganz schön anstrengend sein, ich weiß.«

»Du brauchst dich nicht entschuldigen. Um ehrlich zu sein, finde ich es sogar ganz angenehm. Meine Mutter lebt nicht mehr.«

»Oh!« Sie wollte ihm ihr Beileid ausdrücken, aber er ließ es nicht zu.

»Also, wohin müssen wir?«, fragte er und schaute sich um.

Paulina deutete in die richtige Richtung, und sie setzten sich in Bewegung.

»Also eigentlich bin ich sogar froh, dich getroffen zu haben«, sagte er.

»Wirklich?« Hatte sie das laut ausgesprochen? Sie wusste es nicht, weil ihr Herz einen Salto schlug.

»Du hast mich erinnert, dass ich Frau Riedel versprochen habe, ihr einen Christbaum zu besorgen und aufzustellen.«

Ach so. »Dann hat sie dich gefragt? Normalerweise haben Mia und ich uns immer darum gekümmert.«

»Ja, das hat sie mir erzählt. Aber sie wollte dich unter den aktuellen Umständen dieses Jahr nicht damit belasten.«

Obwohl Patrick im Plauderton sprach, fühlte Paulina sich plötzlich uralt und deplatziert. Überflüssig, irgendwie.

Stumm stapfte sie neben ihm her. Dann erreichten sie den eingezäunten Bereich, in dem sich die Weihnachtsbäume stapelten. Das breite Eingangstor, das provisorisch aus Bauzäunen errichtet worden war, stand weit geöffnet. Daneben befand sich die alljährlich kleine Holzbude, die die Kasse beherbergte. Wie üblich, war sie mit einer Lichterkette umwickelt, die etwas Weihnachtsflair verbreiten sollte, aber kaum gegen die Flutlichtstrahler ankam, die den Verkaufsplatz hell beleuchteten. Dafür dudelte Weihnachtsmusik aus einem Lautsprecher, um die Kunden in die richtige Stimmung zu versetzen.

Paulina blieb stehen und schaute sich um. Links befanden sich die Nordmanntannen, rechts Fichten und etwas weiter hinten wurden sogar Kiefern angeboten. Alle Bäume gab es in den unterschiedlichsten Größen. Drei Verkäufer waren damit beschäftigt, Kaufwilligen die Weihnachtsbäume zu präsentieren. Der Stand war gut besucht. Natürlich, die Feiertage waren nicht mehr weit.

»Wollen wir uns allein mal umsehen? Oder möchtest

du auf eine Beratung warten?« Patrick berührte sie am Arm.

Ein Schmetterling stob flatternd durch ihren Magen. Paulina runzelte die Stirn. Womöglich war es keine gute Idee, mit ihm hierherzukommen. Die heimelige Atmosphäre in Kombination mit Patricks Anblick, dazu das Wissen um diese eine Nacht, überforderte sie schlichtweg.

Ein Mädchen rannte quiekend an ihnen vorbei, dicht gefolgt von einem lachenden Jungen. Paulina zuckte kurz zusammen und verfolgte das Fangspiel der beiden, bis sie schnaufend bei ihren Eltern ankamen. Der Mann legte seiner Frau den Arm um die Taille, während die Kinder sich an ihre Beine drückten. *»Run Rudolph Run«,* erklang es passenderweise aus den Lautsprechern. Der Geruch der frischen Nadelhölzer drang Paulina in die Nase, vermischte sich aber jäh mit würzigem Glühweinduft.

»Möchten Sie einen, solange Sie warten?« Eine Frau mittleren Alters riss sie aus ihrer Liturgie. Sie blinzelte auf ein gefülltes Tablett mit mehreren Tassen hinunter.

»Fabelhaft. Den kann ich gebrauchen«, sagte sie und griff sich eine.

Patrick tat es ihr gleich. »Das ist ja ein Service!«, meinte er erfreut und wollte mit ihr anstoßen. Doch Paulina hatte die Tasse bereits an die Lippen geführt. *Wie unhöflich von ihr!,* dachte sie noch, aber darauf konnte sie jetzt keine Rücksicht nehmen.

Schmetterlinge im Bauch! Was für ein Humbug! *Es war tiefster Winter!,* ging es ihr durch den Kopf und sie nahm einen kräftigen Schluck.

»Na dann ...«, sagte Patrick und zwinkerte ihr zu, bevor er selbst trank.

Die kräftige rote Flüssigkeit rann ihre Kehle hinab und der Störenfried in ihrem Inneren gab endlich Ruhe. Sie stellte sich vor, wie er die Flügel anlegte und sich klein machte. Wie ein begossener Pudel! Das hatte er nun davon, wenn er sich zur falschen Jahreszeit heraustraute. Schmetterlinge gehörten nun einmal nicht in die Kälte!

WÄHREND PATRICK die drei Schlucke Glühwein genoss, die sich in der Tasse befanden, beobachtete er Paulina aus den Augenwinkeln. Er hatte sich ehrlich gefreut, sie durch Zufall zu treffen, aber irgendwie machte sich in ihrer Gegenwart Unruhe in ihm breit. Vielleicht lag es an diesem Umfeld. Wohin man auch blickte, überall schien man nur in die glücklichen Gesichter von verliebten Pärchen und Familien zu schauen. Unwillkürlich fragte er sich, ob er sich anders fühlen würde, wenn niemals etwas zwischen ihm und Paulina passiert wäre. Er konnte es nicht mit Bestimmtheit sagen. Es gab durchaus Frauen in seinem Leben, mit denen er trotz einer leidenschaftlichen Nacht weiterhin ganz normal befreundet war. Warum nur fiel ihm das mit Paulina so schwer? *Diese Sache* schien wie ein Damoklesschwert über ihnen zu hängen. Die Art und Weise, wie sie sich gab, deutete jedenfalls darauf hin, dass auch sie sich mit alltäglichen Berührungen schwertat und nicht so recht damit umzugehen wusste. Warum hatte er nur seine Hand auf ihren Arm legen müssen?

Weil sie ihn geradezu magisch anzog , blitzte es durch seinen Kopf.

Er verzog das Gesicht und schob die unwilligen Gedanken beiseite.

»Schmeckt's nicht?«, wollte Paulina wissen, der seine Mine nicht verborgen blieb.

»Was? Oh, der Glühwein? Nein, der passt. Ich dachte nur gerade, dass ich gar nicht weiß, wie der Baum von

Frau Riedel aussehen soll. Groß oder klein? Tanne oder Fichte?«

»Keine Sorge, da kann ich dir helfen. Mia und ich haben uns die letzten Jahre darum gekümmert. Schon vergessen?«

Sie lächelte ihn an und ein Adrenalinschub schoss durch seine Adern.

Tatkräftig klatschte er in die Hände. »Na, dann los!«

Sie gaben ihre Tassen ab und schlenderten durch das Gelände.

»Ich glaube, ich möchte heuer eine Kiefer. Die wollte ich schon immer mal als Christbaum haben. Aber Mia hat sich das nie vorstellen können«, erzählte Paulina und lief zielstrebig in den etwas abgelegenen Teil. Vor einem ausladenden Baum blieb sie stehen. Andächtig betrachtete sie ihn.

»Ich würde sagen, dass das somit jetzt der perfekte Zeitpunkt ist«, bestätigte Patrick sie, stoppte und nahm unvermittelt das Bild in sich auf, das sich ihm bot.

Angestrahlt von den Ausläufern der Flutlichter, hob sich Paulina vor dem dunklen Winterhimmel geradezu ab. Links und rechts vom grünen Nadelgehölz eingerahmt, leuchtete sie mit ihrer gelben Winterjacke und den welligen Locken wie ein Engel, während im Hintergrund jetzt »Let it snow« dudelte.

Für eine Sekunde raubte ihm ihr Anblick schier den Atem, und da hier hinten kaum Leute waren, wurde der Moment auch nicht durch Gesprächsfetzen gestört.

Als er endlich Luft holte, trafen sich ihre Blicke und er sah ein Glitzern in ihren Augen.

»Wundervoll, oder?«, meinte Paulina, und Patrick konnte ihr nur zustimmen.

»Ja«, krächzte er und trat einen Schritt auf sie zu.

Ihre Pupillen verengten sich, dann machte sie einen

Satz um den Baum herum, sodass sie außer seiner Reichweite war. Sie kicherte, bevor sie um die Ecke lugte. Er hatte keine Ahnung, was in sie gefahren war, aber sie schien Spaß daran zu haben. Der Schalk blitzte aus ihren Augen. Ausgelassen tänzelte sie herum. Es war herrlich, ihr zuzusehen. Dann schnellte er aus einem Impuls heraus in die entgegengesetzte Richtung und sie lief ihm geradewegs in die Arme.

»Uuuu!«, rief sie überrascht und ihre Augen weiteten sich, strahlten aber weiter.

»Jetzt hab ich dich«, raunte er und drückte sie fest an sich.

PAULINAS HERZ HÄMMERTE WILD gegen ihre Brust. Sie hatte ›Fangen‹ gespielt und das war nun das Ergebnis. Jede Faser ihres Körpers war sich Patricks plötzlicher Nähe bewusst. Es fühlte sich unendlich gut an, von ihm gehalten zu werden! Ihr Verstand wollte Einwände erheben, doch ihre Hormone waren stärker, lauter, und stimmten in Doris Days Weihnachtssong »Have Yourself a Merry Little Christmas« ein, der gerade lief, sodass es ihrem Gehirn unmöglich war, Zweifel und vernünftige Überlegungen anzustellen. Und während sie sich tief in die Augen schauten, blinkten in ihrem Kopf nur zwei Wörter auf: Tu′s einfach! Den Bruchteil einer Sekunde später gab sie dem Signal ihres Körpers nach. Es war der perfekte Moment! Es war romantisch und als sich ihre warmen Lippen auf seine legten, fielen tatsächlich Schneeflocken.

17

Man konnte ihn nicht festhalten, den perfekten Moment. So schnell wie er kam, war er auch wieder vorbei. Aber an diesen Kuss würde sie sich für immer erinnern! Es war so viel Zuneigung darin gelegen, dass es ihr selbst jetzt noch, bei dem Gedanken daran, das Herz zusammenzog. Dabei war es schon über sechsunddreißig Stunden her. Was wohl geschehen wäre, wenn sie nicht nur gefühlt, in diesem Augenblick, die einzigen Menschen auf dieser Welt gewesen wären?

Das würde sie nie erfahren. In der Realität war ein emsiger Verkäufer bei ihnen aufgetaucht, kaum dass sie sich voneinander gelöst hatten. Und ehe sie sich versehen hatten, waren sie stolze Besitzer zweier Christbäume geworden, die sie schnaufend nach Hause tragen hatten müssen. Zeit zum Reden war da keine geblieben, wobei ihnen genau genommen wohl eher die Luft und Muse dazu gefehlt hatte.

Während Paulina ihre Kiefer in die Wohnung transportiert hatte, war Patrick zu Frau Riedel abgebogen und dort für Stunden verschwunden.

Sie hingegen war von ihrer Mutter mit Beschlag vereinnahmt worden. Bis spät abends hatten sie den Baum geschmückt.

So lag nach wie vor der Mantel des Schweigens über ihrer gemeinsamen Nacht. Dabei sollte es wohl auch bleiben, denn Patrick war dabei, seinen Koffer zu packen, und Paulina fragte sich, ob dieser besondere Kuss ein Abschiedskuss gewesen war. Auch wenn er nach den zwei Wochen in seiner Heimat wiederkommen wollte, fühlte es sich so an.

Nachdenklich zupfte sie an dem Christbaum herum. Verrückte hier eine Kugel und hängte den Stern an einen anderen Zweig. Er sollte perfekt aussehen! Immer wieder knipste sie ein Foto und verglich es mit der Wirklichkeit.

Elsa werkelte derweil in der Küche herum. Es klapperte und klirrte. Hin und wieder vernahm Paulina ein Gemurmel aus dem Munde ihrer Mutter, hatte sich aber fest vorgenommen, sich nicht in ihr Tun einzumischen.

Heimlich schielte sie zu Mias – also Patricks – Zimmertür. Wann er wohl aufbrach?

»Sag mal, wie lange willst du eigentlich noch hierblieben?«, fragte sie über die Schulter hinweg ihre Mutter. Weihnachten stand immerhin vor der Tür. Normalerweise waren das die Tage, in denen sich Elsa in ihrer persönlichen Hochform befand und jede Ecke des Hauses dekorierte. Für Paulinas Geschmack zwar manchmal einen Tick zu kitschig, aber es war immer wieder schön, den Heiligen Abend in ihrem Elternhaus zu verbringen und ein bisschen in Kindheitserinnerungen zu schwelgen.

Da ihre Mutter nicht antwortete, hakte sie nach. »Musst du nicht langsam deine Einkäufe für das Festmahl erledigen?« Diesmal würde sie sie nicht so einfach davonkommen lassen. Sie wollte endlich Antworten!

»Ich bin doch schon dabei. Ich feiere diesmal hier, mit dir. Ich habe deinen Vater verlassen. So, jetzt ist es endlich raus.«

Wie von der Tarantel gestochen fuhr Paulina herum. »Wie meinst du das?«

»Na, ich habe mich von ihm getrennt.«

»Was? Und das sagst du mir erst jetzt? Nach wie vielen Tagen, die du schon da bist …?« Paulina traute ihren Ohren kaum. Mit offenem Mund starrte sie ihre Mutter an. Die schlug seelenruhig ein Ei auf und trennte das Dotter vom Eiweiß, als wäre diese Neuigkeit so nichtig, wie wenn in China ein Fahrrad umgefallen wäre. Paulinas Welt stand kopf! Elsa Handschuh – die seit jeher für die Ehe warb wie ein Missionar für die Kirche – wollte sich scheiden lassen?! Wieso? Warum? Was war passiert?

Aus den Augenwinkeln sah sie, dass Patrick den Kopf zur Tür rausstreckte. Ihr Ausruf war offenbar lauter gewesen als beabsichtigt. Aber auf ihn konnte sie momentan keine Rücksicht nehmen.

»Ja, aber … weshalb?«, fragte sie stotternd Elsa weiter aus.

Ihre Mutter seufzte. »Ach, vermutlich sind wir uns einfach überdrüssig. Dein Vater versteckt sich den lieben langen Tag nur noch in seiner Garage und baut irgendwas. Nicht mal jetzt in der Vorweihnachtszeit nimmt er sich mal ein Stündchen, um mit mir über den Weihnachtsmarkt zu schlendern, wie früher. Wir haben uns nichts mehr zu sagen, wie mir scheint.« Geschäftig steckte ihre Mutter die Schneebesen in den Handmixer.

»Aber du kannst dich deshalb doch nicht gleich scheiden lassen!«, rief Paulina und merkte, wie sich ihr Magen krampfartig zusammenzog.

»Warum denn nicht? Sagst du mir nicht immer, welche Vorzüge das Singleleben hat?«

Paulina blinzelte. Jetzt wurden ihre eigenen Worte noch gegen sie verwendet!

Ein leises Klicken war in der plötzlichen Stille zu hören. Sie schielte zu Patricks Zimmertür, die nun wieder verschlossen war. Bei diesem Thema hatte er es wohl vorgezogen, sich lieber zu verdünnisieren. Verständlich!

»Weiß denn Sven davon?« Paulina änderte die Taktik.

Sollte ihr Bruder tatsächlich darüber im Bilde sein, ohne ihr etwas gesagt zu haben, würde sie ihn töten. Auf der Stelle!

»Nein. Ich wollte ihm die Feiertage nicht vermiesen. Das kann bis zum neuen Jahr warten. Die beiden wollen doch sowieso den Heiligen Abend bei Sonjas Eltern verbringen und sie sollen ihr erstes Weihnachten als Familie genießen. Das Baby muss zwar erst noch geboren werden, aber so eine Schwangerschaft ist doch was ganz Besonderes.« Damit schaltete Elsa das Rührgerät ein, sodass keine weitere Unterhaltung mehr möglich war.

Paulina blieb nichts anderes übrig, als ihr zuzusehen, und kam dabei nicht umhin, das Ausmaß der Verwüstung auf ihrer Anrichte zu entdecken.

»Was soll das eigentlich werden, wenn es fertig ist?«, bemerkte sie wie nebenbei, als der Krach endlich verstummte, obwohl es ihr angesichts des Durcheinanders schwerfiel, ruhig zu bleiben.

Neben offenen Mehl- und Zuckertüten lagen Eierschalen umringt von einer Spur gemahlener Haselnüsse quer verteilt auf der Arbeitsplatte. Die Plastikschüssel fand kaum Platz in dem Gemenge. Von den Einsätzen des Rührgeräts tropfte eine weiße Substanz.

»Was denkst du denn?«, knurrte ihre Mutter. »Ich

backe Plätzchen. Die gehören nun mal zu Weihnachten. Du machst ja keine mehr.«

Paulina schnappte nach Luft. Es fühlte sich an wie ein Tritt in die Magengrube! »Du tust ja gerade so, als wäre ich zu faul! Es ist schließlich nicht so, dass ich keine Lust hätte. Ich darf nicht mehr, das ist ein großer Unterschied!«

Endlich sah ihre Mutter von dem Chaos auf. »Tut mir leid, Schätzchen. So hatte ich das nicht gemeint. Ich weiß doch, wie gern du backst. Es ist nur … Ich bin gerade …«

»Etwas überfordert?«

»Vielleicht … ein bisschen.« Die sonst adretten kurzen Locken standen Elsa in alle Richtungen. Vermutlich hatte sie sich Butter ins Haar gerieben, als sie es sich aus den Augen streichen wollte. An ihrem Ohrring klebte ein kleiner Teigklumpen, wie es aussah, und Mehl vervollständigte das Ensemble im Gesicht. Als wäre es Make-up, war es über ihre von der Anstrengung rosigen Wangen verteilt.

»Das sieht man.« Paulina gluckste abschätzig. Talent zum Backen war ihrer Mutter weiß Gott nicht in die Wiege gelegt worden. Dabei war es egal, ob es sich um Kuchen, Gebäck, Plätzchen oder Torten handelte. Dafür konnte sie erstklassig kochen, aber das half ihr in diesem Augenblick nicht weiter. Wahrscheinlich hatte Paulina deshalb bereits in ihren frühen Kindertagen gelernt, wie man die süßen Köstlichkeiten herstellte.

»Ich bekomme das schon hin«, meinte ihre Mutter, als hätte sie ihre Gedanken laut ausgesprochen. »Du solltest besser auf dein Zimmer gehen, bevor es dir wieder schlechter geht«, riet sie ihr sanft.

Doch Paulina überhörte die Besorgnis geflissentlich. In ihren Ohren klang es, als bekäme sie jetzt obendrein auch noch Stubenarrest. Den gutgemeinten Hinweis ignorierend, zückte sie stattdessen – angefressen, wie sie war – ihr Handy und begann zu filmen.

»Hallo und viele Grüße aus der Küche. Heute zeige ich euch, wie es dort nie aussehen sollte«, sagte sie in die Kamera und schwenkte dann über das Wirrwarr hinweg, das Elsa produziert hatte. »Das ist übrigens meine Mutter. Sag mal ›Hallo‹, Ma«, forderte sie sie auf.

Sichtlich überfahren mit der neuen Situation, winkte diese etwas gedrungen, was zur Folge hatte, dass weitere Teigkrümel von ihren Fingern flogen. Schnell griff sie nach dem Geschirrtuch und wischte ihre Hände daran ab. Paulina rollte mit den Augen. »Okay und jetzt zeige ich euch, wie es geht. Welche Plätzchensorte willst du eigentlich backen, Ma?«

»Ähm, der Eischnee ist für die Zimtsterne und dann wollte ich noch Spitzbuben machen.«

»Na dann …« Paulina stellte ihr Handy auf das Seitenregal. Sie hatte bereits herausgefunden, dass der Kamerawinkel von dort aus ideal über den Arbeitsbereich reichte. Dann streifte sie die Ärmel hoch und schlüpfte in die Schürze. Mit flinken Handgriffen beseitigte sie die Unordnung und schaffte auf der Anrichte Platz.

»Jetzt geht's los. Für den Mürbteig brauchen wir zuallererst Mehl.«

»Hier, das habe ich schon abgewogen.« Elsa reichte ihr eine Schüssel.

Wie in den Backshows, holte Paulina ein Holzbrett hervor und schüttete einen professionellen Haufen darauf. Es war ein richtig hübscher Mehlberg. Zufrieden sah sie zu, wie er anwuchs. Leider hatte sie in ihrer Empörung – die sie überhaupt zu dieser Aktion veranlasst hatte – den Mehlstaub völlig verdrängt. Schon kitzelte es in ihrer Nase. In dem Bemühen, das Unvermeidliche zu vermeiden, rümpfte sie sie mehrmals. Doch je mehr sie mümmelte wie ein Hase, desto schlimmer wurde es. Sie nahm den Zucker und versuchte, sich auf das Rezept zu konzentrieren. Dann passierte es. Sie musste niesen.

Es war aber kein damenhaftes Nieserchen, sondern glich mehr einer Explosion! Mit einem »Hatschi«-Kawumm klappte ihr Kopf nach vorn, der Mehlberg stob auf und wirbelte wie ein Schneesturm durch die Küche. Und wäre das nicht schon genug, riss Paulina dabei noch die Arme in die Höhe, sodass es feine Zuckerkristalle über Elsa und sie selbst regnete. Völlig in Weiß getaucht, schaute sie schließlich in die Kamera. Ihre Mutter stand bedröppelt neben ihr.

»Ach du meine Güte!«, hörte sie Patrick ausrufen, doch da betrat sie schon das Badezimmer. Eine gründliche Dusche war das Einzige, was ihr jetzt helfen konnte.

Wie hatte ihr das gleiche Dilemma nur zweimal in Folge passieren können? Es war ein wenig wie ein Déjà-vu. Dem Fauxpas von eben war eine gewisse Ähnlichkeit zu ihrem Arbeitsunfall zuletzt nicht abzusprechen. Nur, dass es in der Backstube ausschließlich auf ihr Bäckerasthma zurückzuführen gewesen war. Heute sah das leider anders aus. Sie hatte überreagiert, weil sie mit den eben erfahrenen Neuigkeiten nicht umzugehen wusste. Ihre Eltern wollten sich trennen! Und das zu Weihnachten! Das Chaos in der Küche hatte dann eine Art Kurzschluss in ihrem Kopf verursacht …

Seufzend hielt sie den Kopf unter den warmen Wasserstrahl.

Bestürzt und beschämt zugleich schlich sie, lediglich in ein Handtuch gewickelt, in ihr Zimmer nebenan. Sie hätte auf ihre Mutter hören und sich einfach verziehen sollen. Stattdessen hatte sie in einem Anflug von Wut und Übereifer das ganze Spektakel sogar noch gefilmt! Nun, die Quittung für ihre Überheblichkeit hatte sie postwendend bekommen …

Bevor sie in ihren Jogginganzug schlüpfte, suchte sie ihr Spiegelbild nach sich anbahnendem Ausschlag ab. Glücklicherweise konnte sie nirgendwo rote Flecken oder aufkeimende Pusteln entdecken. Wenigstens das blieb ihr also erspart. Ihr verletzter Stolz war somit das Einzige, womit sie fertigwerden musste.

Hochmut kommt eben vor dem Fall, grunzte ihre innere Stimme, und Paulina streckte ihrem Spiegelbild die Zunge heraus.

Leider hatte sie recht und so beschloss Paulina, das Video nicht zu löschen, wie sie es eigentlich hatte tun wollen, sondern online zu stellen. Strafe musste schließlich sein! Abgesehen davon, war es für ihre Zuschauer sicherlich wieder mal urkomisch …

Das jedenfalls redete sie sich ein, während sie sich auf den Weg zurück in die Küche machte.

Sie wurde jäh ausgebremst.

»Paulina! Was tust du hier? Alles ist voller Mehlstaub. Das ist überhaupt nicht gut für dich! Geh und ich rufe dich, wenn ich alles saubergemacht habe«, kommandierte Elsa, kaum dass sie sie entdeckt hatte.

Die Backzutaten waren verschwunden, dafür standen jetzt Putzmittel herum. Ihre Mutter wand einen Lappen über dem Wasser in der Spüle aus. Einige Schranktüren glänzten feucht. Sie hatte sie wohl schon abgewischt. Paulinas schlechtes Gewissen verstärkte sich, als sie das Ausmaß der Verwüstung erkannte, das sie verursacht hatte, und dessen sich ihre Mutter nun annahm.

Ein Hauch Mehlstaub hing noch immer im Raum. In ihrer Nase kribbelte es schon wieder.

Dann fiel ihr Blick auf Patrick. Er öffnete soeben das

Fenster. Kalte Luft zog an ihr vorbei und über die inzwischen offen stehende Balkontür wieder nach draußen. Paulina fröstelte. Wärme suchend verschränkte sie die Arme.

»Danke, Patrick. Den Rest mache ich schon. Geh nur. Gute Fahrt und schöne Feiertage!«, sagte Elsa.

Er nickte. »Das wünsche ich dir auch.«

Paulina versteifte sich. Jetzt war es also so weit. Er ging. Und dank ihr mit einem Paukenschlag. Er musste sie für völlig durchgeknallt halten. Wie hatte sie nur so ein Tohuwabohu fabrizieren können? Vermutlich war er froh, verschwinden zu können!

Sie dachte an den Tag ihres Kennenlernens. Es war schon seltsam, wie sich manchmal alles drehte. Damals hatte sie ihn nicht schnell genug loswerden können, wohingegen er hatte bleiben wollen. Heute empfand sie es genau umgekehrt.

»Hey. Du bibberst ja«, stellte Patrick fest und rieb ihr über die Arme.

Sie hatte nur verschwommen wahrgenommen, dass er auf sie zugekommen war. Seine fürsorgliche Berührung ließ sie zusammenzucken.

»Kein Wunder, du stehst mitten im Durchzug und deine Haare sind nass«, meinte er und schob sie behutsam zur Seite. »Wie geht es dir?«, fragte er dann auch noch, statt über sie den Kopf zu schütteln, weil sie sich aufgeführt hatte wie ein verzogener Teenager.

Sie sah ihn nur an. Warum machte er das? Weshalb war er nur so nett? Das machte für Paulina alles nur noch schwerer.

Er kommt doch in zwei Wochen wieder, erinnerte sie die innere Stimme.

Ja, aber nur, um dann für immer zu gehen, antwortete

sie ihr. Und da wusste sie, dass sie sich in ihn verliebt hatte.

Die Erkenntnis überrollte sie wie eine Lawine. Sie trat einen Schritt zurück und stand plötzlich in seinem Zimmer. Auf dem Bett stand die gepackte Reisetasche, daneben befand sich ein hübsch eingepacktes mittelgroßes Geschenk. Zwei Herzen baumelten an einem Schmuckband befestigt herab.

Paulina deutete darauf. »Für die Hochzeit?« Schon einmal hatte sie sich gefragt, wer wohl seine Begleitung zu den Feierlichkeiten sein würde.

Sie stellte sich eine Barbie mit Beinen bis zum Hals vor, dazu verlockend rote Lippen. Die Vorstellung schmerzte sie, half ihr aber, auf dem Boden der Tatsachen zu bleiben. Ihre gemeinsame Nacht war nicht der Rede wert gewesen. Patrick hatte seither kein Wort darüber verloren. Und was den perfekten romantischen Moment während des Christbaumkaufs betraf, so war das nichts als eine schöne Schnappschusserinnerung. Es hatte sich so ergeben, aus einem Impuls heraus, aber es hatte keinerlei Bedeutung!

»Ja, Alana hat mir beim Aussuchen geholfen und es gleich eingepackt. Das war wirklich nett von ihr. Weißt du, ich kenne sie …«

Paulina wollte nichts über diese Frau hören. Ihre Fantasie reichte dazu bereits aus.

Das Klingeln ihres Handys unterbrach diese lächerliche Unterhaltung glücklicherweise.

»Entschuldigung.« Schon hüpfte sie in die Küche, wo ihre Mutter das vibrierende Gerät bereits in Händen hielt.

Sie reichte es ihr. »Marek ruft an. Ist das nicht dein fescher Kollege aus der Schweiz?«

»Ja.« Paulina griff danach und nahm den Anruf an.

· · ·

»Hi, du. Wie schön, dass du dich meldest«, säuselte sie überfreundlich, sich deutlich bewusst, dass sowohl ihre Mutter als auch Patrick zuhören konnten.

»Hallo, Paulina. Ich wollte dir nur sagen, dass ich morgen bei meinen Eltern ankomme und ein paar Weihnachtsguetzli mitbringen werde. Für die Brownies in Tannenbaumform am Glace-Holzstiel bin ich sogar regional ausgezeichnet worden. Deshalb dachte ich, ich bringe dir ein paar vorbei. In deinem … ähm *Zustand* wirst du ja kaum viel gebacken haben …«

In ihrem Zustand? Sie hatte Bäckerasthma und war nicht schwanger! Paulina wollte wegen der holprigen Formulierung das Gesicht verziehen, besann sich aber, als sie merkte, wie Patrick rein zufällig aufmerksam in ihre Richtung schaute, während er überordentlich eine seiner Hosen zum wahrscheinlich fünften Mal faltete.

Also grinste sie stattdessen breit. »Das ist ja lieb von dir. Vielen Dank!«

»Das heißt, du bist daheim und ich kann einfach vorbeikommen?«, fragte Marek und Paulinas Lächeln versteinerte. Irgendwie ging das nun doch etwas schnell.

»Oder soll ich sie dir bei unserem Treffen nach den Feiertagen geben? Die Verabredung steht doch noch?«

»Aber selbstverständlich bleibt es dabei. Also das liegt ganz bei dir. Wie du magst.«

»Okay, dann schau ich mal, wie es zeitlich bei mir hinkommt, und melde mich nochmal.«

»Klar, sehr gern.«

»Super! Paulina?«

»Ja?«

»Ich freue mich, dich bald zu sehen.«

»Ich freue mich auch. Bis dann«, antwortete sie honigsüß. Ihrer Mutter entlockte es ein Schmunzeln,

Patrick hingegen zog mit einem kräftigen Ruck seine Reisetasche zu.

Sehr schön, dachte Paulina zufrieden. Sollte er nur mitbekommen, dass sie auf ihn bestimmt nicht angewiesen war. Sie konnte sich ebenso verabreden und vergnügen. Was sie getan und noch vorhatte.

»Hast du ein Date?«, platzte Elsa – wie nicht anders zu erwarten war – heraus, kaum dass sie das Gespräch beendet hatte.

»Sieht ganz danach aus.«

Ihre Mutter nickte zufrieden und schrubbte weiter.

»Mit einem Konditor?«, fragte Patrick hölzern.

»Spielt das eine Rolle?« Sie steckte ihr Handy weg und schlenderte langsam durch den Raum.

»Nein.« Doch das Flackern in seinen Augen ließ Paulina zweifeln. Oder hatte sie sich das nur eingebildet?

Derweil schnappte er sich seine Tasche und einen Kleidersack, in dem vermutlich ein Anzug steckte. Prompt formte sich vor ihrem inneren Auge das Bild von Patrick im edlen Zwirn. Er musste umwerfend darin aussehen …

Dann stand er plötzlich vor ihr.

»Ich wünsche dir jedenfalls schöne Weihnachten, viel Spaß und einen guten Rutsch«, meinte er. Paulina suchte seinen Blick und für den Bruchteil einer Sekunde wollte sie ihm einen Abschiedskuss geben, aber er wandte sich schon um. »Auch dir, Elsa!«, rief er und war gleich darauf zur Tür hinaus.

Mit einem Gefühl der Zerrissenheit blieb sie zurück, bis sie wieder mal der Backdrang überfiel. Das war so typisch für sie! Gefühlskompensation durch Backen … Doch dank einer Recherche konnte sie ihm diesmal nachgeben.

»Du wolltest doch Zimtsterne machen, richtig?«, fragte sie ihre Mutter.

»Ja, eigentlich schon —«

»Dann tun wir das jetzt. Ich habe neulich ein Rezept gefunden, bei dem kein Mehl verwendet wird.« Jubilierend klatschte sie in die Hände. »Dabei können wir uns dann auch ein wenig unterhalten …«

18

Am Heiligen Abend war es kalt und die Nacht pechschwarz. Der Himmel war wolkenverhangen, sodass kein Stern zu sehen war. Nach einem etwas einsilbigen Essen hatten sich die Frauen auf den Weg in die Christmette begeben. Paulina war froh, dem seltsam traurigen Abend auf diese Weise zu entkommen. Außerdem hatte sie einen Plan!

Während sich ihre Mutter mit ein paar weitläufig Bekannten unterhielt, sah sie sich suchend um. Wo steckte er nur? Er würde sie doch nicht versetzen, oder doch? Das konnte er einfach nicht tun!

Denn Weihnachten allein mit ihrer Mutter zu verbringen, fühlte sich komisch an. Aber Elsa hatte es durchgezogen.

Nach einem langen Gespräch mit ihr hatte Paulina akzeptieren müssen, dass es ihr Ernst war und sie nicht vorhatte, die Feiertage so zu feiern, wie Paulina und Sven es seit Kindheit an gewöhnt waren. Sie vertrat ihren Standpunkt vehement, dass ihr Vater sie weder liebte, noch wertschätzte. Weshalb sie nicht davon abzubringen gewesen war, ein Ausrufezeichen zu setzen. Ihr Vater würde schon zurechtkommen, hatte Elsa gemeint. Sonst lege er schließlich auch keinen Wert mehr auf ihre Gesellschaft.

Paulina hatte es schluckend hingenommen, aber nicht geglaubt, dass es tatsächlich so war. Heimlich hatte sie versucht, ihren Vater zu kontaktieren, ihn aber leider nicht erreicht. So hatte sie sich die Frage stellen müssen, ob ihre Mutter demnach doch recht behielt und ihr Vater keinerlei Interesse mehr am Ehe- und Familienleben hatte.

Allein die Vorstellung hatte Paulina erschaudern lassen. Auch wenn sie ihr Glück in der Zweisamkeit bisher nicht gefunden hatte – sie hatte auch nicht gerade danach gesucht! –, war die Ehe ihrer Eltern doch immer ein Vorbild für sie gewesen, dem sie irgendwann einmal hatte nacheifern wollen. Die jüngsten Ereignisse allerdings hatten ihre Welt auf den Kopf gestellt – schon wieder!

Umso erfreuter war Paulina gewesen, als sie heute Mittag einen Anruf ihres Vaters erhalten hatte. Er hatte tatsächlich wissen wollen, wo denn alle seien. Baff hatte sie ihn gefragt, ob ihm denn jetzt erst auffiele, dass seine Frau seit einigen Tagen nicht mehr zu Hause gewesen wäre, woraufhin er nur eine Entschuldigung gemurmelt hatte. Paulina war der Schrecken in die Glieder gefahren. Sie hatte nicht gewusst, wie sie damit umgehen sollte und in ihrem Kopf hatte das Wort ›Demenz‹ bedrohlich aufgeblinkt. Konnte es sein, dass ihr Vater krank war, und niemand hatte es bemerkt?

Doch dann hatte er gesagt: »Ich komme und erkläre euch alles«, was Paulina gleich etwas ruhiger hatte werden lassen.

So entstand der Plan, dass sie sich in der Christmette treffen wollten. Es sollte eine Überraschung für Elsa werden und Paulina hoffte inständig, dass sie gelang und sie doch noch fröhlich unterm Weihnachtsbaum sitzen würden. Denn die Aussicht, auch die kommenden Tage allein mit ihrer Mutter verbringen zu müssen, war nicht sonderlich prickelnd. Das hatte schon das Abendessen gezeigt. Zwar hatte ihre Mutter von einem lustigen ›Mädels-Weihnachten‹ gesprochen, doch unter amüsant verstand Paulina etwas anderes.

Während Elsa in ihrem Kartoffelsalat, den es zu den Würstchen gab, herumgestochert hatte, und wahrscheinlich über die Entwicklung ihres über dreißigjährigen Ehelebens sinniert hatte, war Paulina Patrick im Kopf herumgespukt. Wie konnte sie nur ihr Herz an ihn verschenken? Doch es war geschehen und nun musste sie die Konsequenzen tragen! Um sich abzulenken, waren ihre Gedanken dann zu Marek gewandert, und von dort aus weiter zu ihrer beruflichen Situation. Keines der Themen hatte sie aufgemuntert und so war es nicht verwunderlich, dass das Tischgespräch recht verhalten verlaufen war.

DIE GLOCKEN BEGANNEN zu läuten und der Kirchplatz leerte sich. Paulina drehte sich einmal im Kreis, konnte ihren Vater aber nirgends entdecken. Während sie in das Gotteshaus eilte, fragte sie sich erneut, ob er doch neuerdings an Gedächtnisverlust litt. In aller Regel war er stets pünktlich und zuverlässig.

Sie rutschte neben ihre Mutter in die Bank. Schon wurde das erste Lied angestimmt. Den Text von »Oh du fröhliche« kannte sie seit Kindheit an in- und auswendig, weshalb sie auch beim Singen die kreisenden Gedanken um den Gesundheitszustand ihres Vaters nicht loswurde.

Als der letzte Ton verklang, tippte ihr jemand auf die Schulter. Fast wäre sie hochgeschnellt, so sehr erschrak sie. Doch dann erkannte sie das lächelnde Gesicht ihres Vaters. Mit einer Handbewegung deutete er an, dass sie etwas Platz machen solle. Er hatte es also nicht vergessen! Erleichtert schloss sie zu ihrer Mutter auf.

»Warum gehst du denn derart auf Tuchfühlung?«, flüsterte Elsa pikiert. Dann entdeckte sie ihren Gatten. Sie blinzelte verwirrt, rückte aber ebenfalls etwas zur Seite.

Wie in Kindertagen saß Paulina plötzlich eingekuschelt zwischen ihren Eltern. Das heimelige Gefühl hielt jedoch nur kurz an.

Denn sobald der Pfarrer von der Weihnachtsgeschichte erzählte, zischte ihre Mutter hinter ihrem Kopf vorbei: »Was willst du denn hier?«

Worauf sich ihr Vater etwas vorbeugte und erklärte: »Wir waren doch schon immer miteinander in der Kirche.«

»Ja, aber da haben wir auch zusammen gefeiert. Das ist dieses Jahr ja nicht so.« Ihre Mutter neigte sich ebenfalls vor, während ihr Vater sich nach hinten lehnte.

»Ist mir aufgefallen. Ich habe den guten Braten vermisst, den du sonst immer machst.«

»Hm.« Elsa bog den Rücken gerade und verschränkte die Arme vor der Brust. »War ja klar, dass es dir nur ums Essen geht!«

Paulina kam sich vor wie bei einem Tennisturnier. Ihre Eltern schleuderten sich die Bälle nur so um den Kopf. Leider immer abwechselnd, mal vorgebeugt, mal zurückgelehnt. Was das betraf, so harmonierten sie tatsächlich nicht.

»Aber Mausilein, so habe ich das doch nicht gemeint«, sagte ihr Vater, wieder in Vorwärtshaltung.

»Pha!«, schnaufte ihre Mutter und erntete ein Zischen von der Rückbank. »Könnten Sie bitte endlich leise sein!«

»Ja, da hörst du es!«, blaffte ihre Mutter ihren Vater

an. »Wir sind hier in der Kirche und ich möchte die Geschichte von dem kleinen Jesuskind hören.«

»… es lag in Windeln gewickelt in einer Krippe«, sagte der Pfarrer in diesem Moment, als hätte er Elsa gehört.

»Das wissen wir doch und für mich klingt das ziemlich unbequem«, kommentierte ihr Vater prompt. Er beugte sich erneut nach vorn und suchte Elsas Blick. »Ähnlich unbequem wie unser altes Bett, über das du schon so lange jammerst. Deshalb habe ich ein neues gezimmert. Es ist heute fertig geworden.«

Elsas Augen wurden groß. »Du hast was?«, quiekte sie einen Ton zu laut.

»Pst …!!!«, zischte es sofort aus verschiedenen Richtungen.

Doch Paulina bezweifelte, dass ihre Eltern das Gezeter der anderen Besucher wahrnahmen. Endlich neigte ihre Mutter sich ebenfalls vor und schob Paulina dabei etwas grob nach hinten, bis die beiden zur Abwechslung einmal von Angesicht zu Angesicht sprachen.

»Ich habe ein Bett für dich gebaut. Aus wunderschönem stabilem Buchenholz«, erklärte ihr Vater stolz.

»Dann warst du deshalb andauernd in der Garage?«

»Ja, und ich habe dir den Zutritt verboten, weil es eine Überraschung werden sollte.«

Nun, die war ihm in mehrerlei Hinsicht gelungen, dachte Paulina.

PATRICK LEHNTE, umringt von gutgelaunten Partygästen, an der Bar. Das Hochzeitsfest war in vollem Gange. Das Brautpaar hatte sich das Ja-Wort gegeben und seitdem wurde gefeiert, von Stunde zu Stunde ausgelassener. Der ausladende Pavillon, der an das Hotel angrenzte, war der ideale Ort dafür. Große Bogentüren führten in Sommertagen in einen wundervollen Garten. Jetzt, im Winter, strahlten die fest installierten Lichter die weiß beschneiten Bäume in den unterschiedlichsten Farben an, sodass sie sich im Kontrast zum nachtschwarzen Himmel abhoben, was ein fast märchenhaftes Ambiente schuf. Der Blick nach draußen war unbeschreiblich schön. Paulina würde er sicherlich ebenso gefallen. Schade, dass sie nicht hier war und es selbst sehen konnte, dachte er.

Der Barkeeper schob ihm ein Glas mit bernsteinfarbener Flüssigkeit samt Eiswürfel hin. Gedankenverloren nahm Patrick es entgegen.

Ob Paulinas Weihnachtsfeiertage ähnlich anstrengend gewesen waren wie seine? Vermutlich nicht. Das Verhältnis zu ihrer Mutter war gut, im Gegensatz zu seiner Beziehung zu seinem Vater.

Er hatte gehofft, dass etwas gemeinsame Zeit die Anspannung zwischen ihnen lösen würde. Dass dieses Gefühl eines Grabens nur auf die Entfernung und die notdürftigen Telefonate zurückzuführen gewesen wäre. Doch die Kluft war da. Auch wenn sein Vater es nicht direkt sagte, konnte er doch Patrick nicht verzeihen, dass er während der kurzen, schweren Krankheitstage seiner Mutter nicht hier gewesen war. Amerika, sowie Patricks Job, waren für seinen alten Herren wie ein rotes Tuch. Er wollte nichts darüber hören, wie es seinem Sohn erging und welche Pläne er für die Zukunft schmiedete. Es schien ihm gleich zu sein, ob er wieder hier in Deutschland oder weiterhin in Übersee lebte.

So hatte es nur karge Wortwechsel mit eingestreuten abfälligen Bemerkungen an den Feiertagen im Hause Weber gegeben.

Mit Paulina wäre Weihnachten sicherlich deutlich

angenehmer gewesen, überlegte Patrick leise seufzend und nahm einen Schluck von seinem Whisky. Wenn sie lachte, zeigten sich ihre niedlichen Grübchen und ihre Augen bekamen diesen kecken Schimmer …

Doch dann dachte er an die Bombe, die Elsa kurz vor seiner Abreise hatte platzen lassen. Paulinas Eltern wollten sich trennen. Das hatte er mit eigenen Ohren mitgehört. Also vielleicht war ihr Weihnachten auch nicht so toll verlaufen, wie er ihr es gewünscht hätte. So eine Nachricht zu den Feiertagen, nach all den Steinen, die ihr in diesem Jahr schon in den Weg gelegt worden waren, war sicherlich nicht einfach zu verdauen.

Am liebsten hätte er sie in die Arme genommen und getröstet, als er die Neuigkeiten mitbekommen hatte. Doch was hätte er ihr sagen sollen? Das wird schon wieder? Dies lag nicht in seiner Macht … Außerdem hatte er sich nicht einmischen wollen. Er war schließlich kein Familienmitglied, sondern nur ein Mitbewohner. Weshalb er sich wieder verzogen hatte. Zumindest bis zu dem Zeitpunkt, als in der Küche eine kleine Mehlexplosion stattgefunden hatte. Da hatte er zum zweiten Mal den Impuls in sich verspürt, sich um sie kümmern zu wollen. Doch auch diesen hatte er niedergedrängt.

Das anschließende Telefonat mit einem ihrer Lover hatte die Sache für ihn erleichtert. Ja, er hatte sich selbst beglückwünscht, dass er nicht eingegriffen und sich mit seiner Fürsorge lächerlich gemacht hatte!

Paulina und er waren eben nur Mitbewohner, gute Bekannte, vielleicht weitläufige Freunde. Mehr war da nicht zwischen ihnen. Weshalb sollte sie also keine anderweitigen Verabredungen treffen? Er tat es ja auch.

Eine Hand schlang sich von hinten um seine Taille und ein Kinn legte sich sanft auf seine Schulter.

»Na, Ricky, willst du mit mir einen ›Travolta‹ aufs

Parkett legen?«, surrte eine süße helle Stimme in sein Ohr. Aus dem Augenwinkel konnte er eine lange blondgelockte Strähne sehen. Langsam drehte er sich zu Elli um.

»Tut mir leid, Süße, aber ich hab mir vorhin was gezerrt«, erklärte er lahm.

Die hochgewachsene schlanke Frau in einem hellblauen figurbetonten Kleid mit Spagettiträgern ließ ihren Blick über ihn hinweggleiten. Sie zog ihn förmlich damit aus. Normalerweise hätte ihm das gefallen. Er mochte selbstbewusste Frauen. Doch in diesem Moment fühlte er sich unwohl. Das Gefühl verstärkte sich, als ihre Augen an seinen Beinen hängenblieben. Hoffentlich erkannte sie mit ihrem Röntgenblick nicht, dass die vorgegebene Zerrung nichts als eine Lüge war.

»Ach wie schade!«, schnurrte sie und zog mit ihren vollen roten Lippen einen kleinen Schmollmund. Sie war definitiv eine Sünde wert! Aber ihm stand heute nicht der Sinn danach. »Du bist der beste Tänzer von allen hier. Tja, da kann man wohl nichts machen.« Sie schaute zu den Kellnern hinüber, die kunstvoll eine Sektglaspyramide befüllten, die sich über einen kompletten runden Tisch erstreckte. Eine Aufgabe, die Fingerspitzengefühl erforderte. Würde nur ein Glas umkippen, wäre ein Dominoeffekt unvermeidlich. »Aber um Mitternacht stößt du mit mir an, ja, Ricky?«

Ricky, sein Kosename, stieß ihm unangenehm auf.

»Klar«, antwortete er mechanisch, so wie mit den meisten der über hundert anwesenden Gäste, wenn in knapp dreißig Minuten das alte Jahr vorbei war und das neue begann.

Paul, Annabells Cousin, steuerte auf die Bar zu, um sich ebenfalls einen Drink zu bestellen. »Jacky auf Eis«, brachte er gerade noch heraus, bevor sich Elli bei ihm unterhakte.

»Nichts da. Wir tanzen jetzt«, bestimmte sie und zog mit ihm von dannen.

Patrick sah ihnen erleichtert nach und griff nach seinem Glas.

»Hey, Ricky, altes Haus!« Markus klopfte ihm von hinten auf die Schultern. Patrick fuhr herum. »Du lässt eine Frau wie Elli mit einem anderen ziehen? So kenne ich dich ja gar nicht«, stellte sein alter Freund fest.

Patrick zuckte mit den Schultern. Sein Kumpel hatte recht. Irgendetwas stimmte nicht mit ihm.

»Vielleicht hab ich mir gestern eine Erkältung eingefangen.«

»Wohl eher einen Kater!« Markus war seit jeher kleiner als Patrick und leicht untersetzt. Er lachte laut auf und es dröhnte in altbekannter angenehmer Tiefe. »Also wenn ich an gestern Abend denke … Beim Junggesellenabschied hast du dich nicht lumpen lassen! Du hast wirklich alles gegeben. Sowohl beim Trinken als auch bei den Damen …« Grinsend strich er sich mit Daumen und Zeigefinger über den gepflegten Vollbart. Er hatte sich kaum verändert. »Unser Ricky eben! Wie eh und je!«

Unwillkürlich verzog Patrick das Gesicht.

»Was ist?«

»Es wäre mir lieber, du nennst mich bei meinem richtigen Namen«, gestand er.

Markus hob fragend die Brauen.

»Gestern Nacht, ja, da habe ich versucht, wie früher zu sein. Aber es hat mir nicht so viel Spaß gemacht wie damals. Verstehst du das? Ich denke, ich habe mich verändert. Ge-ändert!«

Markus nickte. »Das glaube ich auch. Und es ist gut so. Wer möchte schon ewig auf der Stelle stehen bleiben. Entwicklung ist der Lauf des Lebens.« Wie zur Bestätigung seiner Worte winkte er lächelnd in Corinnas Richtung. Mit ihr war er seit fünf Jahren verheiratet. Inzwischen hatten sie zwei Kinder. Ein Mädchen und einen Jungen.

»Weise Worte«, murmelte Patrick und sinnierte darüber nach, während er zu Markus´ Familie hinüberblickte. Die Kids lagen zusammengerollt in einem Zwillingsbuggy und schliefen tief und fest, während um sie herum der Bär steppte.

Zum ersten Mal beneidete Patrick seinen Freund. Gleichzeitig fragte er sich, wann Elias wohl Vater werden würde. Er suchte mit den Augen den Raum nach dem Brautpaar ab. Glücklich und verliebt lagen sie sich in den Armen und schwebten zu einem langsamen Lied über die Tanzfläche. So sollte es sein.

Patrick kippte sich den restlichen Whisky in den Rachen. War er etwa neidisch? Kaum vorstellbar. Womöglich etwas gefühlsduselig, was vermutlich dem Gerede seines alten Herrn zu verdanken war. Er hatte eine glückliche Kindheit und Jugend verbracht. Damals, als seine Mutter noch lebte und sie eine Familie waren. Jetzt fühlte er sich in seinem Elternhaus nicht mehr heimisch, innerlich zerrissen und irgendwie einsam …

»Wohin führt dich denn dein Weg nun?«, fragte Markus in seine Gedanken hinein.

»Ja, wollte ich auch wissen. Sehen wir uns ab jetzt wieder öfter?« Wie aus dem Nichts stand plötzlich Andy bei ihnen.

Beim Anblick des einsneunzig großen Mannes mit dem schmalen Gesicht und den für ihn dazugehörigen Segelohren, musste Patrick unwillkürlich grinsen. Der Anzug, den er trug, war eindeutig aus ökologisch abbaubarem Leinen, oder sowas in der Art. Andy war seit jeher ein Naturbursche und auf die Umwelt bedacht. Nach heutigen Erkenntnissen war er wohl schon immer seiner Zeit meilenweit voraus gewesen.

»Also, raus mit der Sprache. Du hast doch angedeutet, dass du wieder in good old Germany leben willst. Wo denn? Kommst du wieder zu uns zurück und wir lassen die alte Truppe wieder aufleben?« Andys Augen leuchteten.

»Du meinst wohl eher, wir gründen dann einen Altherrenstammtisch«, frotzelte Markus.

»Na, so sehr hat der Zahn der Zeit nun auch noch nicht an uns genagt!«, entrüstete sich Elias, der sich heimlich zu ihnen gesellt hatte. »Ich habe vor wenigen Stunden erst geheiratet. Lass mir bitte noch ein paar Jahre, bevor du mich als Greis abstempelst.«

Alle lachten und Patrick entspannte sich. Es tat so gut, seine besten Freunde um sich zu haben.

»Vielleicht sollte ich doch den Job in München annehmen«, überlegte er laut und besaß augenblicklich aller Aufmerksamkeit.

»Das wäre echt klasse, wenn wir uns wieder öfter sähen«, bestätigte Elias sofort.

»Dann hast du schon eine Zusage?«, wollte Andy wissen. Er arbeitete im Wasserwirtschaftsamt, dort mahlten die Mühlen der Bürokratie wohl langsamer als in der freien Wirtschaft.

»Ja, das ging echt schnell. Aber aktuell wird überall gesucht. Es gibt zu viele offene Stellen und zu wenig qualifizierte Leute.«

»Das wissen wir. Ein bekanntes Problem. Aber gestern hast du davon kein Wort verloren. Dann dürfen wir dich beglückwünschen?« Anerkennend klopfte Andy Patrick auf den Rücken.

»Na ja, am Junggesellenabschied war unserem Ricky

verständlicherweise mehr nach Feiern als Reden.« Elias
zwinkerte ihm verschwörerisch zu.

»Aber heute scheint das anders«, stellte Markus fest.

Eine Frauenstimme unterbrach ihr Gespräch, indem
sie über das Mikrophon nach Elias rief: »Wo ist denn der
Bräutigam? Es ist kurz vor Mitternacht! Der Brautstrauß
muss noch geworfen werden!«

Markus, Andy und Patrick grinsten hämisch. »Tja,
mein Lieber, dann geh besser mal deinen Pflichten nach.«

»Ich weiß gar nicht, wozu ich dabei gebraucht werde«,
murmelte Elias, begab sich aber gehorsam auf den Weg zu
seiner Braut.

»Und du kommst auch mit!«, befand Charline, Andys
Freundin. So schnell wie sie aufgetaucht war, entschwand
sie auch wieder. Im Schlepptau ihres Freundes.

Nur Markus rührte sich nicht von der Stelle.

»Willst du denn nach München? Es hörte sich an, als
würdest du zweifeln …«, griff er das Thema wieder auf.
Typisch Markus. Er war schon immer der Feinfühligste
von ihnen gewesen.

»Na ja, München ist eine tolle Stadt. Eine Stunde
entfernt lieg mein Elternhaus und ihr lebt alle im
Umkreis.«

»Das stimmt. Aber was ist mit dem Job? Würde er dir
denn gefallen?«

»Wahrscheinlich schon. Die Option, die ich in Köln
habe, ist aber nicht vergleichbar. Das Unternehmen dort
konzentriert sich hauptsächlich auf Werbung, ist aber in
mehrere Sparten aufgeteilt. Es gibt einen riesigen Social-
Media-Bereich, Film und Fernsehen und natürlich das
Gebiet Druck, also die professionelle Ausarbeitung von Arti-
keln und Anzeigen für Magazine und Ähnliches. Da dieses
Segment durch die neuen Medien jedoch immer mehr in den

Hintergrund gedrängt wurde, hat man begonnen umzustrukturieren. Dazu suchen sie jemanden mit meinem Talent und meiner Erfahrung. Ich würde in der Führungsebene einsteigen, wenn ich wollte. Vielleicht schon ab Mitte Januar.«

»Wow! Das klingt doch geradezu fantastisch!«

»Ja, schon —«

»Aber Feuer und Flamme bist du dafür auch nicht«, folgerte Markus. »Was wäre dir denn am liebsten?«

»Ich weiß nicht. Hamburg ist nicht schlecht —«

»Hamburg? Du willst dauerhaft bei den Hanseaten bleiben?« Sein Freund blinzelte überrascht.

»Ach, keine Ahnung«, ruderte Patrick zurück. Ihm war ja selbst nicht klar, warum er das überhaupt gesagt hatte.

»Ich dachte, das wäre nur eine Übergangslösung gewesen, bis du was zu dir Passendes gefunden hast?« Markus musterte ihn kritisch.

Unter seinem Blick saß Patricks Krawattenknoten mit einem Mal zu fest um seinen Hals. Er zerrte dran, um ihn zu lockern. Die Eiswürfel klirrten, als er das Kristallglas abstellte.

»Warte mal«, meinte Markus plötzlich lächelnd.

Patrick glaubte, sein Freund wolle ihm helfen, doch stattdessen lehnte er sich gelassen gegen den Tresen und redete weiter. »Da ist eine Frau im Spiel. Richtig? Deshalb hast du Elli vorhin abblitzen lassen. Du bist verliebt!«

Während Markus zu strahlen begann, glaubte Patrick sich verhört zu haben.

»Wie bitte? Was redest du da für einen Unsinn?«, herrschte er seinen Kumpel an.

»Unsinn? Na, ich weiß nicht. Deine extreme Reaktion spricht doch ziemlich dafür.«

»Was?!«

»Hör mal, es ist doch keine Schande, das passende Deckelchen zum Topf zu finden.«

»Hä? Ich glaube, du hast zu tief ins Glas geschaut.«

Markus grunzte. »Ich nicht, aber du hast gestern ganz schön getankt. Jetzt ist mir auch klar, warum. Du leidest unter Liebeskummer. Ist es das Mädchen, mit dem du momentan zusammenwohnst?«

»Paulina? Die ist im wahrsten Sinn des Wortes ein echter Stresskeks!«, blaffte Patrick. Endlich gab der Knoten seiner Krawatte nach. Seine Hand schnellte samt Schlips nach vorn und verfehlte den Brustkorb seines Freundes nur um Haaresbreite. Konfus entschuldigte er sich. »Tut mir leid, das war keine Absicht.«

Markus grinste nur weiter. »Kein Problem. Eine solche Erkenntnis kann einen schon mal aus der Bahn werfen. Besonders wenn es die Richtige sein könnte …«

Er starrte seinen Freund an und wollte widersprechen. Doch im selben Moment wurden über das Mikro die Sekunden heruntergezählt.

»Zehn– neun– acht– sieben– sechs–«

Das verrückte alte Jahr war gleich vorbei.

MAREK SCHLOSS sie in die Arme und küsste sie. Paulina hatte gerade noch rechtzeitig reagiert und den Kopf weggezogen, bevor der flüchtige Kuss zu mehr werden konnte.

»Happy New Year!«, trällerte sie fröhlich und schaute sich nach den anderen bekannten Gesichtern um, denen sie ein frohes neues Jahr wünschen konnte.

Mangels Alternativen war aus ihrem Treffen mit Marek zwischen den Jahren noch ein zweites entstanden. Denn die Aussicht, Silvester allein daheim zu verbringen, hatte Paulina nicht ertragen. Schon bei dem Gedanken daran fühlte sie sich uralt.

Nachdem sich ihre Eltern am Heiligen Abend versöhnt hatten, waren die Feiertage nahezu unerträglich gewesen. Mehr als einmal hatte sie ihren Bruder samt Frau verflucht, dass sie diesmal mit Abwesenheit glänzten.

Hatte der Gedanke, dass ihre Eltern sich würden scheiden lassen, Paulina das Blut in den Adern gefrieren lassen, so war dieses neu erwachte Liebesgeflüster doch annähernd genauso schrecklich. Denn mal ehrlich, wer wollte seine Erzeuger schon permanent turteln sehen, zweideutige schlüpfrige Bemerkungen hören und sie schließlich fast noch beim Beischlaf erwischen? Niemand!!! Allein die Vorstellung, dass ihre Eltern Wesen aus Fleisch und Blut waren und sexuell aktiv sein könnten, war für Kinder, egal, welchen Alters, doch irgendwie undenkbar. Paulina bildete da keine Ausnahme.

Entsprechend froh war sie, als die beiden nach den Weihnachtsfeiertagen endlich wieder nach Hause gefahren waren. Jedenfalls bis zu dem Moment, als ihr klar wurde, dass sie nun wie ein einsames Mauerblümchen daheim ins neue Jahr starten würde. Denn Mia begrüßte es ja in der Südsee.

Als Marek sie dann beim Essen gefragt hatte, ob sie nicht Lust hätte, ihn zur Silvesterparty am Alsterufer zu begleiten, hatte sie spontan zugesagt. Auch wenn sich das verdächtig nach einem weiteren Date angehört hatte. Andererseits war es ein Event in der Öffentlichkeit, noch dazu unter freiem Himmel. Fummeln war mit den dicken Daunenjacken schier unmöglich. Denn dass Marek mehr wollte, hatte er spätestens mit dem Abschiedskuss deutlich gemacht, der Paulina nicht sonderlich entzückt hatte.

Er war etwas zu feucht gewesen – Zunge rein, Gewühle, Zunge raus – und stand in keinem Vergleich zu

Patricks Küssen. Allein bei der Erinnerung schüttelte es sie.

Aber sie wollte auch nicht ungerecht sein. Vermutlich hatte es sogar an ihr gelegen, dass der misslungene Kuss zu so einer schlabbrigen Angelegenheit geworden war. Denn tief in ihr drin hatte sie ihn nicht gewollt. Sie hatte mitgemacht, um sich zu beweisen, dass es auch andere nette Männer gab und sie sich getäuscht hatte. Dass sie sich nicht, wie befürchtet, in Patrick verliebt hatte. Das Ergebnis ihres Experiments jedoch war deutlich.

Über ihnen erstrahlte das bunte Feuerwerk. Aus den Lautsprechern erklang Partymusik. Ein jeder stieß mit jedem an. Der Sekt wurde in Plastikkelchen ausgeschenkt, die sich kaum von den gläsernen unterschieden. Nur der Klang beim Anstoßen war nicht zu hören. Marek legte seinen Arm um sie, und Paulina überkam ein schlechtes Gewissen. Sie machte ihm Hoffnungen auf eine Beziehung, die es nie geben würde.

Wie hatte sie nur so gemein sein können? Es war egoistisch gewesen, mit ihm herzukommen. Jetzt musste sie ihm irgendwie klarmachen, dass es im neuen Jahr keine Zukunft für sie geben würde. Dabei war sie *im Schlussmachen* sowieso nicht gut.

Oder interpretierte sie viel zu viel in diese Situation hinein?

Sie beobachtete, wie er strahlend eine andere Frau umarmte und ihr alles Gute wünschte. Paulina kannte sie flüchtig. Wenn sie sich richtig erinnerte, war sie während ihrer gemeinsamen Ausbildungszeit eine Klasse unter ihnen gewesen …

Wollte er vielleicht nur eine kurze Affäre mit ihr? Er lebte und arbeitete immerhin in der Schweiz!

Aber von derlei Abenteuern hatte Paulina die Nase voll. Sie war nicht der Typ dafür. Gefühl gehörte für sie zum Sex dazu. Und wohin das führte, hatte sie eben erst mit Patrick erlebt.

Was er wohl gerade trieb? Vermutlich hielt er links und rechts eine Barbie im Arm und amüsierte sich köstlich …

Paulinas Brustkorb zog sich schmerzlich zusammen. Ihr Handy begann zu vibrieren. Es hörte gar nicht mehr auf.

Bis sie es aus der Jackentasche gezogen hatte und einen Blick darauf werfen konnte, hatte sie bereits Unmengen von Nachrichten erhalten. Ihre treusten Follower wünschten ihr ein frohes Neues!

Sie schoss ein paar Bilder. Dank der recht guten Kamera waren sogar ein bis zwei Schnappschüsse vom Feuerwerk gelungen. Sie knipste die Sektkelche und machte Fotos von den fröhlichen Partygästen. Mit dem nachtschwarzen Hintergrund und den schön drapierten Lichterketten am Flussufer wirkte das Geschehen vor Ort fast noch spektakulärer, als es tatsächlich war. Zum Schluss hielt sie ihr Handy auf sich gerichtet und sprach lächelnd ihre Neujahrswünsche in die Kamera. Dann bastelte sie alles zusammen und lud es auf ihrem Account hoch.

Sie war gerade damit fertig, als eine Brünette Mitte dreißig vor ihr stehen blieb.

»Du bist doch Paulina! Die Influencerin von Instagram, richtig?«, rief sie zunehmend aufgeregter. »Darf ich ein Selfie mit dir machen?«

Sprachlos nickte sie.

19

Den Neujahrstag verbrachte Paulina hauptsächlich am Telefon. Über eine Stunde redete sie mit Mia und tauschte Neuigkeiten aus. Später rief sie noch ihren Bruder und ihre Eltern an. Dass Marek sich gemeldet hatte, übersah sie geflissentlich. Dieses Gespräch verschob sie gern auf später, morgen oder irgendwann. Als sie über Patricks Nummer in ihren Kontakten stolperte, schwebte ihr Finger kurz über dem Display. Schließlich raffte sie sich auf und tippte eine kurze Nachricht mit guten Wünschen fürs neue Jahr. Das gebot der Anstand, sagte sie sich, musste sich aber dennoch überwinden, sie abzuschicken. Er hatte sich immerhin auch (noch) nicht gemeldet!

Um sich abzulenken, bereitete sie ein paar neue Posts für ihren Instagram-Kanal vor. Dass man sie inzwischen schon *auf der Straße* erkannte, konnte sie kaum glauben. Aber so war es und je länger sie sich diese Tatsache vor Augen hielt, desto stolzer wurde sie. Nicht, dass sie davon ausging, dass sowas nun öfter passierte. Das wollte sie auch gar nicht. Gott bewahre!

Trotzdem steigerte es ihre Freude, weitere kreative

Beiträge zu erstellen. Als sie auch das mit Präzision erledigt hatte, schmiss sie sich aufs Sofa, zappte durch die Fernsehkanäle und blieb schließlich bei einem romantischen Film hängen. Leider sah der Hauptdarsteller Patrick ziemlich ähnlich, sodass sie sich ständig fragte, ob er sich ebenso charmant verhalten würde. Frustriert schaltete sie das Gerät ab und gönnte sich ein Entspannungsbad.

Die Wohnung war viel zu leer ohne Mitbewohner. Wann er wohl wieder auftauchen würde? Bisher hatte er auf ihre Nachricht nicht geantwortet.

Am zweiten Januar spukten ihr so viele Gedanken durchs Hirn, dass sie nur eine Möglichkeit sah, ihren Kopf frei zu bekommen. Also begann sie zu backen.

Da die Zimtsterne, die sie zusammen mit ihrer Mutter hergestellt hatte, richtig lecker gewesen waren und das Rezept erfreulicherweise mit ihrer Allergie vereinbar war, stand sie zumindest hier nicht vor der Qual der Wahl. Außerdem schmeckten die Kekse schließlich auch nach Weihnachten noch.

Das Wetter passte perfekt zu ihrem Vorhaben. Dicke Flocken fielen vom Himmel herab und bedeckten nach und nach die Stadt mit einer fluffig weißen Schicht, ähnlich wie Paulinas zuckersüßer Eischnee die braunen Zimtsterne bedeckte. Einmal angefangen, verfiel Paulina in ihren altbekannten Rhythmus. Wie in Trance buk sie bis tief in die Nacht hinein, fiel dann in ihr Bett, um am nächsten Morgen das Ausmaß ihrer Aktion zum ersten Mal richtig wahrzunehmen.

Überall standen Bleche, Bretter, Metalldosen und Plastikschüsseln gefüllt mit den Plätzchen. Zimtgeruch lag in der Luft, so würzig, dass es ihr schon fast den Atem raubte. Wer sollte die nur alle essen?

Sie beschloss, sie in Tüten zu verpacken und zu verschenken. Ihre Bekannten am Wochenmarkt würden sich sicherlich ebenso freuen wie die Nachbarin Frau Riedel.

So verging die Zeit, ohne dass Paulina ein Lebenszeichen ihres aktuellen Mitbewohners erhielt. Aber sie verbot sich, darüber nachzudenken! Ihren Herzschmerz schob sie auf die längst verheilte angeknackste Rippe. Man musste sich die Fakten nur schönreden! Dafür, dass sie sich in Patrick verliebt hatte, konnte er schließlich nichts. Das war allein ihr Problem. Er hatte ihr nie etwas versprochen!

Dann begann das Praktikum bei Weiler. Endlich hatte sie wieder einen geregelten Tagesablauf. Wie gut ihr das tat, merkte sie erst jetzt, auch wenn sie die meiste Zeit damit verbrachte, rumzustehen und zuzusehen. Um sich die Tage zumindest etwas interessanter zu gestalten, knipste sie immer wieder Fotos, von den Arrangements, die der Raumausstatter gestaltet hatte, und von der geschickten Aufteilung der Möbel selbst im kleinsten Zimmer, und lud sie zusammen mit Tipps und Tricks auf ihrem Kanal hoch.

Als der Januar sich dem Ende zuneigte, gab Paulina die Hoffnung auf, dass Patrick noch einmal wiederkommen würde. Vielleicht hatte eines der Unternehmen, bei denen er sich beworben hatte, ihn sofort zum Arbeitsbeginn verpflichtet. Sicherlich der Münchner Konzern. Somit gab es keinen Grund mehr für ihn, die mehrstündige Fahrt nach Hamburg auf sich zu nehmen. Wozu auch? Nur um Lebewohl zu sagen?

Zögernd stieß sie Mias Zimmertür auf. Sie hatte das Zimmer seit Patricks Auftauchen nicht mehr betreten. Langsam sah sie sich um. Nichts wies darauf hin, dass er je hier gewesen war. Er hatte keinerlei persönlichen Gegenstände hinterlassen. So urplötzlich wie er erschienen war, war er auch wieder verschwunden.

Ein krächzender Laut entwand sich ihrer Kehle, dann

schaltete sie das Licht aus und ließ die Tür hinter sich ins Schloss fallen.

»DAS GLEICHE WIE IMMER?«, fragte der Kellner einer Münchner Kneipe, in der Patrick sich nun seit Wochen abends aufhielt. Es kam ihm vor wie eine kleine Ewigkeit.

Er nickte und der Kellner gab dem Mann hinterm Tresen ein Zeichen, ihm ein Bier zu zapfen. In gut zwanzig Minuten würde er dazu ein Schnitzel Wiener Art mit Kartoffelsalat serviert bekommen. Aber eigentlich hatte er keinen Hunger, weshalb es ihm auch egal war, dass er täglich dasselbe aß.

Schuldgefühle nagten derart penetrant an ihm, dass er eigentlich nur noch funktionierte und überhaupt nicht mehr er selbst war.

Wie hatte der Start ins neue Jahr nur so verworren beginnen können? Dabei hatte er gedacht, es wäre der Anfang eines neuen Lebens.

Doch sein alter Herr hatte ihm einen Strich durch die Rechnung gemacht. Nach einem erneuten Disput zwischen ihnen war er zusammengebrochen. Schwerer Schlaganfall! Zwei Wochen war er auf der Intensivstation gelegen und man hatte nicht sagen können, ob er durchkommen würde. Jeden Tag hatte Patrick seinen Vater besucht und sich Vorwürfe gemacht. Wäre er der Diskussion aus dem Weg gegangen, wäre der alte Mann vermutlich quicklebendig!

Hinzu kam, dass die Firmen, bei denen er sich vorgestellt hatte, eine Zu- oder Absage von ihm verlangten. Ausgerechnet jetzt! Schließlich war das der Auslöser für den Streit mit seinem Vater gewesen. Der hatte ihm vorgeworfen davonzulaufen – wie immer! –, wenn er sich für

Köln entscheiden würde statt für München. Patrick hatte dagegen aufbegehrt. Als ob ihr Verhältnis so innig wäre, dass sie es in der Nähe des jeweils anderen aushalten würden … Kurz darauf musste der Notarzt kommen!

Aber sein alter Herr war nicht nur starrsinnig, sondern auch zäh. Was sich nun wieder gezeigt hatte. Inzwischen hatte man ihn auf die normale Station verlegen können. Er hatte sich zurückgekämpft. Ob er sich künftig jedoch noch komplett selbst versorgen konnte, war fraglich. Die Ärzte rieten Patrick dazu, einen Heimplatz für ihn zu organisieren.

Unwillig schüttelte Patrick bei dem Gedanken daran mit dem Kopf. Er musste mit seinem Vater reden, war sich aber darüber im Klaren, dass der von diesem Vorschlag nichts wissen wollte. Was unweigerlich zu einem neuen Streitgespräch führen würde, und das mit einem Mann, der sich keinesfalls aufregen sollte!

Er hatte keine Ahnung, wie er das Problem lösen konnte. Nachdenklich betrachtete er das vor ihm stehende Bierglas.

»Ricky?«

Sein Blick hob sich. Vor ihm stand Markus und zog sich eine schneebedeckte Mütze vom Kopf.

»Verzeihung. Patrick. Alte Gewohnheit, du verstehst schon. Mensch, dachte ich doch, dass du es bist. Was treibst du hier? Wir sind davon ausgegangen, dass du längst wieder in Hamburg bist.« Ohne zu fragen, schob sich sein Kumpel auf die Bank ihm gegenüber.

»Markus, das ist ja eine Überraschung.«

»Das kann man wohl sagen. Also warum bist du noch da? Wartet nicht eine gewisse Mitbewohnerin auf dich?« Breit grinsend zwinkerte Markus ihm zu.

Patrick seufzte tief. Der Gedanke an Paulina verstärkte seine Schuldgefühle noch weiter. Er hätte sich längst bei ihr melden sollen. Aber jedes Mal, wenn er es hatte tun wollen, war etwas dazwischengekommen. Zweimal hatte er einen Kurznachrichtentext verfasst und wieder gelöscht, weil die Formulierung sich komisch angehört hatte, wie er fand. So war nun ein ganzer Monat verstrichen. Sicherlich glaubte sie, dass er sich einfach aus dem Staub gemacht hatte. Und vielleicht stimmte es sogar. Je länger er aus Hamburg weg war, je komplizierter sich seine momentane Situation gestaltete und je weiter sein neuer Job von seiner Übergangswohngelegenheit entfernt lag, desto mehr fragte er sich, ob es überhaupt noch einen Sinn ergab, an etwas anzuknüpfen, das jeglicher Substanz entbehrte.

»Das glaube ich kaum. Als ich abgereist bin, hat sie sich gerade mit einem anderen Kerl verabredet«, sprach er laut aus, was ihm durch den Kopf ging.

»Ach so. Ich hatte den Eindruck, da ist mehr zwischen euch.« Markus hatte es endlich geschafft, seine Jacke auszuziehen, und legte sie neben sich auf die Bank.

»Nein, da war zwar mal was. Aber nur kurz und einmalig.«

»Was ist los? Hast du so nachgelassen in den letzten Jahren?«, stichelte sein alter Kumpel glucksend.

»Sehr witzig. Es hat sich einfach nicht mehr ergeben.«

»Wie das? Ihr habt doch in einer Wohnung gelebt.«

Patrick zuckte mit den Achseln. Paulina und er hatten nie ein Wort über diese eine Nacht verloren. Warum eigentlich nicht?

»Lass mich raten, du hast kalte Füße bekommen und bist vor deinen Gefühlen weggelaufen? Auch wenn du nicht mehr Ricky genannt werden willst, ist mir dieses Verhalten aus jener Zeit doch bestens bekannt.«

Markus´ Worte trafen ihn wie einen Stich ins Herz. Es entsprach der Wahrheit, was er da über die Vergangenheit sagte. Ricky war der Spaßvogel, der Weiberheld, der sich nie hatte binden wollen. Aber er hatte sich verändert …

»Das stimmt nicht«, widersprach er. »Ich hatte eine feste Beziehung mit Natascha in den Staaten. Wir sind sogar zusammengezogen«, erinnerte er seinen Freund, der davon durchaus wusste.

Doch Markus winkte nur ab. »Mag sein. Aber mir schien es immer so, als wäre diese Liaison mehr eine Zweckgemeinschaft gewesen. So richtig mit dem Herzen warst du da doch nicht dabei, oder?«

Patrick öffnete den Mund, schloss ihn aber wieder. Auch wenn er es nicht gern zugab, hatte Markus mit seiner Beobachtung recht.

»Mit Paulina – so heißt sie doch? – scheint es mir anders zu sein«, fügte sein Kumpel nun hinzu und bestellte sich nebenbei ebenfalls ein Bier.

»Jetzt komm mir nur nicht wieder mit dieser Geschichte, von wegen ich sei endlich mal richtig verliebt!«, stöhnte Patrick. Ihm gefiel die Unterhaltung nicht.

»Na ja, in den frühen Morgenstunden, als sich die Hochzeitsgäste allmählich verstreut hatten, hast du plötzlich ziemlich viel von ihr gesprochen. Erinnerst du dich nicht mehr?«

Patrick runzelte die Stirn. An dem Abend hatte er noch einiges getrunken. Hatte er etwa im Suff rührselige Geschichten erzählt? Er konnte sich nicht entsinnen, aber ebenso wenig vorstellen, sowas getan zu haben.

Glücklicherweise brachte der Kellner Markus Bier, sodass sie statt einer Antwort miteinander anstoßen konnten.

Leider war Markus nicht bereit, das Thema fallen zu lassen, und sprach danach weiter.

»Du hast etwas davon erzählt, dass du für sie gekocht

und irgendwelche Gewürze gesucht hast. Aber du hättest sie auf Anhieb gefunden und dir wäre bewusst geworden, wie schnell du dich in Paulinas Wohnung doch eingewöhnt hast –«

»Das soll ich erzählt haben?« Patrick traute seinen Ohren kaum.

»Oh ja. Und du hast gemeint, du würdest dich bei ihr heimisch fühlen. Sie vermissen, wenn du nach Köln ziehst, obwohl ihr euch erst seit ein paar Wochen kennt.«

»Das klingt so gar nicht nach mir«, erklärte Patrick und ließ nachdenklich den Blick durchs Fenster auf die Straße schweifen.

»Tja, mein Lieber, das dachte ich auch. Es ist aber die Wahrheit und spricht durchaus für meine Vermutung.«

Patrick erinnerte sich allmählich dunkel an das Gespräch.

»Ich habe von Köln gesprochen. Also hatte ich mich da bereits entschieden«, sagte er mehr zu sich selbst.

»Richtig. Hast du den Job etwa noch nicht klargemacht?«

»Doch. Ich bin bereits die Tage zwischen hier und dort hin und her gependelt.«

»Zwischen Köln und München? Warum?«

»Weil mein Vater im Krankenhaus liegt …«, berichtete er und dann erzählte er die ganze Geschichte, wie das neue Jahr für ihn begonnen hatte.

»Oh je«, meinte Markus, als er endete. »Du hättest dich melden sollen!«

»Bei Paulina? Ja, vermutlich.«

»Vermutlich?«, echote sein Kumpel. »Auf jeden Fall! Aber ich meinte jetzt eigentlich, du hättest uns Bescheid geben sollen. Wir hätten dich unterstützt. Dafür sind Freunde doch da!«

»Und wie?«, fragte Patrick, während sein Essen serviert wurde.

»Na, pass mal auf …« Markus zückte sein Handy und Patrick stieg der Schnitzelduft in die Nase. Zum ersten Mal seit Tagen lief ihm das Wasser im Mund zusammen. Appetitvoll griff er zu Messer und Gabel.

Kauend bekam er nur am Rande mit, dass Markus telefonierte. Bis er aufgegessen hatte, schneite sein Kumpel Andy samt Freundin in die Wirtsstube herein. Wenig später erschienen Elias und Annabell, die gerade von ihrer Hochzeitsreise zurückgekehrt waren, und zum Schluss kam sogar noch Markus´ Frau Corinna, die auf die Schnelle einen Babysitter organisiert hatte. Ehe Patrick sich versah, bildeten sie eine große Runde.

Nach dem ersten Hallo und einem kurzen Reisebericht der Frischvermählten, stand plötzlich Patrick im Mittelpunkt und wusste nicht, wie ihm geschah. Weshalb Markus das Wort ergriff und die anderen über seine Sorgen in Kenntnis setzte.

Zu Anfang fühlte er sich etwas unwohl dabei. Als ob er nicht seinen Mann stehen und seine Probleme selbst lösen könnte! Doch als niemand Anzeichen von sich gab, die das Gefühl verstärkten, und Andys Freundin Charline dann meinte, sie hätte Beziehungen zu einem Pflegeheim, das auch betreutes Wohnen anbot, und gern ihre Kontakte für ihn nutzen wollte, fiel der Druck restlos von ihm ab.

Elias, der schon immer einen guten Draht zu Patricks Vater gehabt hatte, wollte ihn gern besuchen gehen und das Thema dezent zur Sprache bringen. Was ein toller Vorschlag war. Bei Elias würde sich sein Vater nicht halb so schnell angegriffen und abgeschoben fühlen, wie wenn Patrick mit dieser Option ankäme.

Seine Freunde machten es ihm tatsächlich möglich, sich zumindest für einige Stunden auf seinen neuen Job konzentrieren zu können. Die Einarbeitung war ja eh noch sehr sporadisch, aber je intensiver er sich dieser widmen konnte, desto schneller würde er seinen neuen Aufgaben gerecht werden.

Dann kam auf einmal Paulina zur Sprache. Und das auf eine Art und Weise, mit der Patrick überhaupt nicht gerechnet hatte.

»Sag mal, deine Mitbewohnerin, das ist doch die mit dem erfolgreichen Instagram-Kanal. Oder?«, meinte Annabell urplötzlich.

Verständnislos schaute Patrick sie an, weshalb Annabell erklärend hinzufügte:

»Also ich kenne sie nur von ein paar alten Fotos, als Elias in seiner Jugendzeit Mia in Hamburg besucht hat. Sie sind ja Cousin und Cousine.«

»Das weiß ich. Über Umwege bin ich schließlich so an das WG-Zimmer gekommen.« Patrick schaute seinen besten Freund an.

Elias nickte bestätigend.

Jetzt wendete Annabell sich an ihren Mann: »Ja und du hast doch ebenfalls gemeint, dass es sich um ein und dieselbe Person handeln müsste, die ich seit Wochen auf Insta verfolge.«

»Es liegen zwar ein paar Jahre dazwischen, aber die Ähnlichkeit ist frappierend«, sagte Elias.

»Moment, redet ihr gerade von Paulina? Die Influencerin mit den tollen Backrezepten und Dekotipps? Die, die aus ihrem Leben erzählt hat, die so ist wie du und ich? Die ist echt liebenswert. Der folge ich auch schon länger«, mischte sich Charline ein.

Annabell hielt den Daumen hoch. »Genau die meine ich.«

»Und mit der wohnst du zusammen?« Charline schnappte nach Luft. »Warum hast du sie denn nicht mit zur Hochzeit gebracht? Ich hätte sie echt gern persönlich kennengelernt!«

»Eben. Warum hast du sie denn nicht mitgebracht?«, wiederholte Markus und schaute Patrick keck in die Augen.

Das war zu viel. Patrick hob die Hände. »Moment mal. Stopp! Ich habe nicht die geringste Ahnung, wovon ihr hier alle redet! Kann mich bitte mal jemand aufklären?«

Charline zückte ihr Handy und hielt es ihm unter die Nase. »Neuerdings hat sie auch viele tolle Einrichtungstipps auf Lager.«

Zögerlich nahm er das kleine Gerät. Auf der geöffneten Seite war Paulina, wie auf der Social-Media-Plattform üblich, in unzähligen minimalistischen Kästchen zu sehen. Er erkannte sie auf Anhieb. Dass sie es war, daran gab es keinen Zweifel. Auf einem der Fotos – er klickte es an, um es zu vergrößern – stand sie mit ihrem roten Strickkleid, das sie zu ihrem Vorstellungsgespräch getragen hatte, vor dem Spiegel. Auch ohne die Stiefeletten fand er sie immer noch ziemlich sexy darin.

Schnell scrollte er weiter und öffnete ein Video. Ihre Stimme war in der geräuschvollen Umgebung der Gaststätte kaum zu hören, trotzdem klang sie wie Honig in seinen Ohren. Sie befand sich in der Küche, vor ihr auf der Anrichte türmte sich ein Mehlberg. Paulinas Augen wurden groß, dann musste sie heftig niesen und weißer Mehlstaub stob auf, ihr direkt ins Gesicht. Als sie in die Kamera hochschaute, musste sie sich erst mal die Augen frei wischen. Flüchtig verzog sie den Mund, sagte dann aber: »Fehlen nur noch die Gurkenscheiben, oder?« Sie war über und über mit Mehl bedeckt und sah zum Schreien komisch aus.

Patrick merkte, wie seine Mundwinkel zuckten. Er

tippte zurück auf die Übersicht und sein Blick blieb an einem Bild hängen, auf dem sie sich am Alsterufer befand. Er öffnete den Beitrag, der mehrere Fotos vom Silvesterabend zeigte, auf einem lächelte sie Wange an Wange mit einem Typen in die Kamera. Das war also ihr ›Neuer‹!

Patrick hatte genug gesehen und gab Charline ihr Smartphone zurück.

»Also ist sie nun deine Mitbewohnerin …«, fragte die hoffnungsvoll.

»… Mias Freundin«, fügte Annabell ergänzend hinzu.

»… Oder nicht?«, beendete Elias den Satz.

»Sieht ganz danach aus«, brummte Patrick.

»Und du wusstest nicht, dass sie eine kleine Berühmtheit ist?«, hakte Andy nun beeindruckt nach. Er hatte sich das Handy seiner Freundin geschnappt und scrollte jetzt ebenfalls durch Paulinas Instagram-Kanal.

»Nein.«

»Warum denn nicht?«, wollte Elias wissen.

»Weil sie es mir nicht gesagt hat?!«, knurrte Patrick und stellte sich ebenfalls die Frage, weshalb sie ihm nichts davon erzählt hatte. Er dachte, sie wären Freunde …

Corinna begann zu kichern und zog damit unwillkürlich alle Aufmerksamkeit auf sich.

»Na ja, es könnte womöglich daran liegen, dass ihre Karriere mit einem Video gestartet ist, in dem jemand – wie formuliere ich das jetzt? – mit nackten Tatsachen aufwartet. Und wenn ich gerade richtig kombiniere, ist es ziemlich wahrscheinlich, dass du derjenige sein könntest …« Sie sah Patrick geradewegs an.

»Wer? Ich?«

»Hm-hm.«

»Inwiefern? Ich meine, ich wusste doch bis eben nicht einmal, dass sie so einen Kanal besitzt.«

»Du kennst die Seite auch?«, fragte Markus indes

seine Frau verblüfft. »Und was meinst du mit ›nackten Tatsachen‹?«

»Oh!«, piepte Charline. »Du sprichst von Paulinas allererstem Video. Stimmt's?« Sie guckte erst Corinna, dann Patrick an. »Der Flitzer warst du?«

»Flitzer? Was?« Patrick verstand schon wieder nur Bahnhof und schaute reihum den anwesenden Frauen ins Gesicht. Eine jede von ihnen grinste. Offenbar wussten sie alle Bescheid.

»Also nun raus damit. Wir wollen auch mitlachen«, forderte Elias die Damen auf.

Wenigstens tappte Patrick nicht allein im Dunkeln. Seine Freunde waren scheinbar ebenso wenig im Bilde wie er, wovon hier gerade gesprochen wurde.

Annabell war die Erste, die sich regte. »Am besten, ich zeig's dir.«

Ein paar Sekunden später starrte Patrick erneut auf ein Displayhandy. Diesmal wurde ein Video von Paulina abgespielt, auf dem sie hocherhoben auf der Rückenlehne ihres Sofas saß und sich vorstellte. Sie plapperte in die Kamera, dann guckte sie schief und im Hintergrund lief ein nackter Mann vorbei …

Patrick stockte der Atem. Ach du große Güte! Das war ja er!!! Für eine Millisekunde schloss er die Augen. Als er sie wieder öffnete, plumpste Paulina gerade mit Überschlag von der Sofakante. Bildfetzen der Wohnung waren zu sehen, dann ihre Hand und wieder bruchstückhafte Ausschnitte, bis das Video schließlich zu Ende war.

Andy, Elias und Markus brachen in schallendes Gelächter aus. Patrick hatte gar nicht bemerkt, dass sie sich um ihn versammelt hatten, um mitschauen zu können.

Elias klopfte ihm anerkennend auf die Schulter. »Du machst eine tolle Figur.«

Andy gluckste. »Irre.«

Nur Markus wandte sich, statt an ihn, an seine Frau. »Sowas siehst du dir also an«, stellte er grinsend fest.

Patrick legte die Hände vor sein Gesicht. Ein seltsames Gefühl durchfuhr ihn. Sicherlich, er war kein Kind von Traurigkeit. Das hieß aber noch lange nicht, dass er sich der Öffentlichkeit aussetzen wollte. »Das muss ich erst mal verdauen!«

»Jo! Eine Runde Schnaps, bitte!«, orderte Markus sofort.

»Ist doch halb so schlimm. Man sieht nichts richtig …«, versuchte Elias ihn aufzumuntern. Als Patrick zu seinem Freund schielte, stellte er fest, dass der das Video nochmals in Ruhe anguckte. Na toll!

Zorn stieg in ihm auf. Wie hatte sie ihn nur hintergehen können? Ihn derart zur Schau zu stellen! Das war eine bodenlose Frechheit! »Sie hat mich zum Gespött der Leute gemacht!«, bellte er laut.

»Ich verstehe ja, wenn du jetzt wütend auf Paulina bist. Aber du solltest dir auch das Folgevideo ansehen. Darin sagt sie, dass alles nur ein Missverständnis wäre. Auf mich hat es den Eindruck gemacht, als hätte sie deinen Auftritt gar nicht veröffentlichen wollen«, redete Annabell besänftigend auf ihn ein.

»Super. Und damit ist alles gut? Sie hätte es mir sagen müssen! Was ist mit meinem Datenschutz?«, ereiferte er sich, fing sich damit aber nur erneute Lacher seiner Freunde ein.

»Hey, nun sei nicht so. Vermutlich hat sie sich einfach nicht getraut, dir die Wahrheit zu sagen«, gab Markus, der Sanftmütige, zu bedenken.

»Klar! Jetzt bin ich also noch der Böse?!«

»Nein, das sagt doch keiner!«

»Sie hatte nie vor, Influencerin zu werden. In ihrem zweiten Video erklärt sie, dass es keine weiteren

Meldungen von ihr geben wird«, informierte Corinna ihn.

»Ha! Es gibt aber haufenweise Beiträge von ihr. Oder etwa nicht?« Patrick fuchtelte mit dem Finger herum.

»Schon. Aber ich glaube, das hat sich auf Grund der vielen Rückmeldungen ergeben. Die Leute haben immer weiter nachgefragt, bis sie sich doch wieder gemeldet hat.«

»Und sie hat dich nie mit einem Sterbenswort erwähnt. Das muss man ihr zugutehalten. Sie hat nur von sich erzählt, Backtipps und Dekoideen veröffentlicht«, klärte Charline ihn weiter auf.

Patrick verkniff sich einen Kommentar und kippte sich stattdessen den bestellten Schnaps in den Rachen.

Drei Runden später sah er die Sachlage deutlich gelassener.

Seine Kumpels hatten recht. Er besaß einen gut gebauten Körper, für den er sich bestimmt nicht schämen musste. Sein ›kleiner Freund‹ war auf dem Video nicht zu sehen. Nur sein Knackarsch, wie Markus bewundernd festgestellt hatte. Dies wurde auch in den Kommentaren zu Paulinas Post bestätigt, was ihm fast schon schmeichelte.

Außerdem hatten die Frauen am Tisch die Wahrheit gesagt. Paulina war auf keinerlei Nachfragen nach dem ›Flitzer‹ eingegangen. Es war wohl tatsächlich nicht ihre Absicht gewesen, die Aufzeichnung im Internet zu veröffentlichen, das war aus ihren anfänglichen Beiträgen deutlich herauszuhören, die er sich inzwischen sehr genau angeschaut hatte. Dass sie schließlich doch den Kanal weiterführte, hatte sich scheinbar einfach ergeben. Anfangs waren ihre Posts auch noch ziemlich zögerlich, aber im Laufe der Zeit war sie immer besser – professioneller – geworden.

Eigentlich bewunderte er sie dafür!

Sein Blick blieb an einem ihrer Selfies hängen. Er versank geradezu in ihren strahlend grünen Augen. Ihre Lockenpracht fiel ihr auf dem Bild über die Schultern und Patrick verspürte das Bedürfnis, eine ihrer Haarsträhnen um den Finger zu wickeln, so wie er es in jener Nacht getan hatte.

Im Gegensatz zu den Anwesenden und allen Followern da draußen, wusste er, wie sie roch, sich anfühlte und wie stark sie tatsächlich war.

Sein Herz zog sich zusammen und in diesem Moment wusste er, dass er sie haben wollte. Mit allen Rechten und Pflichten! Er wollte eine feste Beziehung mir ihr, weil … er sie liebte! Die Erkenntnis raubte ihm flüchtig den Atem, doch dann machte sich in ihm eine Leichtigkeit breit, die er so noch nie gefühlt hatte.

Er schaute zu Markus, der gerade nach Corinnas Hand griff. Sein Freund hatte es noch vor ihm erkannt. Patrick, alias der Schwerenöter Ricky, war endlich bereit, sich dauerhaft fest zu binden. Er hatte sein Herz verloren und konnte nur hoffen, dass die Frau, die er liebte, ihn wollte!

20

Es war bereits weit nach Mitternacht, als Patrick die Autobahn in Hamburg verließ, um die letzte Strecke nach Winterhude zurückzulegen. Er kam aus Köln, was nicht gerade um die Ecke von Hamburg lag, ging es ihm beim Blick auf die Fahrzeit im Display durch den Kopf. Wenn er Paulina wirklich für sich gewinnen konnte, mussten sie eine Lösung finden. Eine Fernbeziehung war eigentlich nicht das, was er im Sinn hatte, aber er würde es gern versuchen, solange er nur Paulina immer wieder in die Arme schließen konnte.

Er schüttelte den Kopf und verdrängte diese Gedanken. Er sollte nicht den zweiten Schritt vor dem ersten machen. Vorerst hatte er andere Sorgen.

Er musste sich bei Paulina entschuldigen, dafür, dass er über einen Monat nichts von sich hatte hören lassen, und er musste sie davon überzeugen, dass sie zusammengehörten. Der Kerl, mit dem sie Silvester gefeiert hatte, war nie und nimmer der Richtige für sie. Das war nämlich er!

Als er das Treppenhaus emporstieg, war er aufgeregt wie ein kleiner Junge. Er war nervös. Das Herz schlug ihm bis zum Hals und der Grund dafür war bestimmt nicht mangelnde Fitness. Trotz der späten Stunde war er hellwach.

Vor der Wohnungstür blieb er kurz stehen. Ihm wurde klar, dass er noch immer nicht wusste, was er ihr sagen wollte. Er holte tief Luft und trat ein.

Alle Zimmer lagen im Dunkeln. Paulina schlief mit Sicherheit schon. Patrick war enttäuscht und erleichtert zugleich. Ein kleiner Aufschub würde bestimmt nicht schaden. Schließlich sollte das Aufeinandertreffen von Erfolg gekrönt sein. Bis morgen früh hätte er bestimmt auch die richtigen Worte gefunden.

Leise schlich er zu seinem Zimmer. Es fühlte sich an wie ein Déjà-vu. Er dachte an seine Ankunft und die erste Nacht in Mias Rüschenzimmer. Hoffentlich ließ ihn Paulina morgen nicht wieder verhaften.

Obwohl er es diesmal verdient hätte. Er hatte mit ihr geschlafen und sie dann mehr oder weniger sitzengelassen … Die Gedanken wirbelten wild durch seinen Kopf, während er unter die Decke kroch.

DIE VERKÄUFERIN übergab Paulina eine riesige Papiertüte.

»Das Feenkleid wird Ihnen ganz wunderbar stehen. Ich wünsche Ihnen viel Vergnügen auf dem Faschingsball. Sie sind bestimmt ›der‹ Hingucker des Abends!«

»Danke.« Paulina nahm lächelnd das Kleid entgegen, das sie seit Tagen immer wieder betrachtet hatte. Die Boutique, in der es im Schaufenster ausgestellt gewesen war, lag auf ihrem Arbeitsweg, und jedes Mal, wenn sie es sah, dachte sie, wie schön doch ein bisschen Glitzer in ihrem Leben wäre.

Ohne Mia fühlte sie sich einsam und an Patrick wollte

sie gar nicht denken. Sie vermisste ihn viel zu sehr, obwohl sie sich erst seit einigen Wochen kannten. Auf seine Weise hatte er ihr Leben bunter gemacht, nun da er weg war, schien alles nur noch grau zu sein.

Das Praktikum bei Raumausstatter Weiler heiterte sie auch nicht sonderlich auf. Der Alltag hatte sich inzwischen eingespielt. Entweder sie erledigte etwas Büroarbeit, wozu Papierkram und das Vereinbaren beziehungsweise Bestätigen von Terminen gehörte, oder sie kam mit in den Außendienst, wo sie überwiegend nur zusah und Fotos knipste. Es kam nur selten vor, dass sie tatsächlich selbst Hand anlegen durfte. Wiederholt überlegte sie, ob sie sich ihre berufliche Zukunft so vorstellte. Aber morgen hatte Herr Weiler sie zu einem Gespräch gebeten … Vermutlich wollte er ihr ein Feedback über die ersten vier Wochen ihres Praktikums geben. Sie konnte nur hoffen, dass er sie nicht fragte, wie es ihr gefiele. Denn das wusste sie selbst nicht.

Umso mehr bezauberte sie das Feenkleid, wenn sie nach einem wertfreien Tag die Straße entlangspazierte. Es verzauberte sie und brachte sie zum Träumen, mit seinen schimmernden Farben, die von Weiß über Silber und Rosa bis ins Bläuliche gingen. Je nach Lichteinfall wechselte es dem Anschein nach. Das Oberteil bestand von der Taille bis über den Busen aus einem gerüschten Korsett, an dem eine Art Spagettiträger angebracht waren. Wenn man es trug, musste man sich wie eine Prinzessin fühlen, hatte Paulina jedes Mal gedacht.

Heute war sie dann, ohne zu überlegen, in den Laden spaziert und hatte es gekauft. Ohne nach dem Preis zu fragen!

Als sie gehört hatte, dass es knapp zweihundert Euro kostete, hatte sie nur kurz geblinzelt und ihre Karte gezückt. Noch vor einem halben Jahr hätte sie es sich anders überlegt und die Kaufentscheidung rückgängig gemacht. Aber seit sie gestern ihren Kontostand geprüft und entdeckt hatte, dass dieser immens gewachsen war, wollte sie sich das Kleid nun gönnen. Sie hatte es sich verdient! Mit ihren neuen Einnahmen aus den Instagram-Posts. Sie hatte nicht schlecht gestaunt, wie viel sie durch die einzelnen Werbeverträge, die sie geschlossen hatte, in der Summe zusammengerechnet einnahm. Der Betrag ersetzte zwar ihr Gehalt als Konditorin nicht, entsprach jedoch ungefähr dem Einkommen eines Halbtagsjobs.

Aber die Verkäuferin hatte letztlich sogar nur den halben Preis für das Kleid von Paulina verlangt. Sie hatte sie nämlich erkannt. Damit war sie nun schon die zweite Person, die ihrem Instagram-Account folgte und sich freute, Paulina im echten Leben zu treffen.

Wie auch schon an Silvester fühlte Paulina sich geschmeichelt, aber auch etwas seltsam. Sie war doch niemand Besonderes!

Auf den Vorschlag, dass sie für ihr Glitzerkleid nur die Hälfte bezahlen, und im Gegenzug dafür ein paar hübsche Fotos ins Internet stellen sollte, ging sie jedoch gern ein. Als Paulina zusagte, strahlte die Boutiquebesitzerin, als hätte sie gerade den Deal des Jahres gemacht. Nun, wenn es so einfach war, Menschen glücklich zu machen, würde sie sich auch nicht schlecht fühlen, weil sie einen Vorzugspreis bekam.

»Ich freue mich schon auf die Bilder!«, flötete die Verkäuferin, vermutlich um sie nochmals daran zu erinnern.

Paulina nickte und verließ eilig den Laden. Denn was sie nicht verraten hatte, war das kleine Detail, dass sie bislang gar nicht vorgehabt hatte, mit dem Kleid auf eine Veranstaltung zu gehen. Das Kleid war eigentlich nur für sie selbst gedacht. Um sich darin vor dem Spiegel zu drehen und es am Schrank hängend zu bewundern …

Jetzt fühlte sie sich doch etwas mies. Der Gedanke ließ sie nicht mehr los. Aber zurückzugehen und die Wahrheit zu sagen, war auch keine Option.

Eiskalter Wind blies ihr, wie zur Strafe, ins Gesicht, während sie die Tüte nach Hause schleppte. Der Winter zeigte sich in diesem Jahr unnachgiebig. Paulina stellte sich vor, in dem dünnen Kleid auf eine Faschingsparty zu gehen. Holte man sich damit nicht sofort den Tod?

Durchgefroren wie sie war, brach ihr in der warmen Wohnung regelrecht der Schweiß aus. Sie riss sich die dicke Winterjacke vom Leib und schmiss ihre Neuerwerbung aufs Bett. Was für eine blödsinnige Idee das doch gewesen war. Sich ein Kleid zu kaufen, das nicht zu gebrauchen war, und dann noch zu versprechen, Werbung dafür zu machen? Paulina konnte sich selbst nicht verstehen. Aber es war wohl ihre Art, mit dem Herzschmerz umzugehen. Andere stopften dafür eimerweise Eiscreme oder Pralinen in sich hinein.

Während sie sich ihrer Büroklamotten entledigte, schielte sie immer wieder zu der Papiertüte hinüber. Es war ein kaum vernehmbares Flüstern, das zu ihr durchdrang. *Jetzt hast du mich, also zieh mich an.* Dann tat sie es und schlüpfte hinein.

Sie fühlte sich wunderbar. Im Wohnzimmer drehte sie die Stereoanlage auf, suchte nach beschwingter Musik und begann zu tanzen.

 Reglos stand er in der Tür und schaute zu, wie Paulina durch den Raum tänzelte. Fast hätte er sie nicht erkannt. Sie trug ein Ballkleid und wirkte wie aus einem Disneyfilm entsprungen. Fehlte nur noch der Zauberstab in ihrer Hand. Vor dem breiten Balkonfenster wehten die Schneeflocken, aber hier drin schien der Frühling ausgebrochen zu sein. Wäre in diesem Moment Bambi um die Ecke gekommen, es hätte ihn nicht verwundert.

Mit verschränkten Armen lehnte er sich gegen den Rahmen und genoss den Anblick. Sie wirbelte umher, trällerte den Song mit, der gerade abgespielt wurde, und wirkte so losgelöst, so herrlich verrückt, dass es ihm ganz warm ums Herz wurde. Diese Fröhlichkeit, die sie versprühte, diese Energie, gepaart mit ihrem Kampfgeist, allen Lebenslagen zu trotzen, war unbeschreiblich.

Am liebsten hätte er sie eingefangen und geküsst. Dieser Frau zu begegnen, war das Beste, was ihm je passiert war! Er wollte sie einfach nur festhalten und nie mehr loslassen. Er hatte viel zu lange gebraucht, um das zu kapieren.

Aber sie tanzte mit geschlossenen Augen und hatte ihn noch nicht entdeckt. Er wollte sie keinesfalls erschrecken. Hinzu kam seine Unsicherheit. Wie würde sie überhaupt auf ihn reagieren, nach seinem schändlichen Verhalten?

Plötzlich wirbelte sie auf ihn zu und riss die Augen auf. Als sie ihn erkannte, stoppte sie abrupt.

»Was tust du denn hier?«, fragte sie in so einem abfälligen Ton, dass es sich wie eine Ohrfeige anfühlte.

Patrick schluckte. Wäre er heute früh nur rechtzeitig aufgewacht! Eigentlich hatte er sie mit einem Frühstück überraschen wollen, doch er hatte so tief und fest geschlafen wie schon lange nicht mehr. Bis er aus dem Bett gekrabbelt war, hatte Paulina schon das Haus verlassen und war zur Arbeit gegangen. Weshalb er seinen Plan ändern musste.

Er zog den Blumenstrauß hervor, den er besorgt hatte.

»Hier, der ist für dich«, erklärte er mit belegter Stimme und streckte ihn ihr entgegen.

Sie sah auf das Papiergebinde und runzelte die Stirn. Erst jetzt bemerkte er, dass er noch eingepackt war. Warum hatte er ihn nicht längst von seiner Hülle befreit? Zeit hatte er doch genug gehabt! Aber er hatte nicht aufhören können, sie anzusehen, wie sie da so wundervoll getanzt hatte …

Er fühlte sich wie ein Blödmann und riss etwas unbeholfen an dem Papier. Endlich kam ein üppiger Strauß aus cremefarbenen und rosa Rosen, Schleierkraut, Strandflieder und silbrig-grünen Eukalyptuszweigen zum Vorschein. Noch einmal hielt er ihn ihr hin.

Sie beäugte das Gebinde. »Aha« war jedoch alles, was sie sagte. Wie zwei Fremde standen sie sich gegenüber. Als das Schweigen zu lange dauerte, griff sie nach dem Blumenstrauß. Na, wenigstens nahm sie ihn.

Er sah zu, wie sie eine Vase holen ging und Wasser einfüllte.

»Der Strauß passt perfekt zu deinem Kleid«, kommentierte er etwas unbeholfen. Plötzlich fehlten ihm die Worte, obwohl er ihr doch so viel hatte sagen wollen! Aber dafür war jetzt nicht der passende Zeitpunkt. Zuerst musste sich die angespannte Lage zwischen ihnen wieder entspannen.

Sie schaute auf und ihm wurde klar, dass sie es ihm nicht leicht machen würde.

»Danke«, meinte sie hochmütig. »Wie schön, Sie hier nach so langer Zeit wieder begrüßen zu dürfen, Herr Weber.« Vollführte sie gerade einen angedeuteten Knicks?

»Es tut mir leid, dass ich mich nicht gemeldet habe —«, begann er.

Sie fiel ihm sogleich ins Wort. »Macht doch nichts. Du

bist mir keinerlei Rechenschaft schuldig.« Betont uninteressiert zuckte sie mit den Schultern.

Für einen Moment fragte er sich, ob es ein Fehler gewesen war, wieder herzukommen. Wenn es ihr nun wirklich so egal war, wie sie vorgab? Vielleicht war sie ja sogar froh gewesen, dass er endlich verschwunden war. Er hatte sich ihr immerhin mehr oder weniger aufgedrängt …

PATRICKS ANBLICK WARF Paulina völlig aus der Bahn. Sie hatte ihn nicht kommen hören und auch nicht mehr damit gerechnet, dass er überhaupt noch einmal zurückkam.

Jetzt stand er da und schaute sie entgeistert an. Vermutlich dachte er, sie hätte nicht mehr alle Tassen im Schrank. Kein Wunder, welche Frau in ihrem Alter hüpfte daheim auch im Prinzessinnenkostüm durch die Wohnung?

Fiebrig zupfte sie den Blumenstrauß in der Vase zurecht. Er war wunderschön und hatte bestimmt einiges gekostet. Ihr Magen wurde flau. Erste Schmetterlinge flatterten darin herum. Die Botschaft, dass er wieder da war, hatte sich inzwischen wohl zu ihnen herumgesprochen. Krampfhaft versuchte sie, das Gefühl zu ignorieren. Heimlich spähte sie in seine Richtung.

Er sah verdammt gut aus, obwohl von seinem typischen Dreitagebart jegliche Spur fehlte. Ausnahmsweise war er glattrasiert. Dafür wurde sein markantes Kinn von einem dunkelgrünen Rollkragenpullover betont. Sie hob den Kopf, um einen Blick auf seine blaugrauen Augen zu werfen.

Ein böser Fehler. Er sah sie geradewegs an. Es war zu spät wegzuschauen, wenn sie ihm nicht zeigen wollte, wie sehr sie seine Anwesenheit doch nervös machte. Also hielt

286

sie ihm stand und da Angriff die beste Verteidigung war, hörte sie sich selbst sagen: »Zu deiner Information. Ich trage dieses silberne Kleid, weil mir nach etwas mehr Glanz in meinem Leben zumute war.«

Patrick zuckte nicht einmal mit der Wimper. Er nickte sogar anerkennend.

»Das solltest du öfter machen. Es steht dir.«

Zögerlich beäugte sie ihn. Meinte er das jetzt ernst oder nahm er sie auf die Schippe? Doch letztlich war es irrelevant. Sie würde sich keine Blöße geben.

»Vielleicht mache ich das auch«, stimmte sie ihm mit fester Stimme zu und räumte den Tisch frei, um die Vase darauf platzieren zu können. Die Päckchen, die dort gelegen hatten, stellte sie kurzerhand auf den Boden, an die Wand. Der Rock ihres Kleides kam ihr dabei in die Quere. Während sie versuchte, es zu befreien, schossen ihr tausend Fragen durch den Kopf: Wieso war er plötzlich wieder da? Was wollte er? Und warum jetzt? Weshalb klopfte ihr Herz so laut? Konnte er es hören? Wie konnte sie das dringende Bedürfnis, sich ihm an den Hals zu werfen, loswerden?

Ihr Hormonhaushalt hämmerte zornig auf ihren Verstand ein. Glücklicherweise war der aber meinungsstabil.

Das Schrillen der Türglocke riss sie aus ihren Gedanken.

»Ist das schon wieder der Paketbote?«, fragte Patrick gedehnt, während Paulina sich auf den Weg in den Flur machte.

»Keine Ahnung!«, rief sie zurück. Es würde sie allerdings nicht wundern. Denn abgesehen von schriftlichen Angeboten, waren auch andere kleinere Designer, ebenso wie »Look-to-you«, auf die Idee gekommen, ihr einfach Sachen zuzuschicken. Woher die Leute ihre Adresse hatten, war ihr allerdings noch immer schleierhaft. Sie machte sich eine gedankliche Notiz, sich dringend im Internet einmal selbst zu googeln, und öffnete.

»Hi, ich schon wieder«, sagte tatsächlich der Postbote und drückte ihr drei Päckchen unterschiedlichster Form und Größe in die Hände.

»Oh, danke schön«, erwiderte sie freundlich und kam dabei nicht umhin, sein Schnaufen zu bemerken. »Es tut mir wirklich leid, dass Sie immer die Stufen bis in den dritten Stock laufen müssen. Stellen Sie doch nächstes Mal einfach alles für mich unten im Hauseingang ab«, bot sie ihm deshalb an.

»Kein Problem. Das hält mich fit«, meinte der Mann schief grinsend und Paulina wurde sich ihrer Garderobe bewusst.

Sie wollte sich ihm erklären, verwarf die Idee aber wieder. Sie konnte zu Hause schließlich rumlaufen, wie es ihr gefiel. Stattdessen würde sie beim Thema bleiben und ihm sagen, dass in diesem Haus wirklich nichts wegkam, aber da hörte sie Patricks skeptische Stimme neben sich.

»Das nächste Mal?« Mit hochgezogenen Augenbrauen und verschränkten Armen stand er urplötzlich hinter ihr.

Vor Schreck hätte sie beinahe die Kartons fallen lassen. Bis sie sich wieder gesammelt hatte, war der nette Zusteller schon die Treppe hinunter, weshalb ihr nur noch übrig blieb, der Tür mit dem Fuß einen Tritt zu geben, um sie zu schließen.

Vorsichtig balancierte sie das Pappkarton-Trio in ihr Zimmer. Patrick blieb, wo er war, ließ sie jedoch nicht aus den Augen. Paulina fühlte sich kontrolliert.

»Ja, warum denn nicht? Geht dich das irgendwas an, wie viel Post ich bekomme?«, knurrte sie und kam zurück.

»Natürlich nicht. Aber du hast momentan nur ein

geringes Einkommen und na ja …« Jetzt klang er fast milde …?

Sie hielt in der Bewegung inne und suchte seinen Blick.

Seine Züge waren ebenso weich, wie seine Tonlage es gewesen war, und in seinen Augen erkannte sie so etwas wie Sorge.

Da wurde es ihr klar: »Du denkst, ich bin kaufsüchtig?«

»Na ja, Onlineshopping macht es den Leuten heutzutage ziemlich leicht …«, räumte er ein.

Paulina lachte laut auf. »Mein Leben mag zwar in den vergangenen Monaten etwas unkonventionell verlaufen sein, aber ich tröste mich bestimmt nicht, indem ich mir ständig neue Sachen kaufe.«

Patricks Blick wanderte an ihr herab. Sie sah ebenfalls an sich herunter.

Natürlich! Sie trug das Prinzessinenballkleid! Einfach so. Zu Hause und nur für sich allein. Klar, dass er falsche Schlüsse zog und sich darin bestätigt fühlte!

Er wusste ja nichts von ihrer neuen Tätigkeit als Werbebotschafterin. Wie auch? Bisher hatte sie sich immer darum gedrückt, ihm von ihrem Instagram-Kanal zu erzählen. Denn dann hätte sie ihm beichten müssen, wie es überhaupt dazu gekommen war …

Sie war eben ein Feigling gewesen. Aber das war nun vorbei! Sie würde ihm reinen Wein einschenken. Jetzt sofort! Bevor sie sich wieder einreden konnte, dass es gerade der falsche Zeitpunkt war …

Um sich selbst Kraft zu spenden, stemmte sie die Hände in die Hüften.

»Also nein, ich bin nicht dem Kaufrausch verfallen! Und hier ist der Beweis.« Sie drehte sich um und ging eines der Pakete holen, von dem sie ausging, dass es sich um ein ›Geschenk‹ eines kleinen Unternehmens handelte. Nun konnte sie nur hoffen, dass sie damit richtiglag. In der Regel befanden sich ähnliche Schreiben darin wie das, das sie von ›Look-to-you‹ erhalten hatte.

Als sie es Patrick in die Hand drückte, wirkte er etwas überrumpelt.

»Los, schau rein«, forderte sie.

»Ich mach doch nicht deine Post auf!«

»Warum denn nicht? Ich habe keine Geheimnisse.« Zumindest wollte sie ab jetzt keine mehr vor ihm haben.

Unschlüssig nahm er den kleinen Karton von der einen Hand in die andere. Es dauerte eine Ewigkeit, bis er sich in Bewegung setzte und in der Küche nach einem Messer griff, um das Paketband aufzuschneiden.

Als er den Deckel öffnete, bildete sich in Paulinas Magen ein Klumpen. Papier raschelte, und sie nahm entfernt wahr, wie er das Anschreiben herauszog. Was hatte sie getan? Wenn er jetzt gleich die Wahrheit erfuhr, musste sie auch mit dem Rest rausrücken und ihm gestehen, dass er nackt im Internet zu sehen war …

»Du hast einen Instagram-Kanal?«, drang irgendwann Patricks Stimme zu ihr durch. In seinen Augen flammte Wissbegierde auf.

Obwohl sie darauf hätte gefasst sein müssen, durchfuhr Paulina ein Ruck. Sie stand schräg hinter ihm und lugte über seine Schulter. Pures Adrenalin rauschte durch ihre Adern.

»Ja. Zufrieden?« Instinktiv zog sie das Papier weg und faltete es sorgsam zusammen. Es war ihr egal, wie viel er gelesen hatte.

»Du bekommst demnach Artikel geschickt, die du auf deinem Kanal vorstellen sollst? Entschuldigung, ich wollte dir keinesfalls mit meiner Anspielung vorhin zu nahe treten. Es war nur … Ich hatte doch keine Ahnung!«

Als sie nicht antwortete, plapperte er auch schon weiter. »Warum hast du mir nichts davon gesagt? Ich meine, das ist doch nix Schlimmes. Zugegeben, es überrascht mich. Ich hätte dich nicht so eingeschätzt.« Merkte Patrick, dass er sich gerade um Kopf und Kragen redete? »Trotzdem ist es nichts, wofür man sich schämen muss. Denke ich jedenfalls ... Oder ... Worum geht's dabei?« Seine Augen durchbohrten sie regelrecht.

Paulinas Brauen wanderten in die Höhe. Dachte er gerade an einen Sexkanal oder ging jetzt ihre Fantasie mit ihr durch? Sie merkte, wie ihr warm wurde. Dann bombardierte ihr Gehirn sie mit der Tatsache, dass wenn man überhaupt in diese Richtung denken wolle, er derjenige war, der nackt durchs Bild gelaufen war. Prompt wurde ihr noch heißer.

Patrick gackerte. »Kein Grund, rot zu werden. Aber deiner Reaktion nach zu urteilen, tippe ich mal darauf, dass du keine kleinen schmutzigen Filmchen drehst.«

»Natürlich nicht. Was denkst du von mir?«

»Hm. Weiß nicht. Ich hatte mir schon manchmal Sorgen gemacht, dass du Selbstgespräche führst, weil ich dich des Öfteren hinter verschlossenen Türen schnattern gehört habe, aber gestöhnt hast du dabei nicht.« Er zwinkerte ihr zu.

Mit offenem Mund starrte sie ihn an.

Patrick redete indes weiter. »Nach meinen neusten Erkenntnissen gehe ich nun davon aus, dass du mit deinen Followern gesprochen hast. Wie viele hast du denn? Bist du berühmt?«

Paulina wusste nicht, was sie darauf sagen sollte. Aber eine Antwort blieb ihr diesmal nicht erspart. Aufmerksam sah er sie an und wartete.

»Ähm, um ehrlich zu sein, war das mehr so ein Zufallsding«, erklärte sie lahm und hörte, wie kratzig ihre

Stimme geworden war. Leider schwieg Patrick, sodass sie nicht umhinkam, ausführlicher zu werden.

»Ich hab ein Video veröffentlicht und den Leuten hat's gefallen.« Der Zeitpunkt war gekommen, ihm endlich zu gestehen, dass er darin vorkam. Doch sie wusste nicht, wie sie diese Info formulieren sollte. »Seitdem poste ich regelmäßig ein bisschen was aus meinem Leben. Was mir eben so einfällt. Das ist alles.« Warum konnte der Postbote nicht nochmal klingeln und sie aus dieser Situation retten? Wobei, der hatte ihr das unangenehme Gesprächsthema eigentlich erst eingebrockt …

OKAY, seine Fragen waren fies. Wusste er doch ganz genau über Paulinas Kanal Bescheid. Aber wie hätte er sich denn verhalten sollen? Es ihr einfach relaxt sagen? Patrick war ja selbst überrascht, wie sich das Gespräch entwickelt hatte. Dass sie gleich bei ihrem Aufeinandertreffen auf dieses Thema zu sprechen kamen, damit hatte er nicht gerechnet.

Seine Sorge, dass sie ein Kaufproblem hatte, war echt gewesen. Hatte er anfangs noch gedacht, es handle sich um Weihnachtseinkäufe, war ihm heute wirklich der Schrecken in die Glieder gefahren. Immerhin hatte sie einiges durchmachen müssen, wer hätte es ihr vorwerfen sollen, wenn sie versuchte, das auf die eine oder andere Art und Weise zu kompensieren?

Auf die Idee, dass sie inzwischen tatsächlich mit ihren Videos und Bildern Geld verdiente, war er nicht gekommen. Dabei hätte er schon aus beruflichen Gründen diese Gedankenbrücke schlagen können.

Doch das hatte er nicht und letztlich war es vielleicht auch gut so. Er hätte seine Überraschung niemals so spielen können, wenn er alle Fakten bereits im Hinterkopf gehabt hätte. Tja, und daraus war sowas wie ein Selbstläufer entstanden. Er fand zunehmend Gefallen daran, Paulina ins Schwitzen zu bringen. Natürlich tat sie ihm auch irgendwie leid, aber ein bisschen Strafe durfte schon sein. Sie hatte schließlich genügend Zeit und Gelegenheiten gehabt, ihm alles ausführlich zu erklären.

»Aha, das klingt etwas schwammig. Erzähl doch mal ausführlicher. Wie bist du überhaupt darauf gekommen, einen Instagram-Kanal zu eröffnen? Wie heißt er denn? Ich würde gern mal einen Blick darauf werfen«, stichelte er weiter. Bisher hatte sie ihm immer noch nichts von seinem Auftritt gesagt.

Paulina blies die Backen auf. Sie wand sich sichtlich, kniff aber nicht.

»Gut. Gibst du mir dein Handy? Dann zeig ich ihn dir.«

Er tat wie befohlen und wartete gespannt darauf, wie sie ihm die frohe Botschaft mitteilen wollte.

Sie tippte etwas ein und wischte auf seinem Display herum. Dann hielt sie es ihm entgegen.

»Hier. Schau dir mein allererstes Video an.«

Er wollte es schon nehmen, aber sie zog es nochmals zurück.

»Aber bevor du das tust, versprich mir, dass du noch das zweite anguckst und vielleicht das dritte auch. Es war eine Verkettung unglücklicher Umstände. Es tut mir wahnsinnig leid. Ich hätte es dir sagen müssen.« Bei den letzten Worten wurde ihre Stimme brüchig und Patrick kam sich vor wie ein Schuft.

Er wollte sie in den Arm nehmen und ihr gestehen, dass er längst davon wusste und ihr nicht (mehr) böse war. Doch bevor er dazu kam, floh sie schon aus dem Raum.

21

*P*aulina hatte sich den restlichen Abend in ihr Zimmer eingeschlossen. Sie hatte es nicht geschafft, Patrick unter die Augen zu treten.

Seit Kindheit an, war ihr eingebläut worden, dass man zu dem Mist, den man fabrizierte, stehen musste! Warum hatte sie es nicht getan? Indem sie so viele Wochen hatte verstreichen lassen, fühlte sich nun alles noch viel schlimmer an.

Damals, als sie ihn von der Polizei hatte abführen lassen, und er schließlich eingezogen war, stand es zwischen ihnen sowieso nicht zum Besten. Es wäre so viel einfacher gewesen, noch eins draufzusetzen, wenn sie ihm von ihrem *Malheur* berichtet hätte. Sauer war er eh schon auf sie gewesen. Es hätte die Sache also nur wenig verschlimmert.

Jetzt jedoch war die Lage anders. Sie waren Freunde geworden. Mehr noch, sie hatte sich in ihn verliebt!

Wie sehr hatte sie sich doch gewünscht, er würde wiederkommen und er könnte ihre Gefühle erwidern. Stattdessen hatte sie – kaum, dass sie aufeinandertrafen – alles mit ihrer Beichte zerstört!

Zweimal hatte er an ihre Tür geklopft und wollte mit ihr reden. Doch sie hatte so getan, als schliefe sie schon. Nun ja, immerhin war er nicht in lautes Wutgebrüll ausgebrochen, nachdem er sich nackt im Netz entdeckt hatte. Das rechnete sie ihm hoch an. Sie hätte auch Verständnis gehabt, wenn er anders reagiert hätte. Aber das bedeutete schließlich nicht, dass er an berechtigten Vorwürfen sparen würde.

Am nächsten Morgen war sie extra früh aufgestanden, um ihm auch keinesfalls begegnen zu müssen. Einer spontanen Eingebung zur Folge, hatte sie ihre Schlittschuhe mitgenommen. Da nun schon so lange Minusgrade vorherrschten, war die Alster zugefroren und zum Eislaufen freigegeben worden. Das passierte nur alle paar Jahre und Paulina hatte sich vorgenommen, sich das Event nicht entgehen zu lassen. Denn wenn dies geschah, machte die Stadt ein richtiges Ereignis daraus. Buden wurden aufgestellt und Musik gab es dann ebenfalls.

Heute war ihr zwar überhaupt nicht nach so einem Erlebnis, da sie aber Patrick so lange wie möglich aus dem Weg gehen wollte, fiel ihr nichts anderes ein, um sich die Zeit nach getaner Arbeit zu vertreiben. Es war immerhin besser, als allein in einer Bar zu sitzen …

Um kurz nach sieben Uhr morgens trat Paulina auf die Straße. Eisige Luft umfing sie. Sie wickelte sich den dicken breiten Wollschal bis über Kinn und Nase. Unschlüssig schaute sie sich um. Das Geschäft des Raumausstatters öffnete erst um acht Uhr dreißig. Was sollte sie bis dahin machen?

Sie beschloss, im Bäckereicafé zu frühstücken, und marschierte los. In ihrem Kopf herrschte pures Chaos. Das Wissen, dass Patrick plötzlich wieder greifbar nahe war, ließ sie nicht zur Ruhe kommen. Wie gern würde sie ihm von ihren Erfahrungen während des Praktikums berichten, ihm erzählen, dass ihre Eltern sich wieder versöhnt hatten und alles nur ein großes Missverständnis war. Sie wollte ihre Freude und Aufregung mit ihm teilen, was ihren Erfolg mit ihrem Instagram-Kanal betraf. Noch immer konnte sie nur staunen, dass sie damit tatsächlich Geld verdiente!

Die traurige Wahrheit aber war, dass sie ihm egal war. Sie war nichts weiter für ihn als eine kurze Affäre. Wenn man eine gemeinsame Nacht überhaupt so bezeichnen konnte. Und nun, nachdem er endlich über seinen Auftritt im Internet Bescheid wusste, hasste er sie vermutlich. Es wäre doch leichter gewesen, wenn er einfach dortgeblieben wäre, wo er sich die letzten Wochen herumgetrieben hatte.

In der Bäckerei angekommen, schlug ihr der Duft von frischen Brötchen und süßen Backwaren entgegen. Alte Gefühle wallten in ihr empor. Wie sehr sie doch ihrer ursprünglichen Arbeit nachweinte! Sie hatte gedacht, sie wäre inzwischen halbwegs darüber hinweggekommen …

Plötzlich vermisste sie Mia wie nie zuvor. Mit ihr hatte sie immer über ihre Probleme und das, was sie umtrieb, reden können. Ihre Freundin hatte jedes Mal die richtigen Worte gefunden, um sie zu trösten und wieder zu erden.

Während sie wartete, bedient zu werden, warf sie einen Blick auf die Uhr. In Panama war es jetzt Mitternacht. Ohne zu überlegen, wählte sie Mias Nummer.

Nach dem fünften Klingelton nahm ihre Freundin das Gespräch an. Allein den Klang ihrer Stimme zu hören, trieb Paulina die Tränen in die Augen.

Schnell wandte sie sich ab und verzog sich an einen Tisch in der hintersten Ecke. Dann sprudelte alles aus ihr heraus, was sie bedrückte.

EIGENTLICH HATTE PATRICK GEPLANT, sein Vorhaben von gestern heute in die Tat umzusetzen und Paulina mit einem Frühstück zu überraschen. Er wollte ihr endlich erklären, warum er sich nicht gemeldet hatte. Gestern hatte sie es nicht wissen wollen. Dann war ihr Instagram-Kanal zur Sprache gekommen, und seit ihrem Geständnis hatte er sie nicht mehr gesehen. Er hatte keine Gelegenheit bekommen, ihr zu sagen, dass er ihr nicht böse war. Das wollte er heute Morgen gleich als Erstes tun.

Doch als er aufgestanden war, hörte er gerade noch, wie sie die Wohnung verließ. Er war sich sicher, dass sie absichtlich so früh das Feld räumte. Sie musste sich wirklich schlecht fühlen und glauben, dass er ihr ziemliche Vorwürfe machen wollte.

Nun, hätte er erst gestern Abend davon erfahren, hätte er das vermutlich auch. Er erinnerte sich nur zu gut, was in ihm vorgegangen war, als er in der Münchner Kneipe darüber informiert worden war. Er hatte es seinen Freunden zu verdanken, dass er sich so schnell wieder gefangen und erkannt hatte, wie die Sachlage wirklich war.

Dafür fühlte er sich jetzt wie ein Schuft. Wäre es denn wirklich so schwer gewesen, wenn er ihr noch am Vorabend durch die geschlossene Tür vergeben hätte? Aber er hatte ihr unbedingt dabei in die Augen sehen und ihr einen Versöhnungskuss geben wollen. Mehr noch, er hatte ihr sagen wollen, wie sehr er sie liebte. Das konnte er nicht durch eine verschlossene Tür.

Den ganzen Vormittag tigerte er auf und ab, grübelte nach einem Schlachtplan, der diesmal funktionieren würde. Zwischendurch las er E-Mails von seinem neuen Arbeitgeber und kümmerte sich per Homeoffice um einige offene Fragen. Von Elias erhielt er eine SMS, in der er mitteilte, dass er Patricks Vater erneut besuchen wollte. Patrick solle sich keine Gedanken machen und er würde sich melden. Wenigstens da lief alles halbwegs glatt. Ja, Patrick kämpfte aktuell an vielen Fronten, aber er würde nur siegen, wenn er Paulinas Herz gewann!

Dann klingelte das Telefon und Patrick nahm ab, ohne zu schauen, wer der Anrufer war.

SCHON von weitem war Partymusik zu hören. Erste Lichterketten zeigten in der abendlichen Dunkelheit an, dass am Alsterufer gefeiert wurde. Paulina rang sich ein Lächeln ab und fragte sich dabei, warum ihr das nicht leichter fiel. Grund genug dazu hatte sie allemal.

Gerade kam sie von dem Gespräch mit ihrem Chef. Herr Weiler hatte erst kurz vor Ladenschluss dafür Zeit gefunden. An anderen Tagen hätte sie vermutlich den ganzen Tag wie auf Kohlen gesessen, heute aber waren ihre Gedanken nur um Patrick gekreist. Mia hatte sie, wie erhofft, mit ihrer verständnisvollen Art, etwas beruhigt. Trotzdem war ein Rest an Schuldgefühlen geblieben und die Frage, wie sie es wiedergutmachen sollte. Aber womöglich war Patrick auch schon wütend abgereist. Und diesmal vielleicht für immer …

Als Herr Weiler sie schließlich zu sich gebeten hatte, war Paulina schlagartig bewusst geworden, dass es nun um ihre berufliche Zukunft ging. Etwas schockiert über sich selbst, wie sie diesen Umstand derart hatte vergessen können, hatte sie sich auf den Stuhl in seinem Büro gesetzt.

Herr Weiler hatte dann auch sogleich zu reden begonnen. Er hatte sie beglückwünscht, zu ihrem guten Auge fürs Detail, aber auch ihre nur befriedigende Arbeit beim Papierkram bemängelt, was Paulina unfair gefunden hatte. Schließlich wollte sie sich nicht um eine Stelle als seine künftige Sekretärin bewerben. Sie war und blieb eben jemand, der lieber zupackte. Das hatte sie ihm auch gesagt und Herr Weiler bot ihr daraufhin einen Ausbildungsplatz zur Raumausstatterin an. Er hatte ihre Fähigkeiten gelobt und gemeint, dass sie durchaus das Potential dazu mitbrächte. Als er jedoch über den Ablauf und die Dauer der Ausbildung zu dozieren begonnen hatte, war sie unruhig auf dem Stuhl herumgerutscht. Mit der Vorstellung, noch einmal von vorn anzufangen und drei Jahre das Lehrmädchen zu sein, musste sie sich erst anfreunden. Ihre Seifenblase, gleich neu durchstarten zu können, war zerplatzt. Während sie versucht hatte, die ernüchternde Nachricht zu verdauen, hätte sie fast Weilers Alternativangebot überhört:

»Ich würde Ihnen aber auch sehr gern einen Job als Marketingfachfrau anbieten. Na ja, wie auch immer die richtige Bezeichnung dafür ist. Mir wurde nämlich zugetragen, dass Sie auf Instagram einen sehr erfolgreichen Blog führen und darin auch schon Gestaltungsarrangements von uns vorgestellt haben. Ich habe mir das mal angeschaut und bin beeindruckt. Weshalb mir die Idee kam, ob Sie nicht vielleicht Lust hätten, künftig regelmäßig Bilder von unseren Dekorationen zu zeigen? Vielleicht in Verbindung zu unserer Webseite, die Sie natürlich aufhübschen müssten. Wir könnten einen Internetshop integrieren, und Interessenten, denen Ihre Bilder gefallen, haben dann die Möglichkeit, die Artikel bei uns zu erwerben und unsere Tipps daheim selbst umzusetzen. Was meinen Sie?«

Nun, Paulina hatte spontan JA gesagt.

. . .

IM KOPF ÜBERSCHLUG sie ihre Einnahmen als Werbebotschafterin plus ihr künftiges Gehalt. Zusammengerechnet konnte sie davon vermutlich ihren Lebensunterhalt bestreiten. Ihr zögerliches Lächeln wurde breiter. Sie erreichte die erste Bude, vor der eine Horde zur Après-Ski-Musik tanzte. Die Stimmung war ausgelassen.

Paulina drückte sich an der Menge vorbei und erhaschte einen ersten Blick auf die zugefrorene Alster, die zum Schlittschuhlaufen freigegeben war. Sie blieb stehen und überlegte, ob sie zuerst einen Happen essen sollte. Doch der Energieschub, der sie gerade durchflutete, trieb sie auf die Eisfläche.

Sie hatte ihr Leben wieder im Griff! Durch einen glücklichen Zufall des Schicksals! Zwar hatte sie ihren Traumjob aufgeben müssen, aber sie konnte nun eine Tätigkeit ausüben, die ihr ebenso viel Spaß machte. Niemals hätte sie damit gerechnet! Sie musste dem Universum, dem lieben Gott, oder wem auch immer, wirklich dankbar sein!

In dem Versuch, das Glücksgefühl festzuhalten, schlüpfte sie in ihre Schlittschuhe und stob aufs Eis.

Es war etwas holprig, weil die Fläche der Alster natürlich nicht professionell geglättet wurde, wie es in einem Eisstadion der Fall war. Sie fuhr mit dem rechten Bein über einen Hubbel und kam ins Wanken. Ein Adrenalinschub durchfuhr sie. Sie riss die Arme zur Seite, um das Gleichgewicht zu behalten und kicherte lauthals los.

Sie fühlte sich frei und schwerelos. So hatte sie ewig nicht mehr empfunden. Alles war in Ordnung gekommen, nur die Sache mit Patrick … Schnell schob sie die unwilligen Gedanken beiseite. Sie wollte diese Minuten einfach nur genießen.

Sie drehte sich einmal im Kreis und blieb im Halbdunkeln stehen, sodass die Flutlichtstrahler sie nicht mehr erfassten. Der Anblick des Ufers von der Flussseite aus war wunderschön. Es gab Stände mit Speisen und Getränken. Höchstwahrscheinlich floss der Glühwein bei den eisigen Temperaturen in rauen Mengen. Entsprechend ausgelassen war die Laune der Anwesenden. Es wurde gesungen, getanzt und gegrölt. Budenzauber mit Lichterketten und die angezuckerten Bäume im Hintergrund vervollständigten das Bild.

Ein Fahrrad kam auf sie zugebraust. Paulina blinzelte ungläubig. Doch ihre Augen täuschten sich nicht. Sie konnte gerade noch zur Seite hechten, damit es sie nicht umfuhr. Wieder ruderte sie mit den Armen und kämpfte mit der Schwerkraft.

Das Rad rutschte haarscharf an ihr vorbei, im Schlepptau befand sich ein Schlitten, auf dem zwei Kerle saßen. »Sorry!«, krakeelten sie zu ihr hinüber, während der Fahrer versuchte, seinen Drahtesel auf der Eisfläche unter Kontrolle zu bringen.

Paulina wollte ihnen zuwinken, befand sich jedoch im freien Fall. Im Kopf spürte sie bereits den Schmerz des Aufpralls, obwohl sie den kalten Boden noch nicht berührt hatte. Erst verzögert nahm sie wahr, dass ihr jemand unter die Arme gegriffen hatte.

»Na, die Jungs haben ganz offensichtlich ihren Spaß«, hörte sie eine glucksende Stimme.

Paulina fragte sich, ob ihr Verstand ihr gerade einen Streich spielte, und versuchte, auf den Kufen wieder das Gleichgewicht zu erlangen.

Dann stand sie ihm gegenüber. Patrick, in voller Lebensgröße!

Sie atmete aus und eine kleine weiße Wolke vernebelte für einen Augenblick sein Gesicht. Aber er war es. Sie konnte es spüren.

»Endlich habe ich dich gefunden«, sagte er.

»Du hast mich gesucht? Woher wusstest du denn, dass ich hier bin?«

Ein verstohlenes Lächeln stahl sich auf sein Gesicht. »Mia hat mich heute Mittag angerufen und mir von deinen Plänen erzählt.« Er hielt sie weiterhin fest.

Die gute alte Mia hatte also versucht, Amor zu spielen …

»Bist du denn nicht sauer auf mich?«, sprach sie ihre Verwirrung laut aus.

Er lächelte sie an. »Das ist längst Schnee von gestern. Ich kann der Frau, die ich liebe, doch nicht lange böse sein. Das ist unnötige Zeitverschwendung, wenn ich dich doch viel lieber küssen möchte«, erklärte er und beugte sich zu ihr herab.

In Paulinas Kopf sprühten Funken. Ihr Gehirn hatte eine Kurzschlussreaktion. Anders konnte sie sich das eben Gehörte nicht erklären. Sie schob ihn mit den Händen so weit von sich, bis sie ihm in die Augen sehen konnte.

»Was hast du gesagt?«

»Dass ich dir verfallen bin. Mich bis über beide Ohren in dich verliebt habe und mit dir zusammen sein will«, sprudelte es aus ihm heraus. Wieder startete er einen Versuch, sie zu küssen, doch ihre Hände hielten ihn weiterhin auf Abstand. Wie versteinert stand sie da. Es war das Schönste, was sie je gehört hatte! Zu schön, um wahr zu sein, und trotzdem, oder genau deshalb, fragte sie sich, ob es nicht ihrer Einbildung entsprang.

»Paulina! Es tut mir leid, dass ich zwischenzeitlich verschwunden war. Das hatte nichts mit dir zu tun! Mein Vater wurde krank, München, Köln, der Job und … Ach, das erzähle ich dir alles später ausführlich. Bitte sag mir, dass du mich auch willst und dich nicht mit dem Kerl von Silvester eingelassen hast.«

»Marek?«

»Wenn er so heißt … Es ist mir egal. Ich möchte nur eine zweite Chance mit dir! Ich weiß, ich habe mich nicht gerade gentlemanlike verhalten. Ich hätte mich melden sollen. Ich hätte gleich an unsere Nacht anknüpfen sollen. Dir sagen, dass es für mich nicht nur ein Abenteuer war, aber irgendwie überschlugen sich dann die Ereignisse. Deine Mutter ist aufgetaucht und –«

»Ich habe so getan, als wäre nie etwas passiert zwischen uns«, räumte Paulina ein. »Ich habe meinen Teil dazu beigetragen, dass es sich so komisch entwickelt hat. Aber ich hatte Angst, dir zu sagen, dass ich mich in dich verliebt habe und mehr wollte.«

Patricks Augen begannen zu leuchten. »Wirklich? Du –«

»Sch… Genug geredet«, flüsterte sie, gab ihren Widerstand auf und versiegelte seine Lippen mit ihren.

Es fühlte sich an wie nach Hause kommen. Wie ein Echo hallten seine Worte in ihrem Kopf nach. Er liebte sie! Und genauso küsste er sie. Hoffnung und Geborgenheit lagen darin. Zukunftsmusik. Nur ihre aufmüpfigen Hormone durchbrachen quäkend die Geigenmusik: *Los! Nimm mich. Hier, jetzt, auf der Stelle!*

Paulina seufzte leise und Patrick drängte sich dichter an sie. Ob sein kleiner Freund den Aufruf ihrer wild gewordenen Botenstoffe gehört hatte?

EPILOG

»**W**ow! Was für eine sensationelle Wohnung!« Mia schaute sich bis ins Detail um.

Paulina tat es ihr gleich. Mit den Augen ihrer besten Freundin betrachtet, war ihr neues Heim wirklich eine Wucht. Sie hatte sich aber auch viel Mühe gegeben, die gemeinsame Wohnung mit Patrick in Köln in eine Wohlfühloase zu verwandeln. Gut, die zugeschickten Stücke von Raumausstatter Weiler sowie die Dekoartikel der Unternehmen, für die sie auf Instagram warb, trugen auch ihren Teil dazu bei.

Trotzdem war Paulina stolz auf sich. Als Influencerin war sie, durch ihre Fotostrecke, wie sie die karge Wohnung nach und nach in ein Schmuckstück verwandelt hatte, angesagter denn je. Und ihren Job bei Weiler hatte sie so gut gemacht, dass er sie unbedingt behalten wollte, auch wenn sie nicht mehr vor Ort für ihn tätig sein konnte. Der geplante Internetshop war ziemlich erfolgreich angelaufen und hatte in kürzester Zeit ein Viertel seines Monatsumsatzes ausgemacht. Inzwischen hatte sie ihm sogar eine eigene Instagram-Seite eingerichtet, die sie aus der Ferne verwaltete. Der Chef persönlich versorgte sie mit passenden Fotos! Das Internet und Homeoffice machten es möglich.

So hatte einem Umzug nach Nordrhein-Westfalen nichts im Wege gestanden.

Seit drei Monaten lebten Patrick und Paulina nun zusammen und harmonierten prächtig. Sie arbeitete von zu Hause aus, während er in seinem neuen gewählten Job aufging. Da sich ihre Tätigkeiten manchmal gar nicht so unähnlich waren, konnten sie sich auch in diesem Teil ihres Lebens hervorragend austauschen und sogar unterstützen.

»Oh! Was ist denn das für ein schönes Bücherregal!«, sagte Mia und deutete auf ein modernes Holzgerüst, das in Form eines Baumes angefertigt worden war.

Paulina lachte. »Ich habe mir schon gedacht, dass dir das gleich ins Auge fällt. Du bekommst auch eins von mir. Zur Hochzeit.« Sie drückte ihre lang vermisste Freundin an sich.

»Echt? Das ist ja toll.« Selig strich sich Mia über ihren stetig wachsenden Bauch.

Wie Paulina vorausgesehen hatte, war ihre Freundin nicht nur verlobt, sondern auch schwanger aus Panama zurückgekehrt.

Paulinas Umzug nach Köln war somit auch für Mia und Jan eine glückliche Schicksalsfügung. Da Jan ebenfalls in einer WG gelebt hatte, war er eingezogen, kaum dass Paulina ihre sieben Sachen gepackt hatte. So hatten die beiden genug Platz, um ihre Familie zu gründen.

»Ja, und vergiss nicht, ich komme schon eine Woche früher, um dir bei den Vorbereitungen zu helfen.«

»Ich freu mich schon auf dich! Und deine Eltern

sowieso! Deine Mutter ist ja so stolz darauf, dass du ihr endlich einen Schwiegersohn präsentierst.«

»Na, so weit sind wir noch lange nicht! Oder, Patrick?« Paulina drehte sich glucksend zu ihm um.

»Worum geht's?«, fragte er und unterbrach sein Gespräch mit Jan.

»Nichts. Passt schon.« Paulina zwinkerte ihm zu. Sie hatte ihn sowieso nur triezen wollen. Für eine feste Bindung vor dem Gesetz war sie selbst noch nicht bereit. »Kommt ihr beiden auch gut miteinander klar?«

»Also ich finde es klasse, dass Mia euch zwei verkuppelt hat. Patrick ist ein dufter Typ.« Jan klopfte ihm anerkennend auf die Schulter.

»Hab ich das?« Mia kräuselte die Stirn.

»Irgendwie schon. Oder nicht? Immerhin hast du ihm dein Zimmer gegeben. Das hat den Stein ins Rollen gebracht.«

»Tja, wenn man es so sieht. Nur leider ist der Stein ziemlich weit weggerollt.« Sie seufzte. »Es wäre schon schön gewesen, wenn die Entfernung zwischen uns nicht ganz so weit wäre.«

Doch für Patrick, der jahrelang in den Staaten gelebt hatte, stellte das kein Problem dar. »Ach, das ist halb so schlimm. Ich bin Langzeitstrecken gewöhnt. In Amerika sind vier bis fünf Stunden Fahrt nicht viel. Wir werden uns öfter sehen, als du denkst.«

Paulina nickte zustimmend. »Wir fahren schließlich auch regelmäßig nach München, damit wir gemeinsam seinen Vater und seine alten Freunde besuchen können.«

»Stimmt. Die Beziehung mit meinem alten Herrn hat sich, dank dir, deutlich entspannt.« Patrick legte einen Arm um Paulina. »Er mag dich und ist in deiner Gegenwart nicht halb so ein Zauderer als sonst.«

Paulina grinste. »Tief in sich drin ist er doch auch ein netter Mann.«

Patrick lachte laut auf. »Ja, ganz tief. Das bestätigen auch die Pfleger und Pflegerinnen.«

»Er wohnt in einem Pflegeheim?«, fragte Jan, vermutlich aus beruflichem Interesse.

»Betreutes Wohnen. Charline, die Freundin meines Kumpels Andy, hat einen Platz für ihn organisiert. Er hatte einen schweren Schlaganfall und kann seinen linken Arm nicht mehr richtig bewegen«, klärte Patrick den Arzt auf.

»Oh, das tut mir leid.«

»Ihm geht´s ganz gut. Er zetert wieder herum, wie eh und je.«

»Aber fühlt er sich nicht alleingelassen in dem Heim? Und was ist im Notfall? Bis du die Strecke nach München zurücklegst …« Mia ließ den Satz offen. Ihre Augen füllten sich mit Wasser. Sie schluckte.

»Es ist nicht ideal«, gab Patrick zu. »Aber Elias ist ja da. Er versteht sich mit meinem Vater richtig gut.«

»Oh!«, hauchte Mia und schnäuzte sich. »Entschuldigung, das sind die Schwangerschaftshormone. Dann ist mein kleiner Cousin also der Retter in der Not«, stellte sie im Anschluss fest.

»Kann man so sagen. Er ist der beste Freund, den man haben kann.«

»Ja, und ich habe seine Hochzeit verpasst.«

»Das ist echt schade, mein Schatz. Aber dafür kommt er bald auf unsere.« Jan drückte ihr einen Kuss auf die Wange.

»Und dann wird gefeiert, bis sich die Balken biegen!«, beschloss Patrick.

»Glaubst du, du schaffst das? Ich meine, nicht als Single hinzugehen? Die Damenwelt wird sicherlich enttäuscht darüber sein.« Paulina zog scherzend eine Schnute.

»Das ist mir sowas von egal! Ich habe die beste Frau gefunden, die es auf dieser Welt gibt!« Damit griff er um ihre Taille, hob sie hoch und wirbelte sie einmal herum, bevor er ihr einen langen Kuss gab. Wer es nicht sehen wollte, sollte eben einfach wegschauen.

DANKSAGUNG

Liebe Leserinnen und Leser,

ich hoffe ihr hattet Spaß, die Geschichte von Paulina und Patrick mitzuverfolgen. Wenn ihr mehr über das Männertrio erfahren wollt, dann werft doch einen Blick in **Beachdating – Herz verloren, Glück gefunden** und verbringt ein paar sommerliche Urlaubstage mit Annabell und Elias im Oberpfälzer Seenland.

Als der Sommerroman erschienen ist, hat mich die liebe Regina Schmiedl sofort angesprochen, ich könnte doch auch einen Roman mit Ricky – alias Patrick – schreiben. Nun, es hat ein wenig gedauert, aber jetzt ist er da. **Zimtsterne im Schnee** ist sozusagen das Gegenstück – Sommer vs. Winter.

Ich bedanke mich herzlich bei @charly_wigg, die mir einen kleinen Einblick in den Alltag einer Instagram-Influencerin gewährt hat! Ich hoffe, ich konnte alles richtig wiedergeben. Aber natürlich ist die Geschichte frei erfunden!

Ein großes Dankeschön vor allem an euch, meine LeserInnen, meine Freunde, über Facebook und Instagram, sowie an meine großartigen Bloggerinnen, die mich immer wieder aufs Neue ganz toll unterstützen! Danke für eure lieben Worte und eure Motivation!

Es macht mir immer wieder Spaß, neue locker-leichte Geschichten für euch alle zu schreiben.

Eure Birgit Gruber

ÜBER DIE AUTORIN

Birgit Gruber, 1976 geboren, lebt mit ihrem Mann, ihren zwei Kindern und zwei Katzen in der Nähe von Bayreuth. Bereits im Kindesalter hat sie Geschichten erfunden und aufgeschrieben. Bis zu ihrer ersten Veröffentlichung hat es allerdings etwas gedauert. 2015 erschien ihr Debütroman "Der Mann im Kleiderschrank".

Neben locker-leichten Liebesromanen schreibt sie die witzig-skurrile Cosy-Crime-Reihe „Kati Blum ermittelt". Birgit Gruber veröffentlicht sowohl im Self-Publishing als auch im Verlag.

REZEPT: ZIMTSTERNE (OHNE MEHL)

500 g gemahlene Mandeln
    4 Eiweiß
    1 Prise Salz
    350 g Puderzucker
    1 EL Zitronensaft
    2 TL Zimt

So wird's gemacht:

- Eiweiß, Salz, Puderzucker und Zitronensaft zu festem Schnee schlagen. 1 Tasse zum Glasieren abnehmen.
- 350 g Mandeln und Zimt mischen. Schnee darunter kneten. Teig auf Mandeln 1 cm dick ausrollen, mit Glasur bestreichen.
- Sterne ausstechen und auf ein gefettetes Backblech legen. Glasieren und über Nacht trocknen lassen.
- Am nächsten Tag bei 160 Grad 7-8 Minuten backen.

BEACHDATING

Sommer, Sonne, Meer – Fehlanzeige!

Annabells Urlaubspläne sind längst geschmiedet: Entspannen am weißen Sandstrand von Zypern und sich die Sonne auf den Bauch scheinen lassen! Doch ihre Wünsche werden jäh zunichte gemacht und Annabell muss ihren Traumurlaub auf Zypern gegen einen Campingplatz in der Oberpfalz eintauschen.

So hatte sie sich ihren Sommer definitiv nicht vorgestellt!

Am Badesee ist von Entspannung erst mal keine Spur. Quirlige Nachbarn und eine Zeltlagergruppe, die es faustdick hinter den Ohren hat, halten Annabell auf Trab. Aber da gibt es auch noch das Männerquartett inklusive Sonnyboy Ricky, der immer einen flotten Spruch auf den Lippen hat, und Elias mit diesen unglaublich blauen Augen …

Schnell wird Annabell klar: *Dieser* Urlaub verspricht unvergesslich zu werden!